向田邦子、性を問う

——『阿修羅のごとく』を読む

高橋行徳

20×10

いそっぷ社

目次

第一章　男性に怒りをぶつける女性のドラマ

第二章　母親が阿修羅になる時――『阿修羅のごとく』パートI

第三章 向田邦子のもくろみ

2

姉妹の絆——咲子と滝子の和解

3

4

『阿修羅のごとく』放映リスト

パートⅠ

第一話「女正月」……………………昭和五十四年一月十三日
第二話「三度豆」……………………昭和五十四年一月二十日
第三話「虞美人草」…………………昭和五十四年一月二十七日

パートⅡ

第一話「花いくさ」…………………昭和五十五年一月十九日
第二話「裏鬼門」……………………昭和五十五年一月二十六日
第三話「じゃらん」…………………昭和五十五年二月二日
第四話「お多福」……………………昭和五十五年二月九日

『阿修羅のごとく』人物相関図

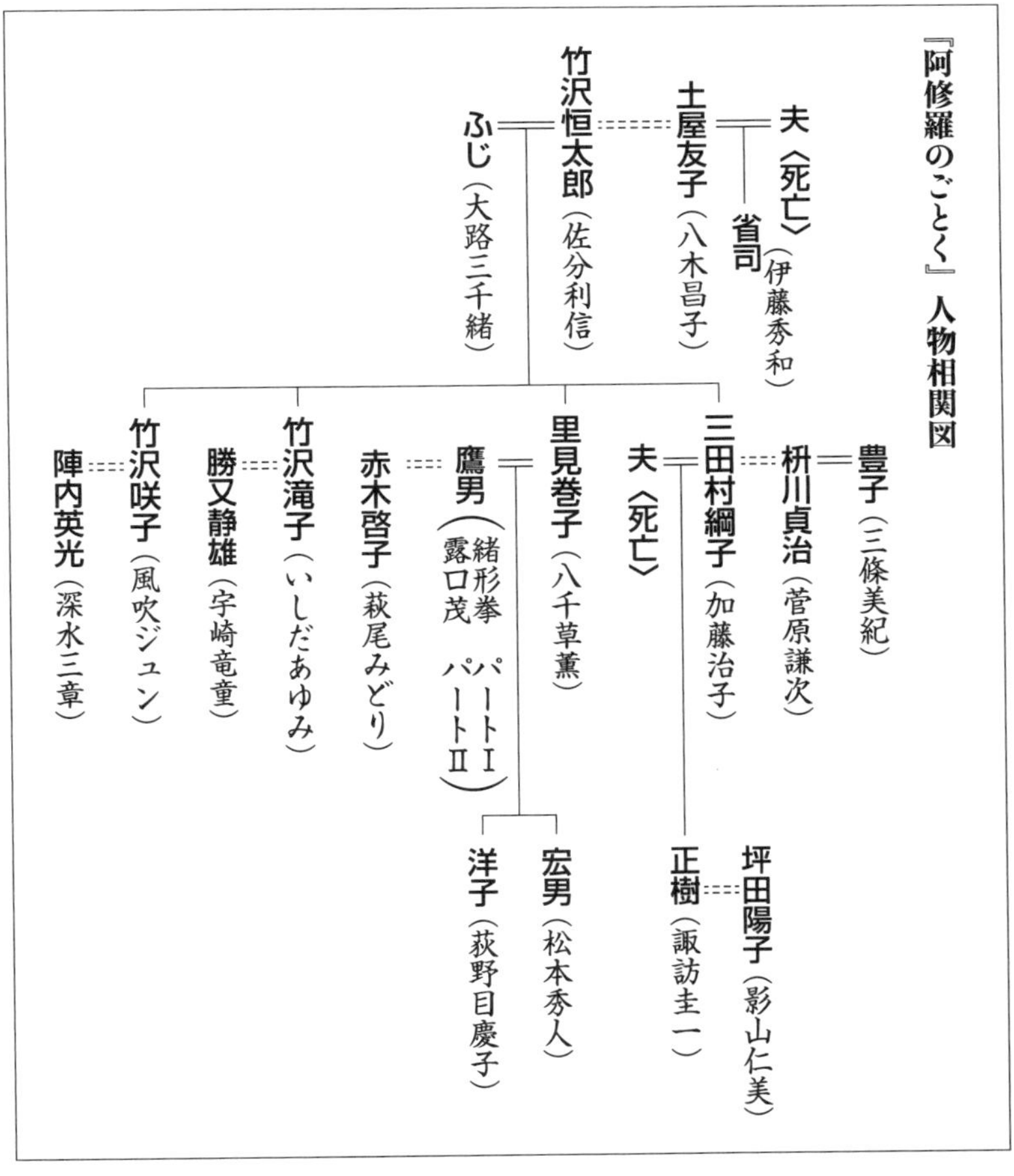
夫〈死亡〉（伊藤秀和）
省司
土屋友子（八木昌子）
竹沢恒太郎（佐分利信）
ふじ（大路三千緒）
豊子（三條美紀）
枡川貞治（菅原謙次）
三田村綱子（加藤治子）
夫〈死亡〉
里見巻子（八千草薫）
鷹男（緒形拳 パートI 露口茂 パートII）
赤木啓子（萩尾みどり）
竹沢滝子（いしだあゆみ）
勝又静雄（宇崎竜童）
竹沢咲子（風吹ジュン）
陣内英光（深水三章）
坪田陽子（影山仁美）
正樹（諏訪圭一）
宏男（松本秀人）
洋子（荻野目慶子）

本書はテキストとして、岩波書店から刊行された「向田邦子シナリオ集」全六巻のうちの一冊『II　阿修羅のごとく』（岩波現代文庫）を用いた。したがって引用箇所はすべてこの岩波版に拠り、頁数を本文のなかに記した。また本論で記述する年は、昭和を体現した向田邦子にちなみ、「注」を除き西暦ではなく元号「昭和」を使用した。

第一章　男性に怒りをぶつける女性のドラマ

1　セックスを柱に据えて

和田勉との打ち合わせ

昭和五十三年の秋、向田邦子は南青山のマンションで、演出家和田勉と来春放映予定のドラマについて打ち合わせをした。当時のＮＨＫには「土曜ドラマ」シリーズという枠があり、良質な作品を次々に生み出していた。このシリーズは作家性を重んじていたため、ドラマの冒頭に小説家だけでなく、オリジナル作品の場合には、シナリオ作家の名前をも掲げていた(1)。これは脚本家の地位の向上を望む向田にとって、願ってもない企画だったのである。

このドラマが一話七十分の連続三回で完結することも、向田邦子を大いに乗り気にさせた。連続ドラマのように、話の引き伸ばしや中だるみの心配をしたり、二時間ドラマのように、話を時間内に無理に収める必要もない。これは連続ドラマとも単発ドラマとも異なる、新しい形式のドラマであった。しかもＮＨＫ制作なので、民放のようにスポンサーの意向を気にかけなくてもよかったし、それと連動する視聴率に一喜一憂することもなかった。またコマーシャルによってドラマが中断されないことは、彼女にとって大きな魅力であったに違いない。

向田邦子をさらに喜ばせたのは、和田勉と一緒に仕事が出来ることであった。彼とは個人的にも親しく、コラット種の猫を一匹譲ったことがある。当時、和田は芸術祭男の異名を持つ、NHKきってのやり手ディレクターであった。向田は彼とコンビを組むことで、今までの自分にはない新たな分野を開拓できると予感した。

これまで向田邦子は、昭和四十七年の『針女』と『桃から生れた桃太郎』、それに昭和五十二年の『最後の自画像』の三作品を和田勉と制作した。彼は向田のシナリオ作家としての力量を高く評価していた。特に『最後の自画像』は、松本清張の原作『駅路』のタイトルを変更し、筋を後半で大幅に膨らませたにもかかわらず、原作者を怒らせるどころか唸らせるほどの脚色に仕上がっていたのである。

この『最後の自画像』も「土曜ドラマ」シリーズのなかの一本で、画面の最初に『松本清張シリーズ・最後の自画像』とタイトルが入れられた。しかし今度の作品は小説の脚色ではなく、向田邦子自身のオリジナルシナリオ(2)なので、ドラマの冒頭に彼女の名前が真っ先に映し出されることになる。これは向田にとって何とも気恥ずかしいことであったが、それと同時に、責任の重大さを実感することにもなった。

打ち合わせに入ったとき、内容については何も決まっておらず、確かなことは、向田邦子のシナリオで昭和五十四年一月に三回放映するということだけであった。良いアイディアは一人のときよりも、ディレクターやプロデューサーと話しているときに生まれることが多い。頭の中の漠然とした考えが、対話していくなかで明瞭になり、具体的な企画にまで発展することがある。向田と和田勉の話し合いもまさにその好例であった。

まず向田邦子が「日本のテレビにはホームドラマが多いが、ベッドシーンとかセックスシーンがつねにそこから抜け落ちている。ホームドラマという以上は、夫婦や家族をテーマにしている。セックスを抜きにして、ホームドラマは成り立たないんじゃないのかしら」[3]と切り出した。和田勉はその頃テレビで放映された小津映画を思い浮かべて、「小津安二郎はセックスを描かなかったでしょう」[4]と反論した。それに対し向田は、「そこにもセックスはちゃんとある」[5]、「冠婚葬祭の基本はセックスだ」[6]と明言した。和田はこの大胆な発言に驚きながら、「確かに、セックスがなければ冠婚も葬祭もない」[7]と思い、彼女の意見を認めざるをえなかった。

向田邦子はセックスについて、次のような彼女独自の考えを持っていた。

一組の男女がコップいっぱいの水を分け合って飲むこともセックスだし、蜘蛛《くも》が口から糸を吐き出して自分の巣を作っていく、あれもセックスなのよね。[8]

向田はセックスを性欲に限るのではなく、もっと広義の意味で捉えている。男と女が互いを助け慈しみ合いながら生きること、端的に言えば、生への意欲と考えていたようである。

二人は大筋で、向田流のセックスを柱に据えたホームドラマを創ることで意見が一致した。そしてタイトルに話題が移ったとき、向田邦子は筆と和紙を用意し、和田勉に「阿修羅と書いてみて」と頼んだ。彼女は書かれた文字を見て、これにしようとすぐに決めてしまった。和田はそのときの向田を、「彼女の中には何か爆発するものがあったような気がする」[9]と回想している。『阿修羅のごとく』という題名を得たことで、ドラマの主題はおのずと固まった。向田はこの作品において、男性に怒りをぶつける女性の戦いを書こうとしたのである。

大河ドラマから呼ばれない俳優

キャスティングに関して、向田邦子は思いがけない案を提唱した。和田勉はかつて自分の局の「大河ドラマ」を、「上下関係のドラマ、いわゆるお上のドラマ」[10]と毒づいたことがあった。それを覚えていた向田は、彼に「日曜大河ドラマはひとつの権威。だから、『阿修羅のごとく』は権威が絶対に採用しない役者にしましょう」[11]と提案した。この方針に和田は一も二もなく賛成したので、『阿修羅のごとく』では「大河ドラマ」からお呼びのかからぬ俳優が選ばれることになった。

向田邦子は俳優の持つ「におい」を常に重視してきた。そこでこの作品のキャスティングにおいても、当然「におい」が加味された。「におい」とは、俳優が巧まずして醸《かも》し出す、その人固有の存在感である。彼女はその「におい」に触発されながら、登場人物のイメージを膨らませていくのである。向田は「におい」に「とにかくうるさい人だったから、こういうはなしのときには、もう決まっている役者もいる」[12]と和田勉は証言している。

例えば長女綱子役の加藤治子である。加藤は向田ドラマの常連で、女の哀しさや嫌らしさ、怒りを素直に表現できる稀有な女優であった。さらに向田邦子は三女滝子にいしだあゆみ、四女咲子には風吹ジュンを推挙した。その理由として、「この人たちはたぶん、昔の感覚でいったらスターになれたかどうかわからないと思いますね。でも今、紛れもなく輝いているんです[13]」と述べ、「危なっかしいものとか、満点でないものとかが不思議なふうに混じり合うと、ああいうふうに輝く[14]」と説明している。

女優に独特の嗅覚を持つ和田勉も、いしだあゆみと風吹ジュンに関して同じような考えを持っていた。彼は『ドラマ人間テレビ語り』のなかで、「ぼくはこの二人を『石油ショック以降の代表的女優』としたい。……この二人の『顔』は、石油ショック以降を象徴している。高度成長の時代、風吹ジュンもいしだあゆみも、ただ単に病的で暗い女に見えた。しかしあれ以降、そのことがごく普通のことになり、そして、市民権を得たのである[15]」と書いている。

次女巻子に、向田邦子は八千草薫を推した。これまで自分のドラマに八千草が出演したことはなかったが、山田太一作『岸辺のアルバム』での主婦役に好印象を持ったのである。八千草は「物事の内法《うちのり》で芝居をする役者[16]」であった。向田のドラマでは、おおげさな演技よりも、自然な演技のできる俳優が求められたのである。

母親ふじの役は、和田勉が宝塚歌劇団出身の大路三千緒《おおじみちお》を推薦した。和田はＪＯＢＫ（ＮＨＫ大阪）に勤務していた頃、舞台中継のアシスタント[17]として、宝塚大劇場によく出入りしていた。おそらくそこで、彼は大路との面識を得たのだろう。彼女はいわゆるトップスターではなかったが、歌劇団に三十年以上在籍し、脇を固める演技派として重用された。これは厳しさと温かさの両面を合わせ持ち、さらにコミックな味も出せる大路の演技力に期待しての人選であった。

男性の俳優には、和田勉の意向が強く反映した。それに対し向田邦子は、女優の人選のときほど、こだわりを示さなかった。その理由は、このドラマの主題が女性の戦いであったためと思われる。父親恒太郎は佐分利信《さぶりしん》に決まった。彼は戦前から小津映画に出演しており、小津作品を目標に掲げる二人にとって、うってつけの俳優であった。しかも佐分利は、渋くて落ち着きのある風貌に無骨な物言いで、寡黙な恒太郎にぴったりであった。

巻子の夫鷹男に、向田邦子は緒形拳を候補に挙げた。しかしこの人選は、和田勉と一緒に取り決めた方針に反していた。緒形は昭和四十年の『太閤記』で秀吉役を演じてから、たびたび「大河ドラマ」に出演し、言わばこのドラマシリーズを代表するような存在であった。それに彼は〈物事の内法で芝居をする役者〉ではなかった。バイタリティー溢《あふ》れる役を得意とし、役にのめり込んで熱い演技をすることで称賛されていた。向田はおそらく緒形の人間臭さに惹かれたと思われるが、鷹男役にふさわしかったかどうか疑問が残る。

滝子の恋人勝又には、和田勉がダウン・タウン・ブギウギバンドのリーダーである宇崎竜童を指名した[18]。サングラスに革ジャンパーという突っ張りスタイルのミュージシャンを起用するのは、当時としてはかなりの冒険に思われた。けれども宇崎はこの年（昭和五十三年）、『曾根崎心中』（増村保造監督）の徳兵衛役で、力みのない自然な役作りで好評を博し、和田にはある程度の目算が立っていたに違いない。また向田邦子も、斬新なキャスティングで面白い、と彼の提案に賛同した。宇崎はこのドラマにおいても、妙な味付けなどしない素直な演技で、ナイーブな人物を好演することになる。

ドラマの音楽についても言及しておきたい。ホームドラマには珍しい軍楽の「メフテル」が使われている。それは猛々《たけだけ》しいのにどこかもの悲しく、人を鼓舞させるリズムのなかに少しばかり滑稽味を感じさせる、不思議な音楽である。このトルコ軍楽隊の音楽は、主要な女性たちの葛藤シーンで用いられ、彼女たちの胸に秘めた怒りや悲しみを、言葉よりも雄弁に視聴者へ訴えかけた。

この音楽を向田邦子が持ち込んだという説[19]もあるが、それはおそらく誤りであろう。和田勉の幾つかの証言[20]から、昭和四十八年に地中海の民族と音楽を取材した折、彼が録音したことがわかる。イスタンブールの陸軍博物館で、たまたま「メフテル」が演奏されているのを手持ちの録音機で収録したのである。いずれにしてもこの軍楽は、ドラマ『阿修羅のごとく』におあつらえ向きの音楽となった。

二部構成のドラマ

ドラマの成立に関連して、どうしても触れなければならない事柄がある。それは『阿修羅のごとく』がパートⅠとパートⅡの二部構成になっていることである。具体的には、「女正月」、「三度豆」、「虞美人草《ぐびじんそう》」でパートⅠが組み立てられ、「花いくさ」、「裏鬼門」、「じゃらん」、「お多福」でパートⅡが成り立っている。このことは本著がテキストに使用する岩波版、またその原典となっている大和版においても目次に明記されていない。巻末のスタッフ及びキャストの紹介[21]を見て、読者は初めて『阿修羅のごとく』が二部構成のドラマであったことを知る。

けれども『阿修羅のごとく』を解釈する場合、研究者はこの作品が二つの異なった部分から成立していることを念頭に入れて取り組まなければならない。二つのシリーズの間には、看過できぬ相違が存在するからである。ちなみに放映時期をみると、パートⅠは昭和五十四年一月十三日から二十七日まで、パートⅡは昭和五十五年一月十九日から二月九日までとなっており、約一年間の隔たりがあった。

向田邦子は最初、ＮＨＫから七十分で三回という条件でシナリオを依頼された。したがって彼女は『阿修羅のごとく』を、「女正月」、「三度豆」、「虞美人草」で完結させるつもりでいた。内容的にも、この三話でまとまった世界が創られている。また最終回の「虞美人草」は、ドラマの終了をはっきり意図して書かれたものとなっている。パートⅠの筋をリードしてきた父親の浮気が、相手の結婚でにわかに解消し、その浮気に苦しんだ母親も突然死んでしまう。向田は両親を襲った不意の出来事で、筋の展開に一応の区切りをつけたのである。

ところがパートⅠが好評だったので、テレビ局から続編の要請がくる。向田邦子は自分のシナリオが高い評価を受けたのは嬉しかったが、パートⅡへの依頼には若干の戸惑いがあった。なぜなら彼女は、パートⅠのなかで母親を中心に、タイトルでうたった阿修羅的なものを見事に描き切ってしまったからである。当然、二番煎《せん》じは出来ない。阿修羅を描くにしても、違った形で表現しなければならない。

そこで向田邦子は別の主題を新たに付け加えることにする。それが阿修羅の対極となる愛で、彼女は男女の愛だけでなく、家族の愛、親子の愛、姉妹の愛を一層鮮明に描くことになる。このパートⅡはパートⅠの延長上にあるが、色調が微妙に異なっており、同質のものとはいえない。

2　向田邦子流のドラマ作り

好まなかった「ハコ書き」

向田邦子のドラマ作りには大きな特徴がある。彼女はシナリオを書くとき、「ハコ書き」を作らなかった。「ハコ書き」とは、シナリオを執筆する際、設計図のようにあらかじめ各シークエンスの要点をまとめておくことである。例えば人物の主要な行動や台詞、出来事の要旨、あるいはその場面のポイントを書き記す。

「ハコ書き」の利点は、ドラマの構成がはっきりわかることである。全体を見渡せるので、起承転結を念頭におきながら、配列を決めることができる。エピソードをどこに入れるのか、伏線をどのあたりに敷くのか、山場をどこに作るのか、あるいはドラマをどのように着地させるのか、このような作業を書き始める前にあらかた準備しておけるのである。この見取り図のおかげで、作家は安心してシナリオを書き進めることが可能となる。

しかし向田邦子は「ハコ書き」を好まなかった。構成にこだわると、ドラマの流れが滞ってしまうからである。頭の中でひねり出された筋は徐々にやせ細ってしまい、物語を推し進める力を失う。また人物も、お仕着せの役に忠実であろうとして、操り人形のように生気のない人間になってしまうおそれがあった。

駆け出しの頃、向田邦子がN氏へあてた手紙のなかで、「ハコ書き」に関する文章を書いている。

ゆうべは、やけも半分手伝って、シナリオを読み『切腹』を再読しました。実にうまい脚本で、シャッポをぬぎました。……逆立ちしても、こういうピタリと構成や計算のとどいたものは、私には書けないでしょう。(1)

ここで話題になっている『切腹』とは、昭和三十七年に小林正樹監督が撮った映画のことで、脚本は橋本忍が担当している。橋本は当時も、そして今日もシナリオ界の巨匠として君臨し、緻密な構成の作品を書く作家として知られている。つまり「ハコ書き」の技法を究めた大家なのである。向田邦子は彼のシナリオを〈実にうまい脚本〉と絶賛し、〈こういうピタリと構成や計算のとどいたものは、私には書けないでしょう〉と自分の能力を嘆いている。しかしこれを額面どおりに受け取るべきだろうか。この文章の裏には、橋本の作劇法とは別のシナリオ技法が自分にはある、という向田の自負心が潜んでいるように思える。確信とまではいかなくても、おそらく漠然と感じ取っていたに違いない。

「転がし」の技法

では向田流のシナリオとはどのようなものだったのだろうか。それはストーリーを転がしながら、ドラマを太らせていく手法である。構成表などはないので（但《ただ》しメモ程度のものはあったと思う）、向田自身も話がどのように展開していくのか皆目見当がつかない、言わば出たとこ勝負の書き方であった。彼女は先のことなど考えず、今書いている場面に全精力を注ぐ。そしてそこから浮かび出た出来事や台詞を掬《すく》い取り、次の場面へとつないでいくのである。先々の成果を得るために事件を作り出すのではなく、事件が生じてからそれへの対処を考える、このようにして新たな物語を紡《つむ》いでいったのである。

この手法は多分に即興的であり、不安定な要因を必然的に持つ。ある場面を書き終えても、次の場面がほのかに見えてくるだけで、全体を見渡せない。作家に閃《ひらめ》きがなければ、ドラマはすぐにも頓挫《とんざ》してしまう。また話が横道に逸れてしまうと、バランスの悪い無様《ぶざま》な作品になり、予期していたものとはまったく別なエンディングが飛び出すようなことも起こる。いずれにせよ、とても危なっかしい方法である。

しかし「転がし」の技法は、シナリオ作家に書く喜びを与えてくれる。「ハコ書き」のように、最初からすべてが決められた後で、枡目《ますめ》を埋めることほど味気ないものはない。作家の楽しみは、書くなかで思いがけない発見をすることであり、書きながら今までなかったものを創り上げることである。一つのアイディアが自乗して更なるアイディアを生み、執筆前には思いもよらなかった斬新な物語が出来上がる。これこそが文筆家にとっては望外な喜びとなる。

このように「転がし」の技法を用いることで、作為のないストーリーが生まれ、計算からは生み出せぬ豊かで面白い筋が展開する。さらに人物は筋の設定に拘束されず、伸びやかに行動し、まさに生きた人間が出現することになる。この手法は推理ものやサスペンスものには不向きだが、向田が得意とした、家族を題材にしたドラマにはうってつけであった。特に長丁場の連続ドラマの場合、作品を立体的に組み立てるよりも、次から次へと話をつないでいく並列的な発想が必要だったのである。

「転がし」の手法で最も大切なものは、視聴者の驚愕《きようがく》である。度肝を抜くような素材を、シナリオ作家は絶えず提供しなければならない。「ハコ書き」の場合と違い、この技法ではクライマックスの設定を断念しているので、ストーリーは起伏の乏しい、平板な内容になりがちである。それを打破するために、作者はびっくり箱をたくさん用意する必要がある。そしてこの驚きこそが、ドラマを活性化させ、推進する力となるのである。

第二章　母親が阿修羅になる時

──『阿修羅のごとく』パートI

1　父親の浮気[1]

見事な導入部

『阿修羅のごとく』の導入部[2]はとても秀逸である。私はこれほど巧みなオープニングを、向田邦子の別の作品においても、また他の作家のドラマにおいても見たことがない。

導入部とは、ドラマの本題に近づくため、視聴者に予備知識を与える箇所である。それゆえ主要人物の性格や相互関係、ドラマの方向や雰囲気などを、わかりやすく的確に伝えなければならない。そして何よりも、この段階で観客の気持ちをしっかりつかまえることが肝要となる。

どんなに素晴らしい作品でも、この提示部が面白くなければ観客にそっぽを向かれてしまう。映画の場合、客は切符を買って映画館に入るので、たとえ出だしが少々つまらなくても我慢する。けれどもテレビで主導権を握っているのは視聴者であり、彼らは気に入らなければすぐにチャンネルを変えてしまうだろう。

向田邦子は江國滋《えくにしげる》との対話で、「私、ドラマのファーストシーンとラストシーンだけはラジオもテレビも消して一生懸命書くんですけど、あとは、むしろテレビを見ながら書いたほうがいいんです[3]」と語っている。また向田は『データ・バンク　にっぽん人[4]』において、「ファースト・シーンと、ヤマ場と、ラスト・シーンはテレビを切って、ちゃんと書かなければいけません」と、自分がどの箇所に力点を置くか明かしている。彼女は文字どおり、ファースト・シーンに心血を注いだのである。

『阿修羅のごとく』パートⅠは、父親恒太郎の浮気騒動が主な出来事である。この素材に対して、どの段階からドラマを始めるべきか、何通りものシーンが考えられた。そのなかで作者は、三女滝子が姉妹に電話をする場面をファースト・シーンに選んだ。滝子が父親の浮気を発見する、おいしいシーンは後回しにして、四人姉妹の集合を主張する三女の姿を冒頭に置いたのである。この選択によって、姉妹を順次紹介しながら、視聴者をドラマの核心へ一気に近づけることが出来た。

向田邦子は導入部にかなりの紙面を割いている。ファースト・シーンを含めて、第一話「女正月」のほぼ四分の一近くを費やした。それが可能となったのは、ドラマの時間枠が七十分だったからである。時間的な余裕から、向田は主要人物をかなり丁寧に紹介する。もちろんその際、彼女は視聴者を退屈させないように様々な趣向を凝らしている。

凍てつくような寒い朝、竹沢家の三女滝子はコートの襟《えり》を立てながら区立図書館へ入っていった。彼女はここで司書をしており、今朝も生真面目に一番早く職場へやってきたのである。化粧っ気のない顔にメガネをかけ、髪も一つに束ねているだけだった。この滝子の印象は、冬の朝にぽつんと立つ、「看板の字も読めないほど――見捨てられ、忘れられたオールド・ミスのように寒々とした」三頁図書館(5)と一体化していた。

滝子は仕事に取りかかる前、閲覧室の赤電話で次女の巻子に電話をかける。結婚の話と勘違いした相手に、彼女は「そんなのんきなハナシじゃないわよ」四頁と言下に否定し、スチームの湯気で曇った窓ガラスに、大きく「父」と書き記した。(6)滝子はこの人物にわだかまりがあるらしく、電話をしながら「その字をどんどん太くなぞってゆく」四頁。

窓ガラスに書かれた「父」について、向田邦子はト書のなかで都合五回（四、五、七、一四、一七頁）言及している。この文字を滝子に何度も書かせることで、向田はドラマの主題を視覚的に強調したのである。父親に関することらしいと視聴者に気づかせても、それ以上のことはまだ語らない。不明のままにすることで、観客が先を知りたいと強く思い、ドラマに積極的に参加することをもくろんでいるのである。

結婚の話をにべもなく退けられ、巻子は「じゃあ、なによ。言いなさいよ」五頁と迫る。彼女の気持ちはまた視聴者の心境でもある。だが滝子は依然として「父」という文字をなぞりながら、「四人揃《そろ》ったとこで――言いたいの」五頁と明言を避けた。これは電話で話せるような内容ではなく、内輪の者だけに明かすべき情報であった。

このとき巻子は、〈四人揃ったとこで〉の言葉に引っかかりを覚え、「四人て、きょうだい四人?」五頁と聞き返している。最近は姉妹全員が顔を合わせることなどめったになく、少しびっくりしたのである。けれどもこの台詞からは、竹沢家に四人の姉妹がいることを示しておきたい、という向田邦子の意図が読み取れる。

『阿修羅のごとく』の人物紹介は、オーソドックスな手法がとられた。滝子が仲介役を担い、他の姉妹にスポット・ライトが次々と当てられる。この方法は主要人物の輪郭をくっきりと浮かび上がらせ、またそれぞれの関係をも紹介できる。しかし紹介の仕方が一本調子になりがちで、視聴者に飽きられるおそれがあった。それを避けるため、向田邦子は幾つかの工夫をしている。その一つが人数の明示である。紹介の人員をあらかじめ〈四人〉と知らせることにより、滝子が他の二人に連絡をとっても、「またか」という印象を与えずにすむ。むしろ逆に、残りの姉妹はどのような人物なのかと、視聴者は期待を持ってドラマを観るようになる。

〈四人揃ったとこで〉という台詞は、少しずつ文言《もんごん》を変えながら導入部で繰り返される。滝子は長女の綱子には「逢って話す」一七頁とだけ告げ、妹の咲子のときは半ばけんか腰に、「四人揃ったとこで言うわよ」一八頁と言い放った。また巻子は実家へ帰った際、滝子が「折入《おりい》ってハナシがあるっていうのよ、四人集ったとこで話すって」一三頁と母親のふじにもらしている。これも作者が提示部で用いた仕掛けの一つである。類似したフレーズを聞くたびに、視聴者は三女の情報にますます関心を懐《いだ》くようになる。

向田邦子は滝子の連絡方法にも変化を持たせ、単調になるのを避けている。巻子は電話にすぐ出たけれども、ちょうど出勤や登校の時間帯で、たびたび邪魔が入る。滝子はそのあと綱子にかけたが留守だったため、改めて仕事先にかけ直さなければならなかった。電話のない咲子の場合、アルバイトをしている喫茶店まで出向くことになる。滝子はそのついでに、勝又との打ち合わせ場所としてこの店を指定する。将来の恋人がここでチラッと紹介された。さらに作者は巻子に、ふじへの連絡役を負わせている。

このように集合の連絡が伝わるなかで、人物紹介が自然になされていく。彼女たちの性格、境遇、そして姉妹どうしの関係が明らかになってくる。その際人物たちが抱える様々な問題をさりげなく忍ばせ、視聴者を退屈させることがない。さらに言えば、場面転換がスムーズで、テンポよく話が進んでいくことも、我々をドラマに引き込む要因になっている。

人物紹介のテクニック

主要人物がどのように紹介されていくのか、具体的に辿ってみたい。滝子から電話をもらったとき、次女のいる里見家では一日のうちで最も忙しい時間帯であった。宏男と洋子の二人は登校の支度をし、夫の鷹男はコーヒーを飲みながら、朝刊を拾い読みしていた。巻子も食べ物が口に入ったまま受話器をとったのである。

ところがこの電話の最中《さなか》に、宏男が本代を二重取りしようとする。彼が英語の本のタイトルをまくし立てたので、巻子は「お母さん、英語、弱いんだから、日本語で言って頂戴よ」六頁と文句を言いながら[7]受話器を置き、小抽斗《こひきだし》から金を渡してやる。二人の子供を送り出すと、巻子はやれやれといった様子で食卓に戻り、食べかけのトーストを口に入れた。彼女は電話のことなどすっかり忘れている。鷹男に指摘されて、あわてて受話器をとった。ずいぶん待たされた[8]滝子に向かって、「ごめんなさい。なんのハナシだっけ」七頁と巻子が言ったものだから、妹はかんかんに怒り、「今晩、みんなで、お姉さんとこへ行くわよ」八頁とだけ言うと電話を切ってしまった。

ここまでの描写で、里見家のあわただしい朝の様子が手に取るようにわかる。なかでも専業主婦である巻子が異彩を放っている。確かに彼女は主婦としてこまめに立ち働いている。だがその言動はどこかおっとりして、悪く言えば少々間の抜けたところがある。しかしそれがかえって魅力となり、視聴者の心を早くも捉えてしまう。

電話に出るとき、巻子は常に口を動かしている。この早朝の電話でも、彼女の食べる姿が「口をモグモグさせながら」[四頁]と「またモグモグやりながら」[七頁]の二度にわたってト書に記され、巻子の無邪気でのんきな性格が描写されている。彼女がいったん受話器を置いてから、この気質は一層はっきりと描かれる。子供の世話にかまけて、巻子は電話中であったことを失念してしまう。しかもその内容を思い出せなかったのである。

しかし巻子は能天気なだけの主婦ではない。実は大きな悩みを抱えていた。出勤する鷹男の背中に向かって、彼女は「今晩も会議ですか」[八頁]と声をかける。自分で〈会議〉と言っておきながら、巻子はそれを信じているわけではない。帰宅が毎晩遅いのは、夫が浮気をしているからではないかと疑っていたのである。

鷹男は話題を変えようと、今日なぜ実家へ行くのか理由を聞いた。巻子は、母親の満期になったへそくりの相談にのるためと明かした。ふじは通帳の住所を、わざわざ里見家にしていたのである。その訳を、「おじいちゃんに判ると、気がゆるむと思うんじゃないの？　もう少し働いてもらわないと」[九頁]と巻子は察している。

この説明を聞いて、鷹男は「いくつになっても、男は大変だな」[九頁]とこぼす。男は七十近くになっても働かされ、一方女は夫の金でちゃっかりへそくりする、とぼやいたのである。それに対して巻子は「女の方が大変ですよ」[九頁]と言い返す。この台詞は、女性一般について述べたものではない。夫の浮気に悩む自分の気持ちが思わず出たのである。その証拠に、ト書には「巻子、軽く意味をこめた視線で夫を見る」[九頁]とある。但《ただ》しこの時点では、お互いにジャブを出し合う程度で、鷹男の浮気はまだ大きな問題にはなっていない。

風向きが悪くなるのをおそれ、鷹男は「おじいちゃんによろしくいってくれ」[九頁]と言い、玄関から出ようとした。けれども巻子は「おじいちゃんだけですか」[九頁]と絡んでくる。辟易《へきえき》した夫は、「『桃太郎』じゃないんだから、いちいち、おじいさんとおばあさんて言うこたァないだろ」[九頁]とやりかえした。こうした夫婦のやりとりは、視聴者に軽い笑いを誘う。さらにここでは、〈桃太郎〉という新たなモチーフを生み、次の展開への橋渡しをしている。

滝子は次に綱子へ電話をかけた。ところが彼女は留守であった。無人の部屋がさりげなく描写[9]される。仏壇には夫の位牌《いはい》と写真が立ててあり、廊下の隅には息子が使っていたと思われるスポーツ用具が置かれていた。

ここでひとつの疑問が浮かんでくる。なぜ滝子は長女の綱子へ真っ先に電話を入れ、そこを集合場所にしなかったのだろうか。おそらく三女は、綱子は留守がちなので本人を捉《つか》まえられるかどうかわからないし、会合場所としてもにぎやかな巻子の家のほうが集まりやすいと考えたのだろう。あるいはひょっとすると、綱子は巻子ほど妹たちの信頼を得ていなかったのかもしれない。彼女には秘密があり、この内心のやましさから、積極的に妹たちの世話をしなかったのではないだろうか。

綱子は料亭「枡川《ますかわ》」に出向き、玄関の花を活けていた。主人の貞治がこっそりとやってきて、背後から素早く「あした一時」（一六頁）とささやく。彼女は表情を変えずに小さく会釈する。このちょっとした動作から、二人は特別な関係にあり、しかもかなり長いつきあいであることがわかる。

そこへ滝子から料亭の帳場へ電話がかかってくる。女将《おかみ》の豊子は、電話の取次ぎはするものの、どこかつっけんどんな様子である。彼女は電話の最中《さなか》に、わざと今月分のお手当てを綱子の前へ差し出したりする。これは長電話を封じるためなのか、あるいは亭主との仲をすでに知っていて、嫌がらせをしているようにもみえる。

咲子のところには電話がない。彼女は自分の住所すらも姉たちに知らせていなかった。そこで連絡先は、咲子が働いている喫茶店「ピエロ」になっていた。滝子はやむなくその喫茶店へ足を運ぶ。どうしてアパートを教えないのかとなじる三女に、咲子は近いうち引越しするからと言いつくろう。これを言い逃れと感じた滝子は、「来られると具合悪いんじゃないの」（一八頁）と声を荒げた。ここまでの台詞から、四女が何か隠し事を持っている様子が窺《うかが》われる。

二人が口喧嘩しているところに、薄汚れたレインコートの勝又が現われる。滝子が受け渡し場所として、「ピエロ」を指定していたのである。視聴者は初め、彼が何者なのかわからない。彼女に渡した封筒が「青山興信所」と印刷されているのを見て、やっと見当がつく。また封筒の中身も、「露出が足ンなかったから」（二二頁）という台詞から、写真であると推測できた。

勝又は興信所の人間なのに、頼まれた写真をなかなか渡そうとしない。おどおどしながら、

「――嫌じゃ……ないすか」二〇頁と滝子にたずねている。これは彼の気弱な性格を表わしているようでもあり、また依頼主をとがめているようにもみえる。いずれにしても今晩の集まりは、封筒の中身が要因になっていることは確かである。

平凡な名前をつける理由

このように滝子を介して、竹沢家の姉妹が次々と紹介され、同時に彼女自身も少しずつ明らかにされていく。滝子に関して、向田邦子はドラマの冒頭で少しばかり情報を与えている。だが人物の魅力とは、他の人間とのかかわりのなかで増幅されるものである。ここでは巻子とのやりとりから、彼女の別な側面を探ることにする。

巻子が電話から離れている間、滝子は十円玉を入れ続けながら、姉が電話口に戻るのを待っていた。この執念は尋常ではなく、彼女の性格における重要な要素をなしている。また滝子は「あ、晩ごはん、すませてきますから」八頁と言って、電話を切っている。この無愛想な口のきき方に、巻子は「可愛げがないんだから」八頁と口をとがらせた。しかし滝子にしてみれば、姉に余分な迷惑をかけたくなかったし、自他の区別をきちんとつけたかっただけなのである。この気持ちが公私の区別にも及んでいる。彼女は姉妹へ連絡するとき、机上にある事務用の電話を使わずに、わざわざ閲覧室の赤電話からかけていたのである。

導入部のなかで、向田邦子はもちろん姉妹の両親も紹介する。この場合には、巻子が引き合わせ役を演じた。里見家では子供ばかりか大人も、恒太郎とふじを「おじいちゃん」「おばあちゃん」[九頁]と言う。これは子供の目線で二人を呼んでいたからである。鷹男の出勤時、この〈おじいちゃん〉〈おばあちゃん〉という言葉をきっかけに、おとぎ話の「桃太郎」が話題にのぼった。

ところで、向田邦子はなぜ四姉妹の実家竹沢家を、国立に設定[10]したのだろうか。向田が荻窪の両親の家に住んでいた頃、たびたび通ったN氏の住まいが高円寺にあった。作者は中央線をよく利用し、土地勘もあったので、巻子の嫁いだ里見家をまずは阿佐ヶ谷に置いたのだろう。

次に実家の竹沢家は、巻子が行き来しやすい場所でなければならない。彼女は両親に愛着があり、たびたび実家へ帰る設定になっているからである。向田邦子は電車一本で行ける沿線の町を探した。幾つかの候補地があるなかで、向田は最終的に国立を選んだ。その大きな理由は、この町が市民や学生たちの運動で勝ち取った文教地区だったからである。恒太郎ふじ夫婦は清新な土地を求めて国立に移り住んだ。ところが後になって、文化香る町の住人、恒太郎が妻の目を盗んで浮気をすることになる。

巻子は国立の竹沢家へ向かう。駅を出ると、彼女は夫との掛け合いを思い出しながら、「桃太郎」を小声で諳《そら》んじた。途中の八百屋で手土産に、母親と同じ名前のりんご「ふじ」を買う。この選択にも母親への愛情が感じられる。そして実家へ着いてみると、昔話のとおりに、恒太郎は「庭で柴刈り」[一一頁]、ふじは洗濯をしていた。巻子は思わずフフフと笑い、「ここで桃、出せばいいんだけど」[一一頁]と言いながら、りんごを差し出す。

昔話の持つほのぼのとした雰囲気はこの後も持続する。恒太郎は何かと妻をいたわり、ふじは出勤する夫のコートの衣紋《えもん》を直して彼を送り出した。この様子から、娘には両親が仲のよい「おだやかな老夫婦」（一四頁）にみえた。

　主要人物の紹介があらまし終わったところで、気がつくことがある。それはどの人物も平凡な名前がつけられていることである。魅力的な名前の持ち主は一人もいない。逆に向田邦子の命名があまりにも無造作であるかのような印象を受ける。しかし『触れもせで』[11]を読むと、名前に対する向田の深い考えを知ることが出来る。

　あるドラマで、ＴＢＳのディレクター久世光彦が平凡な女性名を勝手に書き直し、向田邦子にひどく叱られたことがあった。非常にロマンチックな名前にすると、その人物は選ばれた特別な女性になってしまう、と向田は説明した。彼女の描く人物は、普通に生まれ、普通に育ち、普通の人を好きになる女性ばかりである。そのような女性は、「普通の顔に菩薩《ぼさつ》の笑みを浮かべ、普通の顔をして心に鬼を棲《す》まわせる。だから女は可愛いし、だから女は嫌らしい[12]」のである。

理想的な父親が卑劣な男に

　遅れて到着した咲子が居間に入ってくると、巻子は「やっと揃った」（二五頁）、「なんなのよ、ハナシって――」（二五頁）と滝子に催促した。そのとき映像は、次女の声を流しながら、玄関の「三人三様にならんだ姉妹のはきもの」（二五頁）を映し出す。〈はきもの〉が導入部を総括するかのように、娘たちの性格や境遇を如実に示している。

　巻子に促されて滝子は、「お父さん、面倒みてる人、いるのよ」（二五頁）と言いにくそうに口を開いた。寝耳に水といった様子で、皆は一瞬ポカンとする。綱子は「まさか――ほかの人ならともかく、うちのお父さんに——そんな」（二六頁）と笑い出す。巻子は真顔で「お父さん、数えで七十よ。バカバカしい」（二七頁）と父親の浮気を頭から否定した。

滝子は他の姉妹が信じようとしないので、自分が「十日前」（二七頁）に目撃した光景を話し始めた。スケート・ボードをして遊ぶ十歳位の少年を真ん中に、若やいだカーディガンを着た恒太郎と中年の女性（土屋友子）が並んで歩いていたというのである。「人違いじゃないの」（二八頁）とまったく信じない巻子に、三女は興信所で調べてもらったと言い、写真の入った封筒を取り出した。

向田邦子の計略は巧妙であった。滝子は姉妹のなかで最も男性に縁がなく、その分異性関係にはとても敏感だった。このような女性を、向田は浮気の目撃者にしたのである。滝子が男性に臆病なのは、もしかすると恒太郎と関連があるのかもしれない。彼女は父親を理想化し、他の男性をなかなか受け入れようとしなかった。三十歳になるまで独身を通してきたのも、好ましい恒太郎のイメージから抜け出せなかったからだろう。

その恒太郎が滝子を裏切った。理想的な父親が卑劣な男に成り果てたのである。彼女には大きな衝撃であった。その証拠に、三女は浮気を発見してから〈十日〉間も姉妹には知らせず、自腹で興信所に調べさせている。滝子は恒太郎の浮気を、竹沢家の問題として考える前に、まずは自分の問題として考えていたのである。

巻子が「お父さんも男なんだ……」（三二頁）ともらすが、そのことを痛切に感じたのは滝子であった。恒太郎はふじと対をなす父親と思っていたのに、〈男〉という別の側面も持っていたのである。浮気の事実を知って、父親が急に生臭く汚らわしい存在に感じられた。三女は自分のなかでわき起こる感情をどうにも処理できず、とうとう怒りを周囲にぶちまけてしまう。

各自が好き勝手なことを言っている姉妹に、滝子は腹を立て「ね、あんたたち、なんともないの！　お父さんに、女の人がいたのよ！」三二頁とわめきちらした。潔癖症ゆえに、父親の浮気を許せない彼女は、「あたしねえ、お父さんにハッキリ手を切ってもらうか、さもなかったら、お母さんと別れて」三四頁と両親の離婚にまで言及した。

ここで、巻子が同じ日の午前中に、実家を訪れたときの両親の様子を思い出してほしい。次女はゆったりした生活を送る二人を見て、〈おだやかな老夫婦〉と感じた。この印象と滝子が持ち込んだ情報との間には、大きなギャップがある。恒太郎の浮気を知ってから、国立の家での情景をふり返ると、また違った事実が見えてくる。

庭木戸から入った巻子は、恒太郎が庭木を刈り、ふじが洗濯する姿を目にして、思わず〈ここで桃、出せばいいんだけど〉と言った。その台詞がいよいよ現実味を帯びてきた。浮気相手の土屋友子には、十歳くらいになる「桃太郎」がいたのである。

最近の恒太郎は、落ちていた洗濯物を拾ったり、豆腐屋が来ているとわざわざ知らせたり、また雨戸を閉めたりするようになっていた。読者[13]からみると、この一連の行動は、老いてきた父親が連れ合いのふじに優しくなった証と思われた。けれども浮気発覚後は、これらの行為がせめてもの罪滅ぼしとしか考えられなくなる。

一方ふじも恒太郎の浮気を、この時点ですでに知っていたのではないだろうか。滝子の爆弾発言のあと、導入部にある実家の場面を読み返してみると、合点のいく箇所が幾つかある。出勤日は「やっぱり週二日?」(一一頁)とたずねる巻子に対し、ふじは即座に「火曜と木曜」(一一頁)と答える。これは一見ごくありふれた会話にみえる。しかしふじは、恒太郎が勤めを隠れ蓑《みの》にして、〈週二日〉愛人と会っていることを知っていた。だから腹立たしい曜日が彼女の口から反射的に出た、ととれなくもない。

ふじが銀行の通帳を隠す様子も、老妻のほほえましい光景と考えられた。だが彼女が夫の浮気を知っていたとなると、この行為は離婚した場合の老後の貯えだったのかもしれない。通帳を膝の下にしまい込むときの「目にもとまらぬ早業《はやわざ》で」(一三頁)というト書が、ふじの切実感をよく表わしており、納得のいく行為になる。

老夫婦間の微妙な変化に気づかぬ巻子に、ふじは「お金の苦労だの、やかましいなんてのは、苦労のうちに入ンないよ」(一二頁)とこぼす。金銭での悩みや夫の口うるさいことなどは、些細な問題にすぎないと述べている。そして言外に、夫の浮気ほど泣かされるものはないと匂わせているのである。

ところが巻子はふじの意図を汲《く》み取れない。彼女は逆に、お母さんは「女としちゃ、しあわせな方かな?」(一二頁)と述べる。これは、娘が母親の同意を確信して発した言葉である。返答に窮したふじは、「――お前のとこも大丈夫なんだろ」(一二頁)と話題を巻子の方へ向ける。台詞の前にある棒線は、母親の当惑を示している。けれども問われた娘も夫の浮気を疑っており、とっさに答えられない。ふじ同様に間を置いて、「――今のとこはね」(一二頁)と言葉を濁した。

話の途中で、巻子は今朝の電話を思い出し、四人姉妹が今晩集まることをふじの耳に入れる。

母親は「みつけたんじゃないか。ねえ、——相手」一三頁と言う。巻子は即座に「違うっていうのよ」一三頁と否定する。娘がここで考えている〈相手〉とは、滝子の結婚相手のことである。しかし将来を誓うパートナーならば、咲子がそうしたように、まずは両親に知らせ、同意を求めるのが普通であろう。姉妹への紹介はその後となる。そうだとすると、ふじの述べた〈相手〉とは、ひょっとすると恒太郎の浮気相手とも考えられる。彼女は娘たちが夫の裏切りを見つけ、その善後策を講じてくれることを密かに待っていたのかもしれない。

浮気をめぐる見解の相違

話を再び四人姉妹の集まりへ戻す。ここでは滝子が一人いきり立って、恒太郎を激しく責める。「五十年、お父さんにつくして、六十五[14]になって裏切られ」三三頁た母親をかわいそうに思い、父親の理不尽な行為を許せないのである。だが他の姉妹は、三女の過激な発言に全面的に賛成しているわけではない。なかでも咲子は、糾弾者の滝子へ強い批判を浴びせた。

咲子は姉妹のなかで「みそっかす」一七頁として、どうやら仲間はずれにされているようである。綱子は電話で、「ね、咲子も呼ぶの?」一七頁と聞き返し、里見家に来てからも、「咲子、呼ぶこともなかったんじゃないの?」二五頁と排他的な発言を繰り返している。彼女は末っ子に何か痛い目にあわされたことがあったのかもしれない。それに対して、滝子は「だって——呼ばないと、ひがむもの」二五頁と、仕方なく呼んだ理由を説明する。彼女たちにとって、咲子は何をしでかすかわからぬトラブルメーカーなので、できればメンバーに加えたくない存在のようである。今夜の会合においても、三人の心配は的中する。彼女は誰はばかることなく、強い口調で自分の考えを言ってのけた。

滝子の恒太郎への非難に対し、咲子は「滝ちゃん、やり方が、インケンじゃない」三三頁と横槍を入れる。彼女は三女が興信所を使って、父親の身辺調査をしたことを責めている。そして「どして（お父さんに）ジカにいわないの」三三頁と詰問した。この問いに対し、滝子は面と向かって答えることが出来ない。

反論できぬ滝子は、問題をすり替えるかのように、浮気されたふじを持ち出す。「どっちにしても、あたし、お母さんのために」三四頁と勢い込んで話し始めた。すると咲子がすぐさま話の腰を折って、お母さんのためというより、自分のためって聞こえると皮肉る。そしてさらに、「何かに八ツ当りしてるみたい。つとめも面白くない、男の友達もない」三四頁ので、憂さ晴らしをしてるみたいだ、と言わずもがなのことを口にした。

滝子は咲子の大胆な発言に男の影を嗅ぎ取り、「咲子、あんた、誰かと一緒に住んでるんじゃないの。自分が不潔なことをしてるから」三五頁と反攻に転じた。しかし男女の問題では妹の方が一枚上手であった。咲子は姉にそれ以上言わせず、「あら、滝ちゃんの方がよっぽど不潔じゃない。滝ちゃんさ、わざとお化粧もしないで、地味なカッコーしてるけど、本当は男にもてたくてもてたくてウズウズしてンじゃない。自分の欲求不満、人のことでうさばらししてンじゃない」三五頁と辛《しん》辣《らつ》な言葉を吐いた。図星を指された滝子は、一層傷つき、怒りがつのった。

咲子の非難はふじにまで及ぶ。彼女はまず、浮気は「夫婦の問題」三五頁であって、娘が関与すべきでないと言う。そして次に、「夫が外に女つくるってことは、お母さんにも、責任あるんじゃない？　うちのことはちゃんとやるけど、キマジメすぎて、セックス・アピールがないから」三五頁と思いがけない発言をする。つまり浮気を引き止められないのは、ふじに女としての魅力がないからで、彼女にも責任の一端があると主張している。

この台詞は、もっぱら父親の非を唱える滝子の意見と真っ向から対立する。巻子も母親を擁護して、「言いすぎよ、あんた！」三五頁と四女を強く責めた。けれども咲子の発言によって、読者は頭から恒太郎を裏切り者、ふじを被害者、と決め付けられなくなる。

「女正月」というタイトル

恒太郎の浮気発覚で、竹沢家の姉妹に衝撃が走った。しかし四人の会合は、各自が好き勝手なことを述べるだけで、解決へ向けてそれほど実りある話し合いにはならなかった。その理由は、四人姉妹が久しぶりに集まったということと、第一話のタイトルにもなっている「女正月」だったからである。

古い言葉をよく知っている向田邦子から、久世光彦が「女正月」について講釈を受けたことがあった。「左義長《さぎちょう》」という言葉をたずねたときである。「左義長」とは、正月に使った門松や注連縄《しめなわ》、お飾りなどを、一月十五日に神社の境内に持ち寄って焼く風習のことで、地方によっては「どんど焼」とも言うと教えてくれた。

それから付け加えるように、「別に関係ないけど、この日は〈女正月〉とも言うのよ。お正月の間台所で忙しかった女たちが、ようやくほっとして女だけでご馳走を食べてこっそり新しい年を祝うの。知らなかったでしょ[15]」とも説明している。

向田邦子が述べた〈女正月〉の定義と、里見家での四人姉妹の集まりとを照らし合わせてみる。時節としてはほぼ合致している。綱子が「鏡開きって、今日だった？」（二一頁）と聞いたのに対し、鷹男は「本当は、……十一日だったかな」（二一頁）と答えており、十一日以降に集まったことがわかる。このドラマの放映が昭和五十四年一月十三日だったので、向田はおそらく「女正月」の十五日に四人が集まると想定し、シナリオを書いたと思われる。

けれどもそれ以外では、語義との間にかなりの食い違いがみられる。四人姉妹のうち、〈お正月の間台所で忙しかった〉のは巻子だけではないのか。彼女には家族があり、役職の夫を訪れる年始の客もあったであろう。それに対し他の姉妹は、来客もなく静かな正月を過ごしたと思われる。

またこの日は、竹沢家の姉妹が〈ご馳走を食べてこっそり新しい年を祝う〉ために集まったわけでもない。皆で陽気に〈祝う〉ような楽しい会合ではない。父親の浮気というショッキングな出来事に、四人がどのように対処すべきか相談するために顔をそろえたのである。

ではなぜ向田邦子はこの集まりを〈女正月〉とみなし、わざわざ第一話のタイトルにしたのか。実家を離れてバラバラになった姉妹が、不幸な出来事ではあっても全員集まったことに艶《あで》やかさを感じ、彼女は〈女正月〉を連想したのではないだろうか。

向田邦子は華やいだ雰囲気を醸《かも》し出すものとして、鏡開きを用意する。これは本来、鷹男も述べているように、一月十一日の行事である。だが作者は〈女正月〉用の〈ご馳走〉として、黄金色に揚げられたかき餅《もち》を、是非とも四人姉妹にふるまいたかったのだろう。

　鏡開きとは、正月の間飾ってあった鏡餅を「刀や包丁で切ることを忌《い》み、槌《つち》を用いて、手で打欠いて(16)」、それを「一般に汁粉にして、人に饗応《きようおう》する(17)」ことである。里見家では、鷹男が大きな鏡餅を鉄鎚《かなづち》で割って細かくし、それを天ぷら鍋の中へ入れる(18)。餅が狐色《きつねいろ》に色づくまで「巻子が揚げ、綱子がアミにとって、バットにあけ、滝子が、半紙を敷いた皿にとって、塩をかける」二三頁。

　この一連の作業は、咲子が来るまでの間になされている。彼女が到着した後、滝子は思いつめた様子で、父親の浮気を告げた。ところが楽しいイベントの余韻もあって、報告者がどんなに力んで話しても、誰も真剣に聞こうとしない。否、むしろ深刻な問題だからこそ、先延ばしにしたいと思っていたのかもしれない。

　日頃の父親を思い出して、巻子が「あんな、ブキッチョな――デパートで、自分のシャツ一枚、買えない人が、女の人」二六頁まで言うと、急に笑い出す。この笑いには、そんなことはありえないという気持ちと、それ以上は口にしたくないという思いが入り交じっている。笑いで本題から逃げたと感じた滝子は、「なにがおかしいのよ。女の人デパートで買うわけじゃないでしょ」二六頁と訳のわからないことを口走ってしまう。本人はまじめに言ったつもりでも、突拍子もない内容なので、周りは大笑いとなる。

　恒太郎は定年後、昔の部下のお情けで、小さな会社へ火曜と木曜だけ出勤している。そんな父親には女性を囲う金銭上の余裕などない、と綱子は主張する。すると巻子はここぞとばかりに、「そんな火木の人になにが出来るの」二七頁とちゃかす。父親の寡黙を出勤する火木とかけて、〈火木の人〉と呼んだのである。彼女は今朝実家で思いついた駄洒落を、姉妹の前で言いたくてうずうずしていた。これも〈女正月〉のなせる業《わざ》である。

母親の辛苦の象徴

けれども姉妹の笑いは、時として翳《かげ》りを帯びることがある。それは父親の背信行為そのものよりも、母親のために覚えた憤りからきている。ひび割れて硬くなった鏡餅を見たとき、彼女たちはとっさにふじの踵《かかと》[19]を思い出した。母親のひび割れた踵は、彼女が家のために身を粉にして働き、食べ物も滋養のあるものは夫や子供に回し、自分は雑炊《ぞうすい》しか食べなかった結果である。そのようなふじの苦労が、こんがり揚がった小さな餅を食べるたびに思い返されたのである。

前述したように、咲子は姉たちとは見解に相違があり、浮気をされた母親にも落度があったと指摘した。この発言は彼女の性格や個人的な事情にも起因するが、その最大の理由は、咲子だけが遅れてやって来たために、母親の辛苦の象徴であるひび割れた鏡餅を見ていなかったことによるのである。

そのかき餅をおいしく食べていた綱子が、急に口を手でおおい、何かを吐き出した。差し歯を折ってしまったのである。彼女は母親に同情を寄せているが、実際には父親と同罪である。綱子も浮気をしていたのである。その言行不一致が差し歯を失うというアクシデント[20]で視覚化されている。長女は「ほら（そりゃ）お父はん（さん）ヒロイ（ひどい）わ」三四頁、「ニンゲンとして許せない！」三四頁と恒太郎を責め立てる。だが綱子の非難は字面ほど強いものではなく、説得力のなさが息のもれた発音に示されている。

咲子は父親の浮気など「あたし、関係ないもの三八頁」とばかりに突如立ち上がり、ボクシング中継を見ようとテレビをつける。彼女にとっては、両親の問題よりも同棲している男の仕事の方が気になるようである。

このように四人姉妹の発言はまちまちである。とはいえ父親の浮気に関心がないわけではない。むしろ真相を知りたいと強く思っている。しかし滝子が写真を取り出そうとしたとき、巻子はとっさに封筒に飛びつき、「見ちゃいけないのよ、こ、これ、これ、玉手箱なのよ、あけたら、本当のことになってしまうのよ二九頁」と警告した。彼女には事実を突きつけられることが何よりも怖かったのだろう。

このとき夢想家の巻子は、「桃太郎」に次いで「浦島太郎」を思い浮かべていたに違いない。浦島太郎が玉手箱を開けて真実を知ったように、彼女は封筒の写真を見て、父親の浮気が現実のものとなることを恐れた。巻子はこの場では、真偽を確かめたい気持ちを何とか押さえ付けたのである。

その後、滝子と咲子が互いに相手をそしり、取っ組み合いの喧嘩《けんか》になったとき、ハトロン紙の袋が床に落ち、写真がちらりと顔をのぞかせた。その瞬間、巻子はもちろんのこと、居合わせた皆が浮気の証拠を「それぞれ横目を使って見てい三六頁」た。事実を〈見て〉しまった以上、彼らはもはや見なかった「以前」に戻ることは出来なくなった。

四人姉妹は善後策を講じようとする。けれども話は空回りばかりして、いつのまにか屈託のないおしゃべりになってしまう。事の重大さをよくわかっていながらも、彼女たちはついつい話を脱線させてしまうのである。これこそが久しぶりに顔を合わせた〈女正月〉の本質なのかもしれない。

懐かしい食べ物を味わうと、姉妹の話題はおのずとそれを味わった過去へ向かい、さらにはその食べ物にまつわる家族の出来事へと移っていく。思い出が彼女たちを一気に子供の頃へ帰すのである。また肉親の気安さから、あけすけな言葉も飛び交う。時にはちょっとすねたり、少し意地悪をしたり、わずかに怒ったりもする。この〈女正月〉は、日頃の憂さを晴らすにはうってつけであった。だが浮気の後始末を話し合う場としては、まったく不向きな会合だったのである。結論を断念した巻子は、綱子に「あしたでも、二人だけで、相談しよ」三六頁と耳打ちする。そして最後に、ほとんど会話に口を挟まなかった鷹男が、どんなことがあってもお母さんの耳には入れないようにと当面の方策を述べ、姉妹も同意した。彼はこの発言により、かろうじて自分の存在意義を示したといえる。

鷹男は〈女正月〉における自分の立場をある程度わきまえていた。彼は「女のきょうだいないから、女のきょうだい四人集まる」二一頁ことに興味深々で、今日に限って「鉄砲玉で帰って」二一頁きたのである。但し〈女正月〉が女性だけの集まりであることは十分に知っていた。したがって彼は女性の輪の中へしゃしゃり出ない。今夜は準備役に徹して、鷹男は大きな鏡餅を割り、姉妹が着くたびに玄関まで迎えに行った。そして全員がそろうと、揚げ餅とウイスキーを手に持って、自分は少し離れた別のテーブルへ席を移した。この日の主役はあくまでも女性たちなのである。

2　阿修羅とは何か

誰もが心の中に潜ませている「業《ごう》」

向田邦子はドラマのタイトルを『阿修羅のごとく』と命名したが、この「阿修羅」とはいったい何なのか。その手がかりを、向田がシナリオの冒頭に掲げた「阿修羅」の定義の一部から求めていくことにする。

外には仁義礼智信を掲げるかに見えるが、内には猜疑心《さいぎしん》強く、日常争いを好み、たがいに事実を曲げ、またいつわって他人の悪口を言いあう。怒りの生命の象徴。争いの絶えない世界とされる。

〈仁義礼智信〉を少し平易に述べれば、慈しみの心を持ち、道理や礼節をわきまえ、物事をよく理解し、人を信頼する、ということになるだろう。このような善行を標榜しながら、「阿修羅」はねたみや疑いの心が強く、絶えず他人ともめ事を引き起こす。そればかりか事実を曲解し、嘘《うそ》でもって相手を攻撃する。この表裏両面を合わせ持つ世界こそが「阿修羅」なのである。しかし『阿修羅のごとく』では、暴力沙汰が描かれるわけではない。滝子と咲子が取っ組み合いの喧嘩をしたり、豊子が綱子に水鉄砲を向けるぐらいで、他者との直接の争いごとはほとんど起こらない。むしろ向田邦子は内面に潜む情動に焦点を当てている。日常生活のなかで何とか折り合いをつけてきたのに、ちょっとした弾みで疑念やねたみに振り回される人物の有様を、「阿修羅」と表現しているのである。

前述の感情の揺れは、程度の差こそあれ、誰しもが心の中に潜ませているように思う。「阿修羅」の根幹をなす猜疑心、嫉妬心、闘争心は、すべての人間が持っている悪業《あくごう》なのである。おそらく人間は一生これらの業から逃げ出せないだろう。人生はきれいごとばかりではない。生きていくうえで、人間は必ず「阿修羅」をむき出しにする時が何度もおとずれるはずである。

したがって「阿修羅」に性差はなく、男も女も内面に抱えている。ところが『阿修羅のごとく』を読むと、女性の「阿修羅」が頻度においても、また密度においても男性陣を圧倒している。その理由を考えると、まず思い浮かぶのは、女性が当時置かれていた社会的地位である。このシナリオが執筆された昭和五十年代、主導権はまだ男性が握っていた。社会だけでなく家庭においても、男性が優位に立ち、女性は我慢を強いられた。その忍耐が限度を越えたとき、女性の「阿修羅」が間歇《かんけつ》的に現われたのである。

だが三十年以上も時がたつと、社会はおのずと変化し、男女平等が当然の時代になる。そして女性の立場もかなり改善されてきた。このような推移のなかで、女性が社会的な要因のみで「阿修羅」になることは減少したといえる。

けれども女性特有の性向は、今も昔もそれほど変わっていない。一般に女性は、人の内面を見抜く能力に、男性よりもはるかに長《た》けている。女性の繊細な感覚は心の襞《ひだ》まで読み取り、相手が隠そうとする秘密をも容易に嗅ぎ出してしまう。さらに女性は隠し事を持っていたとしても、平静さを装うことなどわけなく出来るのである。

嘘をつくことも、女性の方が男性より数段上である。偽りごとが露見しても言葉巧みに言いくるめてしまう。また女性のプライドが相手に頭を下げることを許さない。加えて、本能的に見栄っぱりである。女性はまさに「阿修羅」な存在なのである。但しこのような性向は常に陰湿なものになるわけではない。少なくともこのドラマでは、劣等な性情ではなく、生活に張りをもたらし、活気づけるエネルギーの役割をも果たしている。

物を投げつける女たち

ところで、『阿修羅のごとく』の女性たちは、我慢を不当に強いられたり、思わくと現実との間に大きな隔たりがある場合、鬱積《うっせき》した感情を一気に吐き出す。そのとき彼女たちは言葉でなく体で反応する。口よりも手の方が先に動いてしまい、物を叩きつけて、やり場のない怒りを爆発させている。これによって胸のつかえがおり、平常心へ戻ることが出来たのである。

物を投げつける人物としてまず思い浮かぶのは、母親ふじと次女巻子である。この二人はあとで詳しく検討するので、ここでは他の女性を挙げることにする。

長女綱子は息子正樹の帰京を機に、料亭の主人貞治との浮気をやめ、昔のような息子と二人の生活を夢見た。しかし正樹は恋人と同伴で現われ、しかもその夜彼女と同室に寝るつもりでいる。綱子はものわかりのよい母親を演じながら、夢と現実との落差に打ちのめされる。息子が帰ったあと、彼女は怒りがこみ上げてきて、赤ぶどう酒をぶちまけた。もっとも綱子の場合、貞治に障子の張替えを確約させてから、ぶどう酒を「白い障子に向って叩きつけ」《三一一頁》ている。これは周到に準備された発散行為である。

それに比べて、三女滝子の場合は突発的な動作だった。勝又が竹沢家へ引越してきた日、柱の疵《きず》に気づきたずねると、滝子は四女咲子と喧嘩をしたとき、文鎮《ぶんちん》を投げてつくったものだと平気な顔で言う。さらに「うち、みんなやる（投げる）のよ」《二八五頁》と付け加え、これは「遺伝じゃないかな」《二八六頁》と怖いことを言った。それがすぐに実証される。滝子が踏み台に乗り、釘《くぎ》を打ちつけていると、勝又が彼女の尻にしがみつき、顔を押しつけてきた。滝子は激しく抵抗し、手にした鉄鎚《かなづち》で彼の頭を殴ってしまう。ドサクサにまぎれて抱こうとする勝又も悪いが、前後の見境もなく鉄鎚で恋人を殴る滝子も恐ろしい。彼は頭を抱え、畳の上にのびてしまった。

この引越しの日、四女咲子が陣中見舞いとして、特上の寿司を出前させた。夫の陣内がボクシングのチャンピオンになり、咲子の生活は一変した。随分と金回りがよくなり、派手なスポーツ・カーを飛ばしてやって来たのである。滝子に寿司をすすめながら、彼女はアメリカン・レッド・フォックスを着た自分をお母さんに見せると言って、コートも脱がずに仏壇の前に座った。そのあと咲子は頼まれてもいないのに、勝又の転職先を見つけてきた、と得意気にまくしたてる。

滝子にはこれらの振舞いが、すべて自分への見せつけに思えた。

さらに咲子は、頭を押さえている勝又の様子から、滝子が鉄鎚で殴ったことを見抜き、そのような「ヒス起[二九二頁]」こすのは、「勝又さんが男としてすることしないから[二九二頁]」とからかう。ここまでの滝子は四女に対し、言葉でなんとか応戦していた。だが二人のセックスに関することまで言われて、ついに堪忍袋の緒が切れる。彼女は突然、特上五人前の「すし桶をおっぽり出[二九二頁]」してしまった。

不思議なことに、向田邦子は咲子が物を投げつける場面を描いていない。彼女は母や姉たちの痛いところをずけずけと言い、身勝手な振舞いや、ゆき過ぎた行動に出ることがある。まさに跳《は》ね上がり者なのである。けれどもそれゆえに、咲子は鬱積した感情を抱え込まない。すべて発散してしまうのである。四女は実家において、口で挑発することはあっても、物を投げつけるほどの怒りを覚えたことがなかったのだろう。このように自分本位な咲子であるが、陣内との生活では別な側面を読者に示す。そこでの彼女は一貫して男に尽し、耐える女性を演じている。

専業主婦が見せる「阿修羅」

女性が「阿修羅」な顔をのぞかせるのは、浮気に関連したときが多いようだ。『阿修羅のごとく』において、登場する女性はすべて浮気とかかわりを持つ。ふじは恒太郎に浮気をされ、綱子は料亭の亭主と浮気をする。巻子は鷹男の浮気を疑い、滝子は父親の浮気を探り、咲子は恋人に浮気をされ、後には自分も浮気をしてしまう。

竹沢家の女性のなかで、ふじと巻子が特に「阿修羅」な姿をさらけ出す。なぜなら、この二人は夫のある身だからである。ふじと巻子は専業主婦として、身も心も家庭に捧げ、それが平穏無事であることに喜びを感じている。しかし男性たちは自己実現できる場を家庭以外にも持っているので、二人の切実な気持ちを理解できない。ややもすると夫が妻を裏切り、妻の不安を募らせ、妻を傷つけることになる。一方彼女たちは、この問題を一人で抱え込みながら懸命に耐えている。そして我慢の限度を越えたとき、一足飛びに「阿修羅」へと変身するのである。

恒太郎の浮気を知った翌日、巻子は父のことを相談するため、綱子の家を訪れた。ところが姉は料亭の主人貞治と密会中であった。二人は鰻《うなぎ》の出前が届いたと思い、玄関の戸を勢いよく開けると、そこには巻子が立っていた[1]。驚いてその場を立ち去った妹を、綱子はバス停まで追いかけ、連れ戻す。

二人は茶の間で、お互いの顔を見ないように座っている。気まずい雰囲気を打ちこわそうと、姉は妹がきっと心に懐いているだろう非難を自分から口にした。だが巻子は意外にも綱子を責めず、「うちの鷹男も浮気してるから、妻子のある男と間違いをした姉さんは、許せない――こういえばいいの?」[四五頁]と応じる。巻子は自分の悩みを打ち明けることで、姉の気持ちを軽くしてあげようと考えたのである。

綱子は実際この台詞で気が楽になり、いつもの冗談が徐々に出るようになった。彼女は妹の屈託ない笑いに安心し、食事をしようと持ちかける。そして台所にあった鰻重を二つ運んでくる。一つを妹の前に置いたとき、巻子が低い声で「お金、誰がはらったの」[四七頁]、「あの人じゃないの」[四七頁]と続けざまに聞くや否や、鰻重を台所の方へ勢いよく振り払った。ちょうど立ち上がろうとした綱子は、中身をもろにかぶってしまう[2]。

姉への思いやりをみせていた巻子が、鰻重を出されたとたん激怒した。彼女の豹変《ひょうへん》は何に起因したものなのか。綱子の手料理であれば、妹は多分おいしく食べたにちがいない。彼女も台所に立つ苦労をよく知っているからである。けれども出されたものは出前の鰻重であった。鰻はおそらく精のつくものとして取り寄せられたのだろう。それを思うだけで、巻子には鰻重が不潔に思えた。まして貞治が代金を払ったとなると、鰻を口にすることは浮気を容認したことになる。断じて食べるわけにはいかない。

巻子は浮気された女性のことを考えると、怒りを抑えることが出来なかった。綱子と貞治が一緒においしい料理を食べている間、彼の妻は一人寂しく粗末なものを口に運んでいる。このような光景が巻子の目に浮かび、彼女は夫に裏切られた女性と自分とを重ね合わせたのだろう。但しこれらのことは、読者が推測するだけで、巻子は一切口を開かない。そもそも彼女は、綱子の過ちをとがめもしなければ、自分の無作法な振舞いを姉に謝りもしなかった。

のんびり屋で愛想のよい巻子と、「阿修羅」と化した彼女との間には大きな隔たりがある。滝子が勝又に、姉妹の誰もが物を投げつけるのよと言ったとき、彼は「お姉さんたちも」(二八五頁)とたずね、「あの顔で?」(二八五頁)と聞き返している。勝又には姉たちの穏やかな顔が、鬼の形相に変わることなど想像すら出来なかったのである。しかし巻子の場合、鰻重を放り出したときでさえ、顔の表情は少しも変わらない。心中がどんなに荒れ狂っていても、自分の醜《しゅう》なるものを見せたりはしないのである。
ふじと四姉妹、それに恒太郎と鷹男も加わり、竹沢家で寿司を食べるシーンがある。女性たちは文楽を観た帰りで、劇中で美女が突如鬼女になる場面を話題にしていた。綱子は過日のことを思い出しながら、「こわいなあ、え？　まあ、うちで一番こわいのは鷹男さんの前だけど、巻子じゃないの」六八頁と口にした。彼女は浮気の現場を見られた仕返しから言っているのではない。妹が何の前ぶれもなく「阿修羅」に豹変することを指しているのである。事情を知らぬ鷹男が妻の弱虫な姿を列挙すると、綱子は「そう思ってると、うしろからグサッとやられるから」六九頁と脅かす。巻子の柔和な表情にだまされ油断していると、不意打ちを食らうと警告したのである。

巻子の場合、滝子のように感情が徐々に昂《たか》ぶり、怒りが爆発するのではない。一見冷静な様子で、相手の言い分を認めるかのような笑顔さえ見せている。ところが心中では、相手の行為を許さず、反撃の機会を窺っているのである。そして絶妙なタイミングで怒りを一気に爆発させる。しかも暴挙のあと、巻子は顔色ひとつ変えずに平然と座っているのである。

心に溜め込まれた、ふじの憤り

子供たちが巣立った後の夫婦は、世話から解放された分、二人だけで暮らす時間が長くなり、配偶者の言動に以前にもまして注意を払うようになる。ふじはかなり以前から、恒太郎の浮気に気づいていたのかもしれない。彼女には夫が不在である火曜と木曜は、彼が不貞をはたらく日に思えたであろう。けれどもふじは、恒太郎の裏切りを決して口には出さず、慎ましやかな妻を演じ続けてきた。

　そのようなふじでも、普段の生活のある瞬間に、封じていた暗部が表出することがある。彼女が唱歌を歌いながら恒太郎のコートにブラシをかけていると、ポケットからミニ・カーが一つ転がり出た。黙って手の平にのせてしばらく見ている。畳の上で走らせたりもする。実に穏やかな動作である。だが突然、ふじはミニ・カーを襖《ふすま》へ向かって叩きつけた。そして「おだやかな顔が、一瞬、阿修羅に変る」五四頁。しかし電話が鳴ると、「すぐいつも（の表情や声）にもどって」五四頁、にこやかに応対している。

　ほんの一瞬鬼になることで、ふじはギリギリのところで心のバランスを保った。向田邦子はこのシーンのト書で、初めて〈阿修羅〉という言葉を使用している。ふじの一連の行為こそが、向田の考える「阿修羅」の姿なのである。作家の意図に呼応するように、演出家和田勉は、ふじが鬼女に変わった顔を、画面いっぱいにクローズ・アップし、ミニ・カーを投げつけるシーンをストップ・モーションで描く。そして襖に突き刺さったミニ・カーが大写しになる。視聴者には、この場面だけが日々の営みのなかで突如凝結してしまったかのように感じられた。

　向田邦子は男性がポケットでしくじる例を幾つも書いている。例えば『冬の運動会』では、健吉がマスクを取り出そうとしてブラジャーをひっぱり出し、家族を唖然とさせる。もう一つ『森繁の重役読本』における奥さまの話を挙げておく。夫人は重役のポケットを見るたびに、「男なんて、偉そうなこと言っても、抜けてるもんだな、って思いますのよ」(3)と打ち明けている。男性が悪事の証拠をポケットに隠したつもりでも、「夜寝るときまで洋服着て寝られない」(4)ので、妻には「みんな丸見えですのよね[5]」と断言している。

もっとも恒太郎の場合、悪行を隠すためポケットを利用したのではない。何か場違いな所にミニ・カーが転がっていたので、元の場所へ戻そうとして、うっかりポケットに入れてしまったのである。したがって彼の行為そのものに悪意はない。けれども愛人宅にいたという間接的な証拠にはなってしまった。

ふじはミニ・カーを投げつけるとき、小学唱歌を口ずさんでいる。数多くある唱歌のうち、彼女はなぜ「かたつむり」を選んだのか。「角出せ、やり出せ、あたま出せ」[五四頁]のフレーズにはどのような意味が込められているのだろうか。なかなか姿を見せぬ恒太郎の愛人を腹立たしく思っているのか、あるいは妻に対しすまないという素振りすら見せない夫への苛立ちを表わしているともとれる。

否、ふじが〈角出せ、やり出せ、あたま出せ〉と責め立てているのは、ふじその人なのかもしれない。恒太郎が自分を裏切っていることを知りながら、その夫を責めもせず、ひとり悶々と思い悩む自分へのはがゆさ、もどかしさを歌詞に託したと捉えることもできる。

巻子の場合と比べ、ふじの「阿修羅」は憤怒《ふんぬ》のなかにすべて放出されているわけではない。次女は自らの感情を、夫の鷹男ではないものの、姉の綱子へぶつけている。しかしふじは、恒太郎や土屋友子どころか家族の誰にも憤りを発散できず、人ではなく、部屋の襖に向かってミニ・カーを叩きつけるだけであった。積もり積もった不満の澱《おり》を、結局ふじは心に溜め込む以外に手立てがなかった。

そのあと襖の穴は、ふじによって「美しく花型に切った紙で修理されている」七〇頁。彼女は自分の醜い部分をさらけ出したままにしておけない。心の奥を誰にも見せたくないのである。そこでふじの穏やかさを象徴する〈美しい花型〉が暗部を覆うことになる。修復されていればこそ、ふじはその襖の前で、にこやかに寿司を頬張ることが出来たのである。

ふじはなぜ夫の浮気を責めなかったか

このドラマでは、ふじがなぜ恒太郎に浮気をされるようになったのか、具体的には語られていない。まず考えられるのは、ふじが「母」として四人の子供にかかりっきりで、「女」としての側面をないがしろにしてきたことである。咲子も述べていたように、ふじには「セックス・アピールがな」三五頁かったのかもしれない。足や手に黒い膏薬《こうやく》をはった妻を、恒太郎はなかなか抱く気にはならなかったのだろう。夫に浮気をされ、怒りや悲しみを痛切に感じるようになって初めて、ふじは自分が生身の「女」であることに気づいたわけである。

次に考えられる要因は、ふじと四人姉妹の強い絆《きずな》である。母親と娘たちとの間に流れる情愛には、異性の恒太郎がおいそれとは入り込めぬ雰囲気があった。竹沢家における精神的強者であるはずの父親が、言わば母子連合軍に威圧されているようで、彼は家庭のどこにも自分の居場所を見つけることが出来なかった。

さらに恒太郎には、ふじとは別の寂しさがあった。会社では恩情で勤めさせてもらっているだけの不用な人間で、社員の誰も彼を頼りなどしていない。家庭にあっても、しっかり者のふじがいるので、娘たちは父親に相談などしない。誰にも頼ってもらえない寂しさが、彼を土屋友子へ向かわせた。恒太郎は彼女を愛するというより、むしろ小さな子供を抱えて途方にくれる友子へ手を差し伸べることに、大きな生きがいを感じたのだろう。歪《いびつ》な形であろうとも、恒太郎は男の甲斐性を発揮したかったに違いない。

　ではなぜ、ふじは恒太郎の浮気に正面から向き合おうとしなかったのだろうか。前述したように、彼女は自分の女としての魅力に自信が持てなかった。しかしふじはかつて、「トラボルタに似」一九二頁たクリーニング屋の御用聞きを虜《とりこ》にしたことがある。その店員はふじと話がしたいばかりに、台所で長居をした。けれども巻子の述べるように、「時って、不公平」四一頁である。男が若い女に魅力を感じるようになると、「年とった方が捨てられ」四一頁てしまう。ふじは友子と張り合っても勝負にならないことを十分に知っており、あえて愛人に立ち向かおうとはしなかった。

　恒太郎を責めない理由がもう一つ考えられる。ふじは四人の子供をもうけたが、すべて女の子だった。次こそは男の子と願いながら、結局跡継ぎを生めなかったことが彼女に大きな「ひけ目」二六一頁を感じさせていたのではないか。この弱みから、恒太郎の裏切りを黙認した。巻子は「自分の子供でもないのに、パパって呼ばせてるなんて」七五頁と父親を非難する。しかしふじには夫の喜びがわからないわけでもなかった。息子のいない恒太郎は、孫のような少年に父親のように慕われ、彼の世話をやくことで自分の存在意義を強く意識し、生きる喜びを見出していたのである。

　だがこの見て見ぬふりは、結局ふじの古風な性格に由来していたといえよう。恒太郎の浮気を知っても、そのことで彼を非難したり、浮気相手と別れてほしいと懇願することもなかった。夫を責め、自分の悲しみをぶつけることは、彼女の気質からして恥ずべき振舞いだった。それは醜い、耐えがたい行為だったのである。恒太郎の前では、常に穏やかで慎ましい妻であるように努めなければならない。本当の気持ちを心の奥底にしまい込み、ふじは夫が自分のもとへ帰ってくることをひたすら待ち続けていたのである。

3　子供たちの善後策

母親に対する娘たちの気づかい

滝子が父の浮気を告げたとき、他の姉妹はてんでに勝手なことを言い、話は一向に解決をみなかった。衝撃は大きかったものの、久しぶりに顔を合わせた懐かしさから、つい話は横道へ逸れてしまう。殴り合いの喧嘩まで生じたとき、それまで蚊帳《かや》の外にいた鷹男が初めて前面に出て、この件で姉妹が守るべき取り決めを提案する。「みんな。とにかく、どんなことがあっても、お母さんの耳に入れないこと。いいね[三六頁]」。この鷹男の考えに、四人は即座に賛成した。

同意はしたものの、姉妹はふじに悟られまいとして四苦八苦する。父の裏切り行為によって、これまでの人生を虚しいものと母に感じさせてはならない。数日後、ふじが巻子に電話をかけてきた。「おかあさんにだけ内緒の話がある[五五頁]」のでアパートまで来てほしい、という咲子の用件を伝えてきたのである。これを聞いて、巻子の表情がこわばった。四女が約束を破って、父親の浮気を打ち明けてしまうのではないかと案じたのである。

巻子が内容をそれとなく聞き出そうとすると、ふじは「アパートへ来てからはなす[五五頁]」と言われたので知らないという。この台詞は、滝子が姉妹に参集を呼びかけた言葉と類似しており、次女の不安を一層あおった。巻子と綱子は母親より先にアパートへ行き、咲子の口を封じようと考えた。二人はメモを頼りに妹のアパートを突き止めようとするけれど、もともと住まい探しなど得手でなく、結局先回りは失敗する。落胆している姉たちに、咲子は同棲している陣内を母に紹介したのだと話し、二人をびっくりさせ、また安堵させた。

　ところで地理が苦手なのは、竹沢姉妹に共通していることなのかもしれない。世知にたけた咲子でさえ簡単な地図を描けない。四女が陣内に実家の場所を教えている。紙にまず国立駅を書き、駅前の大きな並木通りを描いた。だがそのうち「アタマ悪いなあたし（二七頁）」と言いながら、余白をすっかりなくしてしまったので、もう一枚紙をつぎ足す。近所の辺りになるとまた足りなくなり、今度は紙を裏返して描き続けた。咲子の必死な様相とその成果とのギャップに、読者は思わず微笑んでしまう。けれどもこれは向田邦子の失敗談が基になっているようだ。エッセイ「女地図[1]」のなかで、地図書きに四苦八苦している向田が軽妙に描写されている。地図音痴は竹沢家の姉妹だけではなかったようである。

　だがなぜ咲子はふじと陣内の顔合わせを思いついたのだろうか。それはおそらく滝子の台詞が一因になっているのだろう。前述した口喧嘩の際に、三女が「咲子、あんた、誰かと一緒に住んでるんじゃないの。自分が不潔なことをしてるから（三五頁）」と非難した。この指摘が図星であったため、咲子はばれてしまう前に、母親にだけは同棲していることを知らせておこうと思ったのである。

　そもそも咲子は思ったことをすぐ口にするので、姉たちは四女の言動にいつも振り回されてしまう。文楽を観た帰り実家へ寄ったときも、咲子が「こないだ綱子姉ちゃん、あげもちでさし歯ガツーンて欠いたものね」《六八頁》と喋《しゃべ》り出したので、姉三人はあわてて「バカ！」《六八頁》、「咲子」《六八頁》と言って妹の口をふさごうとする。姉妹の集まった目的を、うっかり母にもらすのではと心配したのである。

「三度豆」では、竹沢家の内情に酷似した話が新聞の読者欄に掲載され、姉妹の間に大きな騒動が起こった。誰が投書したのか、さっそく犯人捜しが始まる。それと同時に、ふじがこの記事を読んでしまうのでは、という不安も彼女たちの脳裏をかすめた。心配になった巻子は、わざわざ実家へ出向き、探りを入れる。幸いにも、ふじは朝刊を読んでいない様子なのでほっとする。ただ恒太郎がその新聞で爪を切っていたという話に、彼女は少し引っかかりを覚えた。

交渉上手な鷹男

四人姉妹が協議をした夜からほんの数日たった午後、恒太郎が滝子の勤める図書館へひょっこり顔を出した。おそらく娘の働く姿を見たかったのだろう。声をかけ、すぐに出て行こうとした。その父親を三女はわざわざ追いかけていき、意を決して「お父さん――あたし、この間お父さん達見かけたわ」《四八頁》と口にした。

この思いきった発言は、姉妹が集合した際、咲子が滝子を非難したことに起因している。四女は姉が恒太郎には何も言わず、裏で彼の浮気を詮索《せんさく》することを「インケン」《三三頁》だと強くとがめた。そこで滝子は父親に「ジカに」《三三頁》確かめたのである。「さまざまな言葉を期待して、体をこわばらせて待つ滝子」《四八頁》というト書から、彼女が恒太郎の反応をとても気にしていることがわかる。彼の口から〈さまざまな〉弁解の言葉を聞きたかった。具体的な弁明が出来ないなら、せめて浮気が本当かどうかだけでも話してほしかった。しかし父親は「そうかい《四八頁》」と言ったきり、立ち去ってしまった。

　気の強い滝子ですら、本人の口から事実を聞きだすことはかなわなかった。独身の娘が父親に問いただすには、色恋沙汰は少し荷が重すぎたのである。それにもともと口の重い恒太郎ではなおさらであった。そこで事実確認さえままならない三女に代わって、鷹男が交渉役を任されることになる。

　浮気の写真を黙って見ている鷹男に、巻子は「さっきから、うなって（2）ばっかり——《四一頁》」と言ってせっつく。さらに「男同士だから、判るでしょ《四一頁》」とからむ。あなたもお父さんと同罪なのだから、どうすれば解決できるか知ってるでしょ、と暗に述べているわけである。巻子は夫の同意など待たずに、「このこと……あなたに、任せたいわ《四一頁》」、「おねがいしますね《四一頁》」と恒太郎の問題を鷹男に押し付けた。

　巻子の人選は的を射たものであったと思う。鷹男はかけ引きに長けていた。例えば滝子と勝又が公園で書類に火をつけ、ボヤを起こしたときである。鷹男はすぐに派出所へ駆けつけ、平身低頭して初老の警官に謝る。しかしその巡査は放火犯の二人をなかなか釈放しようとはしない。そこで彼は話を巧みに、義理の父親が愛人をつくってしまったことへ持っていく。艶《なま》かしい話を聞いた警官は好奇心を満足させたらしく、二人を鷹男に委ね、帰してしまった。

　勝又が興信所の書類を持ち出し、滝子の目の前で焼却しようとしたのには、それなりの訳がある。鷹男はそれ以前に勝又とホテルで会い、恒太郎の件を「一切カン違いにてご座《ざ》候《そうろう》」五〇頁にしてもらえないかと交渉している。浮気のもみ消しを要求したのである。それは「ぼくの職業を全否定することに」五〇頁なると反論する勝又に対し、彼は解雇になったら就職の世話をするとほのめかしながら、そもそも浮気の知らせが家族にどんな騒動を引き起こすか、長々と説明した。

　長年連れそった老妻は、添い遂げる直前で裏切られる。娘たちは敬愛していた父親を、犯罪者に接するような眼差しで見るようになる。そのような家庭の不幸を〈カン違い〉で防いでほしいと鷹男は迫った。鷹男は勝又と交渉するなかで、彼が滝子に惚れていることを見抜く。縁遠い年齢になりつつある滝子に恋人ができ、浮気問題も解決するならば一挙両得である。彼は手回しよく、料亭「枡川《ますかわ》」に二人の席を予約した。このような下地があったので、勝又は書類を燃やすという大胆な行動に出たのである。

佐分利信の不満

　鷹男は次に浮気の件で、恒太郎と直接話し合うことにする。この場合も彼は綿密な計画を立てた。ふじに話を聞かれると具合が悪いし、また姉妹が口を挟むのも困るので、鷹男は文楽の切符を買い、竹沢家の女性全員を観劇へ送り出した。そして留守をあずかる男二人で、とことん話し合うつもりであった。

　たき火をしている恒太郎に、「折り入ってハナシがあるんですがね」六三頁と鷹男が切り出した。さらに「火のないところに、煙が立っているんじゃ、ないンですか」六三頁と相手の同意を確信して聞いてきた。しかし恒太郎は「いや。火があるから、煙が立つんだよ[六四頁]」と、いとも簡単に〈火がある〉ことを肯定した。彼は鷹男の予期に反して、浮気をあっさりと認めたのである。面食らった鷹男は、それでも「火は、もみ消せますよ[六四頁]」と助け船を出す。彼は勝又との交渉のときのように、「なかったこと[五〇頁]」で問題を解決しようとする。〈もみ消〉しなら、鷹男にはやれる自信があったからである。

けれども恒太郎は「いいよ。そのままで[六四頁]」と述べ、助力を拒否した。彼は土屋友子との関係をうやむやな形で終わらせたくなかった。彼女との付き合いは八年にも及んでいる。家族に発覚したから交際をやめるという理屈は、恒太郎の頭の中には存在しなかった。どんな犠牲を払ってでも、友子との関係は存続させたいと考えていた。

鷹男はふじのことを思って、「どうするつもりです[六四頁]」とたずねた。世渡りの下手な恒太郎に解決策があるわけがない。唸るばかりの彼に、鷹男は「謝りますか[六四頁]」と、逃げる手立てをそれとなく示した。しかし義父はまたもや婿《むこ》の提案を拒否し、「謝って済むことではないからね[六四頁]」と言う。ふじへの裏切りは、ありきたりの弁解ですむ事柄ではないことを、恒太郎はよく承知していた。鷹男は思いつめた義父に、「重いでしょう、肩が[六四頁]」と同情する。これは二人の女性の間で途方にくれる恒太郎を思いやっての発言である。だが義父は「身から出たサビだよ[六四頁]」と顔色ひとつ変えず、すべてを背《しょ》負い込む覚悟でいる。

この場面にかなりの紙面を割いたのには理由がある。本読みの段階で、恒太郎役の佐分利信が自分の役に納得がいかないとして、家へ帰ってしまうアクシデント[3]が起こった。佐分利には恒太郎が父親として、あまりにも不甲斐なく思えたのである。演出家の和田勉が説得にあたる一方で、向田邦子は恒太郎が引き立つシーンを急ぎ追加しなければならなかった。それがたき火を囲んだ男二人の場面だったのである。

向田邦子は佐分利信の要求に応ずる形で、恒太郎の男としての責任のとり方を示す。心中では妻に重々詫びながらも、彼はそれを一切口にせず、このまま火中に留まろうとする。自分の気持ちをねじ曲げてまで、事態の収拾を図るつもりはない。損な性格であり、古風で下手な生き方であった。佐分利は書き加えられた台本である程度満足したのか、ともかく恒太郎役を最後までやり通している。但しこのドラマにおいて、向田が女性の人物に精力を注ぐあまり、男性の人物描写が手薄になる傾向はそのあとも続く。パートⅡを始めるとき、今度は鷹男役の緒形拳から役を降りたいという申し出がくることになる。

鬼女への変身

ところで追加のシーンにおいて、向田邦子が巧みに扱っている「たき火」について言及したい。鷹男はたき火を見て、とっさに「火のないところに煙は立たぬ」という諺《ことわざ》を思い出し、〈火のないところに、煙が立っているんじゃ、ないンですか〉と恒太郎の逃げ道を用意した。これは前述したように、義父が「火はない」と述べることを期待しての発言である。この場合の〈火〉は言葉本来の意味ではなく、ずばり浮気を指している。

鷹男の説得が不調に終わり、恒太郎が〈身から出たサビ〉と認め、現状をすべて受け入れることを披瀝《ひれき》したとき、「いったんはけぶって白い煙を出していたたき火、再びチロチロと赤い炎が燃えはじめる」六五頁。ここで描写される〈赤い炎〉は前述の〈火〉とは異なり、女の執念や嫉妬を表現しているように思える。その根拠となるのは、向田邦子がこのシーンに文楽の「三味線がかぶる」六五頁、とト書に書き加えていることである。同じ対象でありながら、向田は場面の最初と最後で、火に対して異なった意味を潜ませている。

恒太郎と鷹男が浮気をめぐって話し合いをしていた頃、竹沢家の女性たちは文楽を鑑賞していた。向田邦子はおそらく和田勉の影響もあって、ドラマのなかに文楽を採り入れたのだろう。彼はＪＯＢＫ（ＮＨＫ大阪）にいた当時、上方文化に魅せられ、文楽にも足繁く通っていた。向田邦子は文楽の演目として、「殺生石《せっしょうせき》」六三頁と「安達原《あだちがはら》」六三頁を挙げている。ふじを念頭に選ぶとなれば、後者になるだろう。そこには男性の裏切りに対する老女の悲しみや怒りが如実に描かれている。ふじが襖の穴をふさいだように、老いた女は閨《ねや》に積まれた死骸《しがい》を、山伏一行に見られてはならない。それは老女が隠し持つ積年の恨みであったからである。

ところが作者は少し先のト書で、「美女の人影が、突然パッと二つに割れ、鬼面になる」六五頁と描写している。〈美女の人影〉の記述は、「殺生石」や「安達原」の女性と合致しない。そこで和田勉は、同じく般若《はんにゃ》の面を用いる「日高川（道成寺《どうじょうじ》）」に演目を変更した。これは適切な選択だったと思われる。

美女が鬼女に変じる場面で、竹沢家の娘たちはそれぞれの驚きを顔に出す。また食事の席でも、このシーンを話題にする。けれどもふじは、観劇の際「おだやかな」六五頁表情のままであり、会食の時もこの場面についてはひと言も触れない。娘たちは鬼女の形相に変わったことなど一度もなかったので、その変身に大きな反応をみせた。しかし母親は自分の体験から、普通の女が鬼になることを知っており、劇中における変身を当然のことと思っていたのである。

　にぎやかな会食も終わろうとしたとき、鷹男が襖に小さな花型があるのを発見する。彼は思わず「お、このうちでも、襖、破くことあるんだなあ」六九頁と驚きの言葉を発した。それに対して恒太郎は、「そりゃあるさ。人間だもの。（ふじに）なあ」七〇頁と老妻に同意を求めた。だが彼女はそれに応じない。ふじは襖の疵を一般論で述べてもらいたくなかった。花型の千代紙で封がされてはいるものの、そこには嫉妬する女の怨念が込められているのである。彼女の気持ちを裏付けるかのように、卵を食べるふじに「文楽の赤い顔がパッとダブって」七〇頁映し出された。

女の意地をかけた闘い

　巻子は浮気問題を鷹男に任せたまま、手をこまねいていたわけではない。自ら愛人宅へ乗り込むつもりでいる。滝子に道案内をさせ、綱子も引き連れて代官山へ向かう。巻子は手切れ金として五十万円用意した。「ヘソクリ全部」六二頁をはたいて作った金である。自腹を切るという点では、滝子が興信所を使った行為と同じである。但し二人の思わくには若干の相違がある。滝子はふじに同情するというよりも、浮気という行為そのものに嫌悪を覚え、その有無の調査を依頼した。それに対し巻子は、今までの母親の苦労を思いやり、言わばふじの代理人として、恒太郎の争奪戦を自分の手で行うつもりでいる。五十万円は女の意地をかけた戦いの軍資金だったのである。

滝子が縁切りの交渉を「本当にやる気」六二頁と不安そうにたずねると、巻子は「そのつもりで、あたし、下着から取りかえてきたのよ」六二頁と意気込んで言った。この台詞は綱子が揶揄《やゆ》するように、「まるでやくざの斬り込み」六二頁のようで二人の笑いを誘うが、本人はいたって真面目である。そこへ写真で見覚えのある女性と少年が登場する。滝子と綱子は「スーッと露地へ姿をかくす」六三頁。しかし巻子だけは「表情を変えず、ゆっくりと母と子に近寄ってゆく」六三頁。土屋友子に父と別れてくれとわざわざ頼みに来た以上、ここで逃げるわけにはいかない。是が非でも別れの確約を得なければならなかった。

すれ違う瞬間、土屋友子は巻子に対して「実に丁寧に感情をこめて頭を下げる」六三頁。まったく予期しない行動だったので、巻子は「ギクリとして立ちどまり」六三頁、棒立ちになってしまった。友子は竹沢家の姉妹が、いずれ自分の居場所を探り当てることを予感していたようであった。この設定は平原日出夫が指摘する[4]ように、「胡桃《くるみ》の部屋」の一情景と類似している。この作品は、『阿修羅のごとく』パートIのほぼ二年後に書かれた短篇小説である。

主人公の桃子が突然失踪した父親を探して、おでん屋に入る場面がある。そのとき彼女はカウンターの後ろで働く父の愛人を見た。満席だったのを口実に、主人公が店を立ち去ろうとする。するとその女性は、あ、と叫んだ後、「急に真面目な顔になり、スカーフを取ってお辞儀をした[5]」。それは「ひどく切実なお辞儀だった[6]」。この〈ひどく切実なお辞儀〉は、友子の〈実に丁寧に感情をこめて頭を下げる〉と共通している。彼女たちは父親との愛人関係が、その家族にどれほどの苦悩を与えているかよく知っていた。その罪の意識が身を深くかがめる動作のなかにそのまま現われている。

巻子は友子の深々としたお辞儀にすっかり面食らってしまう。けんか腰で対峙しようと思っていたのに、相手の控え目な態度に気勢をそがれてしまった。悪態をつくどころか、日陰の女としての友子の悲しい心情までわかったような気がした。こうなると、巻子は相手にひと言も発することが出来ない。遠ざかる友子と少年の姿を、ただ呆然と見送るだけであった。巻子の目論見《もくろみ》は友子の一礼によって、一瞬のうちに破れてしまった。

4 「三度豆」に込めた意図

ふじのたくらみ

ふじは恒太郎が浮気をしていることも、そのことで四人姉妹が会合をもったことも知っていた。夫に愛人がいることを、おそらく子供たちよりずっと以前に気づいていたのではないだろうか。だが彼女は恒太郎の裏切りに、腹を立てることも責めることも一切せず、ずっと耐えて暮してきた。それだけに鷹男を含めた姉妹の善後策に期待した。今の状況を何とか変えてくれるのではないか、と淡い望みをかけていたのである。しかし彼らの企てはことごとく失敗に終わってしまった。

そこでふじは自ら打開策を講じる。それが新聞への投書[1]であった。それにしても、新聞という公の媒体を使って事態の好転を図るとは、実に大胆な行動である。普段の彼女からはまったく想像できないことであった。それほどふじは精神的に追い詰められていたのだろう。自分の本心を秘めたままでいることのつらさ、自分の苦しみや悲しさを匿名の形であれ、人に知ってもらいたい欲求が彼女を突き動かしたのである。

ここでふじが毎朝新聞の投書欄「ひとりでお茶を」に投稿した記事を全文掲載する。

「波風」（主婦40歳・匿名希望）

姉妹《きょうだい》というものは、ひとつ莢《さや》の中で育つ豆のようだと思う。大きく実り、時期が来てはじけると、暮しも考え方もバラバラになってしまう。うちは三人姉妹だが冠婚葬祭でもないと、滅多に揃うことはない。

ところが、つい最近、偶然なことから、老いた父に、ひそかにつきあっている女性《ひと》のいることが判ってしまった。

老いた母は、何も知らず、共白髪を信じて、おだやかに暮している。私たち姉妹は、集っては溜息《ためいき》をつく。私の夫もそろそろ惑いの四十代である！

波風を立てずに過ごすのが本当に女の幸福なのか、そんなことを考えさせられる今日此《こ》の頃である。八二頁

最初に、第二話のタイトルになっている「三度豆」を比喩《ひゆ》に用いて、姉妹は〈時期が来てはじけると、暮しも考え方もバラバラ〉になり、〈冠婚葬祭でもないと、滅多に揃うことはない〉と一般論が述べられている。これは竹沢家においてもいえることで、子供たちが成年に達すると、一堂に会することなどなかなか難しい。

ところが次のパラグラフに入ると、内容が急に竹沢家の騒動に近似してくる。老父の浮気が最

近になってわかり、姉妹が急遽《きゅうきょ》集まり話し合いを持った。しかし妙案などなく、ただ〈溜息をつく〉ばかりで、何も知らない老母を気づかう。次に一転して自分の話になり、夫も〈惑いの四十代である〉とつづられ、亭主の浮気を心配している様子である。そして最後に、〈波風を立てずに過ごすのが本当に女の幸福なのか〉という疑問で文を終えている。

この文面には、ふじの施した仕掛けが散見する。三行目で〈うちは三人姉妹だが〉と、わざわざ人数を明記している。けれども現実には四人姉妹である。また後半において〈老いた母は、何も知らず〉と記述されているが、これも嘘である。ふじは子供たちの誤信を好都合と考え、そのまま利用している。そして投稿者が巻子であるかのように、それとなく匂わせている。

ふじの投書を見て、すぐに反応を示したのは咲子だった。それは父親の浮気で揺れる竹沢家の苦悩がそのまま記されたような内容で、姉妹のうちの誰かが母親のことを心配して書いたような文面だった。彼女は自分の家の話だと直感した。ただ咲子を激怒させたのは、姉妹の人数である。

咲子は電話で、「うち、四人姉妹じゃない？　どして三人て書いたのよ、どしてあたしだけハズすのよ」七九頁と巻子に食ってかかった。彼女は勉強もできないし、品行も良くないということで、姉妹の間では一段低く見られていた。また本人もそれを自覚していた。しかし員数外であることを明記されると、当然文句の一つもつけたくなったのだろう。これは明らかにふじの謀《はかりごと》である。彼女は母親として、子供たちの性格や姉妹の関係を熟知していたので、咲子が巻子に怒鳴り込むのを見越して書いたのである。

向田邦子が好きなシチュエーション

ではなぜ、咲子は巻子へ電話をかけたのだろうか。それは記事を見ればすぐにわかる。「波風」という表題の下に、〈主婦40歳・匿名希望〉と印刷され、さらに文面の後半では、〈私の夫もそろそろ惑いの四十代である〉と記されている。四人姉妹のうち、夫がいるのは巻子だけで、年齢もほぼ合致（実際は四十一歳である）する。咲子が彼女を投稿者とみなすのも無理はなかった。

巻子に対して、ふじは他の娘にはない特別な信頼を寄せていた。次女は実家への愛着が強く、ちょくちょく母親の顔を見に来る。ふじは内緒の預金通帳を巻子に預けているし、娘は鷹男の浮気を母親にこぼしている。二人は睦《むつ》まじい親子だったのである。ふじはこの信頼関係に甘えて、仕掛け用の投書を巻子に似せて書いた。次女に迷惑がかかることは十分わかっていたが、彼女の行動力が是非とも必要だったのである。

ふじは子供たちが恒太郎の浮気防止へ再度動くことを期待する一方で、自らも夫に対して工作をしかける。恒太郎が日当たりのよい縁側で、パチパチと足の爪《つめ》を切っている。ふじは「男の爪は、固いんだから――踏むと痛いのよ」（九〇頁）と言いながら、投書の紙面が目につくように、さりげなく夫の足の下に敷く。

向田邦子はこの爪にまつわるシチュエーション[2]が好きだったらしく、『寺内貫太郎一家』の第十二話でも用いている。貫太郎が同様に縁側で爪を切っている。その脇を通り抜けようとして、妻の里子が爪を踏みつけ、あっと声をあげる。そして彼女は「お父さんの爪、固いんですから[3]」

と小言をもらす。向田は日頃の生活において裸足で過ごすことが多かった。これはその素足の体験からきた発想であろう。

ふじの〈男の爪は、固い〉という発言に、恒太郎は「爪に男も女もないだろ」九〇頁と反論する。ふじはもう一度、投書が夫の足の下に来るように直しながら、「――何にも知らないんだから……九〇頁」と言い、かすかに笑みを浮かべて立ち去ってしまう。

〈何にも知らないんだから〉は、実に意味深長な台詞である。恒太郎が男女の爪の違いについて知らぬことを、単に述べたのではないことは明らかである。この言葉は、夫に幾分脅しをかけているようにもとれる。あなたの浮気に私がとっくに気づいていることを、あなたは〈何にも知らないんだから〉となぶっているようにも読めるのである。だが恒太郎がふじの暗示に感づいたかどうか、それどころか投書欄を読んだのかどうかすら、彼の横顔からはまったくわからない。

咲子からいわれのない非難を受けたので、巻子はさっそく投稿の犯人捜しに乗り出す。これはまさにふじの思わくどおりであった。次女を中心に娘たちが再び動き出すことになる。ふじとすれば、この投稿者捜しの過程で、できれば娘たちが恒太郎に直接意見をし、浮気問題に決着をつけてほしかったのである。

投書の文面から、巻子は綱子が犯人ではないかと推測する。〈私の夫もそろそろ惑いの四十代である〉と書けるのは、姉しかいないと思ったからである。先日綱子の密会を目撃したとき、巻子は姉の半ば捨てばちな態度に同情し、自分も鷹男の浮気に悩んでいると、胸にしまっておいた秘密を話してしまった。彼女はそれを思い返し、「鷹男が、このごろ――少し、おかしいってハナシ、あたし、お姉さん以外の人には、誰にもしてないんですからね」八八頁と口をとがらせて綱子を責め立てた。

これは巻子の勘違いである。綱子に告白するよりずっと以前から、次女はふじに鷹男の浮気についで何度かこぼしていた。母親に悩みを打ち明けてきたことを、彼女はすっかり忘れていた。いや失念したというより、むしろ老母を疑うという発想など、巻子の頭の中にはこれっぽっちもなかったのだろう。「女はね、(浮気について)言ったら、負け」一九四頁と主張するふじが、偽装しているとはいえ、夫の浮気を世間の目にさらすなど考えられなかったのである。

巻子の疑念を、綱子は強く否定する。身に覚えのないことは、認めるわけにはいかない。二人の議論は一向にかみ合わない。口論するうち、長女はふと投書が掲載されている毎朝新聞を、両親も取っていることを思い出した。父の浮気をふじに知られてはならぬと思った巻子は、「あたし、あとで電話——行った方がいいな、あたし何か用つくってのぞいてくる」八九頁と即座に決断した。ドラマはこのように、彼女が両親の家へ行くことで新たな展開をみせることになる。

深夜の家族会議

実家に顔を出した巻子は、ふじが朝刊を読んだかどうか探りを入れる。新聞を爪切りの際に使ったとか、年寄りには活字が小さすぎるといった話を聞き、例の記事を母が読んでいないという感触を得てほっとした。ふじが買物に行っている間、巻子は久しぶりに家の中を見て回った。だが期待していた懐かしさ以上に、寂しさが募《つの》ってきた。そして夫婦の寝室の襖を開けたとたん、今朝見た夢が鮮明に思い出された。
恒太郎が白装束で、しきたりにのっとり今にも腹を切ろうとしている。この切腹とは体面を保ちつつ、自らを罰して死ぬ作法である。隣にいるふじは、煎餅《せんべい》をつまみながら針仕事をしている。そして四人の娘たちは半狂乱で泣き叫んでいる。けれども奇妙なことに、彼女たちはみな腹巻をした子供姿で、しかも敷居の外側に座っているだけで止めに入ろうとはしなかった。これが巻子の夢[4]のあらましである。

この夢を見た直後、巻子は鷹男と一緒に夢の解釈をしている。彼女は夫婦の部屋、つまり切腹の部屋へ飛び込んでいけなかった理由として、敷居の上に注連縄《しめなわ》が張ってあったことをあげる。この進入を禁ずる縄から、鷹男は「夫婦のことはたとえ子供といえども立ち入っちゃいけない」七五頁と読み解く。これはもっともな解釈だと思われる。そのとき覚えた無力感は、娘たちが子供時代へ戻るという設定によって示されている。

次に恒太郎が切腹しようとしているのに、ふじが煎餅を食べながら針仕事をしている様子を問題にする。巻子は「お母さん、のん気過ぎるわよ」七六頁と非難し、鷹男は「いやあ、理想の姿だね、女房の。つまんない憶測しないでさ、おっとりかまえてる――男としちゃ、これが一番」七六頁と義母を大いに持ち上げる。どちらも、この場のふじの振舞いを悠長であると捉えている。

しかしミニ・カーを襖に投げつけ、阿修羅の形相に変わったふじを知る読者は、この解釈に納得がいかないだろう。彼女の平然とした態度は、〈のん気過ぎる〉のでもなければ〈おっとりかまえてる〉わけでもない。恒太郎が受けるべき悪業《あくごう》の報いを、ふじは冷静に見ているのである。

鷹男が勝又に「女は、男の浮気を泥棒と同じに考えてる」[五一頁]とぼやいていたように、ふじは処罰を当然のこととみなしている。八年間だまし続けた罪も加算され、極刑が下されたのである。

夫婦の寝室を覗《のぞ》くと、現場の持つ凄《すご》みが巻子を襲い、切腹シーンが生々しく甦《よみがえ》ってきた。彼女は投書の件以上に、夢が暗示するものに大きな不安を感じた。とっさに「今晩、子供が四人揃って……家族会議」[一一四頁]を開くことを決意する。ふじの帰りを気にしながら、巻子はまず滝子に電話をし、次に綱子、そして最後に咲子へ連絡を入れた。これは滝子の提唱による会合に次いで、二回目の〈家族会議〉となる。連絡順も一回目の集まりをほぼ踏襲する。呼びかけ人が交代しただけである。

四人姉妹が実家にそろっても、肝心要の恒太郎がまだ帰っていなかった。これでは四人の圧力で今夜決着をつけるという巻子の心づもりがはずれてしまう。そこで話は自然と投書の犯人捜しに向かうことになる。だがそれぞれが自分の潔白を主張するだけで、何の進展もなかった。巻子はすでに九時を回った時計を見ながら、不意に「新聞見て、お父さん、帰りづらくなったんじゃないかしら」[一二二頁]と言い出す。彼女は恒太郎が「いつも、ごはん、うち」[一二〇頁]で食べることを聞いていたので、父の身に何か起こったに違いないと考えはじめた。このときの巻子は、恒太郎の浮気をいさめるという当初の目的などすっ飛ばし、もっぱら父の安否のみを気遣っていた。

巻子はふじに聞かれるのを恐れて、綱子を夫婦の部屋へ引っぱっていき、今朝見た夢を話した。ちょうどこの部屋を舞台に、恒太郎が切腹した話である。彼女は夢を虫の知らせと考え、投書の問題と絡めて、「今晩がアブないって気がしたの――」[一二三頁]と心配を口にした。綱子は妹の気がかりをさらに煽《あお》るかのように、「帰ってないっていうのは？　まさか向こうのうちで——心中とか」一二三頁と言ってしまう。巻子は姉の言葉でますます不安になり(5)、すぐに鷹男に電話をかけ、友子のアパートまで様子を見に行ってほしいと頼んだ。

巻子の心配をよそに、実家に帰った姉妹は本来の目的を忘れて、よもやま話に花を咲かせる。文楽の観劇帰りのときもそうであったが、彼女たちは里見家訪問のとき以上に饒舌《じようぜつ》である。他の姉妹にとって、巻子の家はやはり他人の家なのだろう。それに比べ、生まれ育った家には話題となる素材がいたるところに転がっており、わけなく子供の頃に戻ることが出来たのである。

はじけた「三度豆」

夢の中で姉妹が腹巻をしていた(6)という話を聞き、ふじが大型の古いトランクからボロボロになったラクダ色の腹巻を取り出した。懐かしい品は四人を子供時代へ容易にタイム・スリップさせる。綱子はさっそく昔ふとんの上で演じた国定忠治をまねた。すると巻子も先ほどの心配などはどこへやら、合いの手を入れる始末である。

次にふじは美しい赤い守り袋を子供たちに見せた。その見事さに四人はいっせいに喚声を上げる。これは綱子の守り袋で、巻子のものはかなり見劣りがした。そして滝子と咲子は二つのどちらかを「借りた」一三〇頁らしく、トランクの中にはなかった。ふじは「戦争が終ったばっかしで、お守りどこじゃなかったのよ」一三〇頁と釈明する。しかし下の二人は、「上は珍しがられるけど、だんだん、感激がなくなるのよ」一三〇頁と不満そうな口ぶりであった。

ここで向田邦子が第二話に、「三度豆」という表題をつけた意図が一つ明らかになる。向田は「身体髪膚」[7]のなかで、次のように書いている。

> 豆の莢《さや》をむくと、中に三つ、四つ、豆がならんで入っている。三つなら三つ、四つなら四つが同じ大きさに粒が揃い虫食いがないと、しあわせな気分になる。
> 端のひとつが、やせてミソッカスだと、末っ子まで養分がまわりかねたのかな、と哀れになる。

姉妹においても、時には〈虫食い〉があったり、〈ミソッカス〉ができてしまう。親は娘の健康を願い、わけへだてなく育てたつもりでも、三度豆のように、優劣やえこひいきが出てしまったりする。前述の守り袋も、綱子が「はじめての子供だから、お父さん自分でデパートに買いにいっ」（一二九頁）たとふじは述べている。咲子が言うように、「下がひがむ」（一三〇頁）のも当然であった。

「三度豆」というタイトルに込めたもう一つの意図は、姉妹の作る「おむすび」[8]に隠されている。彼女たちは父親の帰りを待っているうちに、食事をとりそこなってしまった。夜中の二時も過ぎた頃になって、おなかがすいてきた。「腹がへっては、イクサは出来ぬ」（一三三頁）と四人は立ち上がり、おむすびを作り始める。そのうち彼女たちは、おむすびの形が違う[9]ことに気がついた。竹沢家は俵型なのに、巻子は三角形に作り、綱子はたいこ型なのである。

「三度豆」が〈大きく実り、時期が来てはじけると〉、もはや元の莢には戻れないように、姉妹が成長して結婚すると、〈暮しも考え方もバラバラになってしまう〉。その視覚化された典型的な例がおむすびだったのである。巻子はしみじみと「オヨメにゆくと、行った先のかたちになるの」一三四頁と述懐している。これと似た例を、向田邦子は「じゃらん」のなかでも書いている。綱子と巻子は他家に嫁ぐと、竹沢家のようにすき焼きの中へじゃがいもを入れられないと嘆く。〈行った先の〉流儀に従わなければならないからである。

しかしこれは食文化だけに限ったことではない。実家を出ると、それぞれ生活スタイルが異なり、経済的にも格差が出てくる。「花いくさ」では、綱子がいがみ合う二人の妹を見て、「女のきょうだいも、四人いると、デコボコがあってむつかしいわ」一三四頁とこぼす。すると滝子は、羽振りのよい咲子を憎々しく思いながら、「誰がデコで誰がボコよ」一三四頁と姉に食ってかかった。

投書の真犯人

さて、姉妹がおむすびを食べていると、玄関で突然ベルの音がする。恒太郎だと思い、皆がいっせいに飛び出す。だがそこには鷹男が立っていた。ふじは「フ、フ、フ」一三五頁と笑いながら、「どしたの、一体、こんな時間に」一三五頁と聞いてくる。鷹男は思いがけないふじの出現に狼狽《ろうばい》し、「あ、じゃ……」一三五頁と言ったきり、後が続かない。苦し紛れに、大阪の支店長になる話があり、巻子と相談するために来たと答えた。義母は彼が何のために来たのか、ある程度予測がついていた。

この夜のふじは、子供たちの話に絶えず聞き耳を立てていた。例えば巻子が「家出なら、まだいいけど」一二二頁と言えば、ふじは「誰が——」一二二頁と首を突っ込んでくる。また恒太郎が心中するのではないだろうかと、綱子と巻子が別室で密談していると、ふじが急に部屋へ入ってきた。彼女は子供たちの反応をさぐり、何かしら夫に関する情報を得たいのである。このときも、ふじは一度奥へ引き下がったものの、鷹男の情報を聞きたいと思い玄関の様子を窺っていた。

　鷹男は姉妹に、恒太郎が怪我をした友子の息子に付き添い、病院にいることを手短に話した。ふじは夫が無事であることを洩《も》れ聞き安堵する。特に友子の家で食事をとっていなかったことを知り、嬉しかった。料理の並んだ卓袱台《ちゃぶだい》は、彼女にとって恒太郎との絆を実感できる唯一の場所であった。夫は外泊などしないという確信が揺らいでいただけに、ふじにとって鷹男の知らせは大きな朗報となったのである。

　そこへほっとしたふじの隙《すき》を突くように、咲子がマンガの入ったクツベラを出して、[10]「お母さん、これ、どしたのよ」（一三六頁）とたずねた。母親はここまで大芝居を打ってきたのだから、言い逃れをしようと思えば何とでも出来たはずである。だがふじは、このあたりで投書事件の幕をそろそろ下ろさなければならないと考えた。思わくどおりに事が進んだのに、肝心の夫がいくら待っても帰ってこないのでは話にならない。それに娘たちが投稿者をめぐり、腹の探りあいをしているのを放っておけなかったからである。

　ふじは「懸賞出したら、当ったのよ」（一三六頁）と正直に答えた。それどころか懸賞で得た品物を次々と数え上げ、遂には「馴《な》れると」（一三六頁）「出すの、おっくうじゃな」（一三六頁）くて、「字のおけいこになるし、たのしみ……」（一三六頁）とまで言ってしまう。しかし普通の状況では言い出しにくかったのか、彼女はしきりにあくびをしてカムフラージュ[11]した。

鷹男はすぐにふじの暗示に気づき、「お母さんじゃないのか、投書したの」一三七頁と言う。綱子と巻子は一瞬顔を見合わせたけれども、「絶対しないわよ」一三七頁と否定した。そこにスカートのボタンを直していた滝子が、毎朝新聞社の封筒に入ったシャープ・ペンシルを持って飛んできた。これが針箱[12]の中にあったのであれば、ふじが投書したと断定せざるをえない。

母親に知られては困ると懸命に隠そうとした記事が、実は当の本人が書いた文章だったとは、皮肉な話である。四人姉妹にとってまったく予期せぬ事実だった。彼女たちは、まさにふじの掌《てのひら》の上で踊らされていたのである。

綱子、滝子、それに咲子の三姉妹は、拍子抜けの様子である。けれども犯人扱いされた巻子は腹の虫がおさまらない。ふじに文句の一つも言いたくなった。奥へ行こうとする妻に対し、鷹男はその行く手をさえぎった。偽装をこらしてまで助けを求めたふじの心情が哀れに感じられたからである。彼は押し殺した声で、「投書はお前が書いた。それでいいじゃないか……」一三八頁と言い聞かせた。

夜が明けてから恒太郎が帰ってきた。玄関先に四姉妹が無言で立っている。子供時代のように「おかえりなさーい！」一三五頁とは誰も言わない。父は娘たちが何のために実家へ集まったのか、うすうすわかっていた。雰囲気をほぐすように、彼は「いつまでも、しゃべってると、あしたねむいぞ」一三九頁と声をかける。他人事《ひとごと》のように言う父に対して、滝子が「もう、あしたよ」一三九頁とすばやく揚げ足をとる。しかし子供たちの反撃もここまでで、父をいさめるという当初の目的はまったく果たせなかった。恒太郎は朝帰りになった理由すら告げず、スタスタと奥へ入ってしまった。

長い一日

向田邦子は第二話「三度豆」の最終シーンに工夫を凝らす。鷹男は玄関での物音に気づき、新聞を取りに行く。戸をあけると、「夜あけ。うす墨色にブルーとピンクの雲」[一四〇頁]がたなびいている。このト書は第二話の初めの場面を思い起こさせる。巻子の悪夢で早くに目を覚ました夫婦が新聞配達の音を耳にするシーンである。鷹男は「新聞がきた。――目がさめちゃった」[七七頁]とぼやいている。巻子が寝巻きのままカーテンをあけると、翌日の朝と同様に、「黒一色の空に、東の方から、ピンクとブルーの光りがまじりはじめ」[七七頁]ていた。そして朝食時に、投書欄の記事をめぐって騒ぎが起こった。向田はドラマの幕を朝刊で開け、再び朝刊で閉じる枠構造の手法を取っている。

類似した状況設定は読者（視聴者）に、「三度豆」が新聞を基軸とした一日だけの出来事であったことを喚起させる。投書欄は当然として、向田邦子は新聞に関連したシチュエーションを数回設けた。実家へ帰った巻子は、夕刊をポストから抜き取り、朝刊と一緒の方がいいかしらと母親にたずね、反応を窺っている。一方里見家では、鷹男が夕刊のつもりで新聞を広げると、それは朝刊で、しかも巻子が投書欄を切り抜いた紙面であった。また深夜の滝子と咲子の会話のなかでも、朝を定義するものとして、朝刊の配達が挙げられている。

読者（視聴者）は、第二話の騒動[13]が一日のなかにすべて詰め込まれていたことを知り、驚かずにはいられない。客観的にみれば、夜明けから翌日の夜明けまでに、これほど多くの出来事が起こるのは不自然な気がする。しかし読者、特に視聴者は、ドラマがスピーディに展開していくのでまったく違和感を覚えない。もしそれぞれの出来事を分散して設定するならば、そのつど状況説明をしなければならず、無駄なシーンを書き加えることになるだろう。時間が圧縮されているからこそ、作品世界への没入が可能になったのである。

5　漱石『虞美人草』との共通点と相違点

生と死の交錯

第三話「虞美人草《ぐびじんそう》」は一見したところ、バラバラな話が並べられているようにみえる。けれども実際には巧妙な構成がなされており、エピソードのほとんどは結局ふじに収斂《しゅうれん》される。第二話「三度豆」に引き続き、ここでも母親が重要な役割を演じている。

冒頭において、咲子が勤め先の喫茶店でいきなり倒れてしまう。この日、巻子の息子宏男が友達を連れてこの店に来ていた。叔母を見せびらかすためである。咲子は水をテーブルに置きながら注文を聞く。その直後、急に意識が遠のき、くずれるようにその場に倒れ込んだ。

この光景は、第三話の終盤に、ふじが愛人宅の前で卒倒するシーンを先取りしている。母親の場合は、道路に「ストーンと倒れる（一九八頁）」。その拍子に、「買物かごの中の卵ケースのフタがはずれ、卵がコンクリートのたたきで割れ（一九八頁）」、その「割れた卵のカラから、黄味(1)が流れ出す（一九八頁）」。この様子を見ていた巻子は、大声を上げながら母親のもとに駆け寄った。

一方咲子の場合、注文をとると「けだるさをかくすように、くるりと勢いをつけて体をターンさせ《一四四頁》」、「そのまま、まるで材木を倒すように宏男たちのテーブルに倒れかかる《一四四頁》」。そのとき「反動でシュガー・ポットのフタが開いてバウンドする《一四四頁》」。倒れた咲子の周りには、グラニュー糖や割れたガラスの破片が「キラキラ光ってとび散《一四四頁》」った。宏男が「叔母さん！《一四四頁》」と叫びながら顔を覗き込む。咲子の失神シーンを描いたとき、向田邦子はふじの倒れる場面をすでにイメージしていたのではないだろうか。

巻子は息子から電話を受け、すぐに駆けつけた。喫茶店の狭い更衣室で咲子の世話をやきながら、彼女は女性の直感で、「咲子、あんた、おめでたじゃないの《一四六頁》」とたずねた。四女は「そんなヘマ、しないわ《一四六頁》」と返答する。巻子がさらに問いただそうとしたとき、遅番のウェートレスが入って来た。彼女は着替えをしながら、「竹沢さん、倒れたんだって？　当り前だよ。全然食べてないんだもの《一四七頁》」と言い、「彼氏、チャンピオンになる前に、あんた死んじゃうよ《一四七頁》」と忠告した。

この同僚の台詞で、巻子は妊娠という推測を捨てざるをえなかった。咲子が空腹であることを知り、妹の家計が火の車なのではないかと考えた。相談しなかったことを姉がなじると、四女は「お金じゃないわ《一四八頁》」と言い返した。咲子は陣内の減量に付き合い、自分も食べていないことを説明すると、最後に「――かわいそうなのよ。かわいそうで――食べても、おいしくないのよ《一四九頁》」と心の内を明かした。

この咲子の言葉は単に秘密を隠すための方便でもなければ、巻子の同情をひくための殺し文句でもない。この台詞を喋っているとき、彼女は心の底から陣内のことを思い、できることなら自分が代わってあげたいとまで考えている。その一途な思いが強く感じられたので、巻子ばかりか読者も咲子の言葉を疑ったりはしなかった。

だが咲子の勤務中に、陣内は女性を部屋へ連れ込み、一緒にラーメンを食べていた。この事実を知って、巻子は咲子以上に激怒する。彼女は妹が店で倒れたことを述べ、「あなたが減量してるの、辛くて見てられないからって、この子も、この二、三日満足に物食べてないんですよ」一五二頁と彼を激しく責めた。それほど咲子のけなげな姿に巻子は感動し、その行為を平気で踏みにじる陣内を許せなかったのである。

ドラマの大詰めになって、仰天するような事実が明らかになる。ふじが死の床につく病室の前で、咲子は唐突に自分の出産が間近であることを告げる。友子が恒太郎と別れ、別の男性と結婚することを聞いて、おめでたい話は「あたしと同じ」二〇六頁とつぶやき、ぶっきらぼうに「生れるのよ」二〇六頁と付け加えた。この台詞にびっくりして、「じゃあ、あんた、食べないっていってたの、――やっぱりつわりだったの」二〇六頁と巻子は聞き返す。大切なことは、たとえ姉であっても決して明かさず、咲子は嘘をつき通したのである。彼女の発言は、おそらく読者にも大きなショックを与えたに違いない。何の前ぶれもなく新たな事実が突きつけられた。

第三話において、読者はふじが愛人宅の前に立ち、その後死んでしまうことに大きなショックを受けた。それに次ぐ驚きは、咲子の出産告白ではないかと思う。向田邦子は突飛ではあっても、あえてふじの死と新しい生命《いのち》の誕生を対比させようとした。母親の終焉《しゅうえん》だけではドラマが暗く、あまりにも寂しすぎる。そこで娘の出産という生の息吹を並置させたいと願ったのではないだろうか。

日常の営みを丹念に描く向田邦子

巻子が鷹男のことで、ふじのところへ相談に行く。夫の浮気について、最も心配してくれる身内は母親だった。同じ問題に苦しむ女性として、娘の夫婦仲を常に気にかけていた。第一話で巻子が実家を訪れたとき、ふじの「お前のとこも大丈夫なんだろ」一二頁に対して、彼女はその時点では「今のところはね」一二頁と応えることが出来た。はっきりした証拠を得てはいなかったし、巻子自身、夫の浮気を認めたくない気持ちがどこかにあったからである。

ところがある日、巻子は決定的な証拠をつかんだ、というよりは証拠のほうから転がり込んできた。大阪へ出張したはずの鷹男から電話がかかってくる。浮気相手と自宅の電話番号を間違えてしまったらしい。巻子はちょうどりんごを頰ばっていて、返答できない。だがせっかちな夫は一方的に、昼食をアパートでするからと伝えてきた。用件を言い終えた直後、彼は相手の反応から、間違った番号へかけたことに気がついた。

巻子が受話器を持っている間、様々な音が彼女の耳に飛び込んでくる。「ピアノの音、赤んぼうの泣き声、まわりつづける洗濯機」一八七頁などで、これは巻子の衝撃の大きさを効果的に表わしている。日常のごくありふれた物音が、このときに限って、彼女には耳障りな音に変わっている。夫の浮気を疑ってはいたものの、それが現実となって露呈したとき、巻子は強いショックを受けたのである。

「間違えたんだ」一八七頁と言って、巻子はいきなり笑い出した。これは当然鷹男のへまを嘲笑《ちようしよう》しているのだが、同時に自分の激しい動揺を高笑いで打ち消そうとしたのである。それでも心の揺らぎを鎮《しず》められず、巻子は食べかけのりんごを「ムキになって」（一八七頁）口に入れる。[2]彼女は食べることで不安な気持ちを押さえ込もうとした。

しばらくの間、巻子は電話の前に立ち、鷹男からの知らせを待った。夫が自分を裏切ったのは事実であっても、せめて彼の釈明の言葉を聞きたかったのである。だがいくら待っても無駄だ[3]とわかると、今度は自分がダイヤルを回し、綱子へ電話をかけた。用件は姉にではなく、一緒に訪れる実家の母にあった。巻子は自分と同じように、夫の浮気で悩むふじの所へ無性に行きたくなったのである。

冬の昼下がり、実家へ帰ってきた綱子と巻子、そしてふじの三人は笑いながら白菜を漬けている。次女は浮気の話など忘れたかのように、樽《たる》詰めの手伝いを楽しんでいた。ふじは手ぬぐいを姉さんかぶりにして、かっぽう着姿で働いている。「洗い上げて、大きな平ザルに干した白菜を二つ割にして、大きなタルに漬け込む」（一八八頁）。二人の娘は「柚子《ゆず》を切り、鷹ノ爪《たかのつめ》を輪切りにしたものを散らし」（一八九頁）ている。そこに置いてある「まな板も、菜切り包丁も漬物樽も、アメ色に古びて、五十年の所帯をうかがわせる」（一八八頁）ものばかりである。

この場面で、向田邦子は何の変哲もない日常の営みを、いつくしむように情感豊かに描いている。きめ細かな描写は、実際に家事を手伝ってきた彼女だからこそ書くことが出来たのだろう。唐辛子に触れた手で目をこすると、涙が出て鼻水までたらしてしまうという記述、塩をふるときには満遍なくいきわたるように、高い位置からふらなければならないという助言、これらは向田自身が子供の頃体験し、教えられた事柄だった。

　白菜の樽漬けは冬の風物詩である。しかし向田邦子が『阿修羅のごとく』を書いていた頃、この家族の共同作業(4)はすでに面倒くさい仕事として疎んじられていた。向田はこの情景を、単に季節感や懐かしさを醸し出すために描いたのではない。ふじが娘たちに白菜漬けを伝授する場面を挿入することで、親から子へと家庭の食文化が継承されていくことの大切さを伝えたかったのである。

　綱子が柚子を取りに行った隙に、ふじは鷹男のことをたずねる。巻子が心配事を抱えているのはすぐにわかった。一人では来にくかったので、姉を誘ったのだろう。今までは母親を案じて何度か足を運んだが、今日は自分のことでやって来たのである。ふじは娘の心をほぐすように、「ちょっとイミをこめて」一九三頁、「鷹男さん、元気なの」一九三頁と問いかけた。

　巻子はふじに促され、ぽつりぽつりと話し始める。鷹男が出張を口実に浮気をしていることや、浮気の相手が誰なのかもうすうす知っていると母親に語った。綱子には言えない悩みも、ふじには素直に打ち明けることが出来た。そして最後に、「でもね、あたし、黙ってるの」一九三頁と告げる。浮気の確証を得ても、自分からは夫に決して言わないつもりでいる。この台詞はふじの信念とぴったり重なり合う。彼女は「そうだよ。女はね、言ったら、負け」一九四頁と巻子を力づけた。

　それにしてもふじの泰然とした姿に、綱子と巻子は驚いてしまう。娘二人に悩み事はないかと聞かれたとき、彼女は恒太郎の浮気には一切触れないで、彼の血圧だけが心配だと述べた。ふじの内面の強さを知って、巻子は「あたし、かなわない、と思った」一九五頁、「女もあの年になると、ねたましいとか憎いなんて気持、もう超越していられるのねえ」[一九六頁]と驚嘆している。

ふじの思いを表現する「卵の黄身」

竹沢家を出た後、巻子は買物をすると言って綱子と別れた。しかし別段買物のあてがあったわけではない。鷹男の浮気が動かしがたいものになったので、すぐには自宅へ帰りたくなかったのである。やがて巻子の耳元では、夫の電話の声が繰り返し聞こえ、まぶたの裏には、恒太郎の愛人と出会った場面が執拗《しつよう》に浮かんでくる。彼女はあたかも友子が鷹男の浮気相手であるかのような錯覚に陥り、夢遊病者のように、しらずしらず足が代官山へ向かっていた[5]。

友子のアパートの前まで来て、巻子はやっと我に返る。「いやだ。あたし、何してンのかしら」[一九七頁]と自嘲しながらふと前方を見て、彼女の心は凍りついた。「ショールで顔をかく」[一九八頁]したふじが、やはり「放心して立って」[一九八頁]いたのである。時が一瞬停止する。巻子は身を隠そうとして、子供用の自転車を倒してしまった。その音で、止まったようにみえた時間が再び動き出す。娘の存在に気づいたふじは困惑し、「巻子の顔を見て何か言いかける」[一九八頁]が、そのまま「ストーンと倒れ」[一九八頁]てしまった。

思いがけない場所での二人の鉢《はち》合わせは、読者に最大の衝撃を与えたに違いない。巻子の行動も不可解であったけれど、ふじのそれは、想像だにできない振舞いであった。前の場面で、彼女は浮気をされても毅然とした態度をとる、そんな女性の強さを示していた。ところがこのシーンのふじは、自分の発言を根底からくつがえす行動をとっており、別人のような様相を見せている。

このギャップを埋めるには、読者側からの推測が不可欠となる。

ふじはどのようにして恒太郎の愛人の住所を知ったのだろうか。四人姉妹のうち少なくとも綱子、巻子、滝子の三人は友子の居所を知っている。しかし彼女たちが母親に注進したとは思えない。考えられるのは次の二つである。一つは滝子のように、ふじが興信所に依頼することである。だがこれは彼女のつましい暮らしぶりからみてありえないだろう。もう一つは自ら夫を尾行して、愛人宅を突き止めることである。こちらは大胆な行動であるばかりか、軽快な身のこなしを必要とするので、高齢のふじには難しい気がする。けれども彼女はどちらかの手段によって（私は後者のように思える）、友子の住居を知ったのである。

では次に、ふじは以前にも友子の家の前に立ったことがあるのだろうか。これもはっきりしたことは言えないが、今日が初めてでないことは確かである。彼女は娘たちを送り出したあとに家を出ている。巻子の意識が定かでなかったとはいえ、年老いたふじの方が友子のアパートに先に着いていた。それは母親がここに幾度か来たことがあり、道順をよく知っていたからである。今日初めて居場所を探し当てたのでは決してない。

ふじが友子の所にたどりつく事相は、『家族熱』の恒子が離縁された黒沼家へ向かう様子と似ている。彼女は買い物かごを手に、雑踏する夕方の商店街を放心状態で歩き、いつの間にか黒沼家の勝手口に立っていた⑹。同様にふじも、日暮れどき買物に出かけ、まず卵を買った。だがそのうちに足が自然と友子の家の方へ向いてしまった。ふじの愛人への鬱憤《うつぷん》が、無意識のうちにこのような行動をとらせたと思われる。

話をもう一度、二人が出くわした場面へ戻す。巻子を見た瞬間、ふじは「哀しいような、恥かしそうな、何ともいえない顔で少し笑う」一九八頁とある。引用箇所にある〈哀しい〉とは、恒太郎に裏切られてもなお夫に頼るしかない、惨めなふじの境遇を表現しているのかもしれない。また〈恥かし〉には、絶えず気丈な妻や母を演じていたのに浮気相手の家まで来てしまう、矛盾した行動に羞恥《しゅうち》を覚えた彼女の内面が表われているのだろう。しかし向田邦子はその下に〈何ともいえない〉と付け加えている。この場のふじの気持ちは、二つぐらいの形容では言い尽くせないことを示唆している。怒りや不安や寂しさ、そして自分に対する軽蔑など、さまざまな思いが彼女の頭の中で交錯していた。

そのように錯綜する感情のなかで、根底にあったのはおそらく嫉妬ではないだろうか。ふじは娘ほどの年齢の女性に現《うつつ》を抜かす恒太郎に腹を立て、夫を奪った友子を恨んだ。だが夫の浮気に気づきながら知らないふりをし、娘たちの前では何の悩みもないように振舞っている。彼女は負の要因を誰にも打ち明けず、常に一人で背負《しょ》い込んでいた。妻や母としての矜持《きょうじ》が、嫉妬心を見苦しい、はしたないものとして、心の奥に押さえ込んでいたのである。しかしせき止められた情動は、どこかにはけ口を求める。それが投書騒ぎを起こしたり、愛人宅の前まで押しかける行為として現われたのである。

向田邦子は卵の殻《から》から流れ出る黄身で、吐き出したくても吐き出せない、ドロドロとしたふじの思いを上手に表現している。ふじは女の情念を心の殻の中へ溜め込んでいた。その殻は一見硬そうに見えたが、卵と同様に何かの拍子でもろくも壊れてしまう。向田はその様子を黄身の流出で視覚化する。コンクリートで割れた卵の黄身は、「いくつもいくつも──」道路へ流れ出す。(7)一九八頁 この〈いくつもいくつも──〉の表現から、ふじの心に押し込められていた悔しさや妬ましさなど、赤裸々な感情が次々と流れ出る様子がわかる。

プライドのある人間において、嫉妬心は容易に羞恥心へ移行する。ふじは我に返ったとき、自分の行動が紛れもなく嫉妬からきていることに気がついた。嫉妬をとても卑しいものと考えていただけに、今の自分の状況に対し、羞恥の念がわき起こる。自分への信頼も大きく揺らぎ、自分を唾棄《だき》すべき人間と感じた。この感情に輪をかけたのが、嫉妬に狂った姿を自分の娘に見られたことである。ふじにとって最も悪い場所で、それも娘のなかで一番見られたくない巻子に目撃されてしまった。こうなると彼女の逃げ道は一つしか残されていない。それは一切を断ち切るように、その場で失神することであった。

水鉄砲のモチーフ

巻子がふじの失神を目にした頃、綱子は貞治と自宅で会っていた。そこへ貞治の妻豊子が押しかけてくる。ふじは友子のアパートの前まで来たものの、ただ立ちつくすばかりで、中へ入ることなど出来なかった。これは彼女に勇気がなかったというよりも、自尊心がそのようなはしたない振舞いを許さなかったのだろう。しかし豊子は恥も外聞もかなぐり捨て、相手の本丸へ攻め込んでいった。

ここでの豊子は、ふじの代役を演じていると考えられる。後者が心の奥底に懐いたままの本音を、前者は躊躇《ちゅうちょ》なく行動へと移している。玄関先で豊子と綱子は、貞治が来ているかどうかで押し問答を繰り返す。豊子は夫の靴を証拠として示すため、下駄箱(8)を開けようとする。それを綱子は体を張って阻止した。じれったくなった豊子は、不意にピストルを取り出し、相手の胸に狙いをつける。びっくりした綱子はその場にへたり込んでしまった。そこへ今まで隠れていた貞治も飛び出してきたけれど、一歩も動くことが出来ない。この状況を見極めて、豊子は引き金を引く。すると勢いよく水が飛び出してきた。

豊子はふじと違って、自分の気持ちに正直に行動している。彼女はピストルを相手に向けたが、この脅迫をふじもやりたかったのではないだろうか。殺す気はないにしても、殺してやりたいほど友子を憎んでいた。豊子の「生きてるのに、気持が、そっぽ向いてる方が、もっとさびしいわ」二〇一頁という台詞は、まさにふじの悲痛な叫びだったに違いない。これは、恒太郎の心を奪われた妻の〈さびし〉さをそのまま代弁している。

小林竜雄も指摘(9)しているように、向田邦子は水鉄砲のモチーフ(10)を、昭和四十六年に放映された「きんぎょの夢」のなかでも使用している。おでん屋「次郎」を一人で切り盛りする砂子が、週刊誌の編集部に勤める良介と恋仲になる。夫の浮気を察知した良介の妻みつ子は、夫の砂子への愛を試そうとして、ピストルを砂子へ向ける。本物の銃と思った良介は、妻の手からそれを叩き落そうとする。だが間に合わず、銃口からはピューーと水が飛び出した。

この場面は、豊子が綱子にピストルを向けるシーンとよく似ている。しかし大きな違いが二つある。一つは妻の暴挙を、夫が体を張って阻止したかどうかである。「きんぎょの夢」の場合、良介は間に合わなかったにしろ、止めに入っている。『阿修羅のごとく』の場合、貞治は綱子の危機を知りながら、足がすくんでしまい、棒立ちのままであった。豊子は意気地のない夫が愛人を守ることなど出来ないと確信していたようである。

もう一つは別れの違いである。前者では、良介が本気でみつ子を殴りつけ、妻は泣きじゃくりながら、夫に狂ったようにとりすがる。この様子を見て砂子は、夫婦が長年にわたって培った強い絆に気づき、身を退《ひ》くことを決意した。後者では、貞治がまったく行動を起こさなかったことに、綱子は失望する。「かばって下さいとはいわないけど——本ものなら、あたし、死んでるのよ」二〇三頁と不満をぶつけた。ちょうどその時、彼女の身代わりになったかのように、母危篤の電話が入る。これを機に、綱子は貞治に縁切りを告げ、病院へ向かった。同じ離別でも、こちらは愛想が尽きての別れであった。

別れ話といえば、友子もほぼ同じ時刻に、恒太郎に別れを切り出している。別の男性との結婚を告げたのである。恒太郎に厭《あ》きたわけでもなければ、不満があるわけでもない。巻子と出会ったときの〈実に丁寧な〉お辞儀から、友子が自責の念にかられて決別を伝えたと推測できる。もしかすると、アパートの前に立っているふじの姿を目にしたことがあり、別離の覚悟を一層強くしたのかもしれない。いずれにしても、ふじのことを思うと、恒太郎をお返ししなければならないと考えたのだろう。ただふじにとって皮肉なめぐり合わせになったのは、友子が決断を告げた頃、自分は彼女の住まいの前で倒れてしまったことである。

病室での代理戦争

意識のないふじを娘たちが見守っているところへ、恒太郎が鷹男(11)に抱えられながら病室に入ってくる。ふじの心情を痛いほど知る巻子は、声を荒げて父の過ちを責め立てた。鷹男は「始めてみる妻の激昂《げっこう》した姿に衝撃を受ける」二〇三頁。第一話「女正月」において、綱子がうちで一番こわいのは巻子じゃないのと述べたことがあった。そのとき彼は、臆病な妻の姿を数えあげ、義姉の忠告に耳を傾けなかった。しかし大詰めにきて、阿修羅の巻子と向かい合うことになる。

巻子はふじの倒れる瞬間を目撃しただけでなく、自分も夫の浮気に苦しんでいるだけに、母の怒りや哀しみが我がことのように思え、恒太郎を立て続けにののしった。そのうち言葉だけでは足りず、父にむしゃぶりつき、殴ろうとした。鷹男がとっさに義父をかばい、巻子の平手打ちを頬に食らってしまった。彼は痛みに耐えながら、「お前に父親殴《なぐ》る権利はないだろう」二〇四頁と強い口調で言った。それに対して、「殴ったのあたしじゃないわ。お母さんよ」二〇四頁と彼女は言い返す。今までは、ふじの代弁をし、ここでは代役として懲らしめたと言っているのである。だが巻子の行動には、私情も含まれていたのかもしれない。鷹男にたまたま平手が当たったのではなく、自分の夫が身代わりになるのを知って殴ったようにも思える。

無言の恒太郎を見かねて、鷹男が義父の弁護を買って出る。こうなるとふじの病床をはさんで、巻子と鷹男がそれぞれの代理人として衝突することになる。鷹男が「マジメに働いてうちを建てて、四人の子供を成人させて、そのあと——誰にも迷惑をかけないで、少しだけ人生のツヤをたのしむのが、そんなにいけないのか」二〇四頁と少し身勝手な弁明をすると、巻子は「女房泣かせてたのしんでるのよ！」二〇四頁と突いてきた。そこで夫が「その分、手合せて拝んでんだよ、すまない、すまないって思いながら」二〇四頁と下手に出ても、妻は「それだけの気持があったら別れればいいでしょう」二〇五頁とにべもなく言い放つ。ここでの口論は、鷹男が臑《すね》に疵《きず》持つ身なので、防戦一方になっている。

そのとき恒太郎のコートのポケットから大きな祝儀袋が落ちた。友子の結婚を祝うのし袋であった。故意になされたかどうかは不明であるが、これにより彼の罪は大幅に軽減されることになる。遅きに失したとはいえ、死の床にあるふじに朗報を伝えることが出来たからである。四人姉妹は友子の結婚を知り、まもなく妻も愛人も失ってしまう父の寂しさを理解した。娘たちは両親だけの時間を作ってあげようと、そっと病室を離れた。

昏々《こんこん》と眠り続けるふじの傍らで、恒太郎は沈黙のままである。謝ることもしなければ、釈明もしない。ふじに唯一語りかけた言葉は、「母さん、フラれたよ。フラれて帰ってきたんだ。ハハ」二〇五頁である。これは友子に関係を絶たれたという報告であり、相手に逃げられた無様《ぶざま》な自分を嘲笑している。この台詞は、呼びかけの言葉〈母さん〉からわかるように、ふじへの甘えから発せられている。妻なら〈フラれた〉男を優しく慰めてくれると思ったのである。しかし許してくれるであろうふじは、彼岸へ旅立とうとしている。やがて彼の口元から笑いが消え、うめくような嗚咽《おえつ》がもれ始めた。恒太郎の浮気は帰る場所があるからこそ可能なものであった。待ち続けてくれる人を失った今、彼の浮ついた気持ちは一気に消し飛んでしまい、底知れぬ孤独が彼を襲ったのである。

漱石の悲劇哲学

季節が春になり、墓地でふじの納骨式が行なわれた。日頃無口な勝又が突拍子もなく、夏目漱石の『虞美人草』の「結」を知っているか、と滝子に聞く。これは三女だけでなく、読者にとっても唐突な質問だと思う。この作品については、同じ第三話の序盤にも出てきた。図書館に夜やってきた勝又が、滝子の手許にあった『虞美人草』を手に取り、読む件《くだり》である。そのとき彼は小説の巻頭を朗読した。ドラマが終盤になり、今度は小説の巻尾を恋人にたずね、「『此所《ここ》では喜劇《きげき》ばかり流行《はや》る』二〇八頁」と自分で答えた。向田邦子は勝又を通して、第三話のサブタイトルが「虞美人草」であることを読者に改めて思い出させている。

では『虞美人草』と『阿修羅のごとく』の二作品にどのような共通点があるのだろうか。それは女主人公のプライドの高さであり、その死(12)においてである。『虞美人草』の藤尾は、結婚を考えていた小野の不実に腹を立て、それならと自分に心を動かしていた宗近へ乗り換えようとする。だが彼にきっぱりと拒絶されてしまう。男性に次々と愚弄されたことに痛憤し、藤尾の顔面はたちまち蒼白となる。夏目漱石は卒倒するヒロインを次のように描いた。

呆然《ぼうぜん》として立《た》った藤尾《ふぢを》の顔《かほ》は急《きふ》に筋肉《きんにく》が働《はたら》かなくなった。手《て》が硬《かた》くなった。足《あし》が硬《かた》くなった。中心《ちゆうしん》を失《うしな》った石像《せきざう》の様《やう》に椅子《いす》を蹴返《けかへ》して、床《ゆか》の上《うへ》に倒《たふ》れた。(13)

藤尾は思いも寄らぬ裏切りを聞かされ、自分のプライドがずたずたに引き裂かれてしまう。生き恥をさらすよりは、恥辱を受けたこの場ですぐに死ぬことを決意し、彼女は自ら命を絶ったのである。

藤尾に似た名前を持つふじは、友子のアパートの前に立つ自分を巻子に目撃され、その羞恥の念がもとで死ぬ。『虞美人草』同様、死因は精神的なものであった。但し同じようにプライドを傷つけられたとはいえ、かなりの相違がある。藤尾の場合は、憤怒が彼女の心をすっかり覆い尽くしていた。それに対してふじの場合、娘に見られた女としての自分と、妻として母として務めてきた平生《へいぜい》の自分との間に、大きな亀裂が走ったままなのである。

病室で巻子は愛人宅の前に立ち尽くしていたふじを思い浮かべ、「でも、お母さん、やっぱり女だったのね二〇三頁」と母親の新たな姿を紹介する。ふじの女性としての側面を強調した台詞である。これは第一話の集まりで、巻子が「お父さんも男なんだ三二頁」とつぶやいた言葉に呼応する。ふじ自身はもう一方の自分、日頃の自分をも忘れてほしくなかったはずである。その心残りが病床に続く短いショットで示される。

誰もいない竹沢家の縁側の先に、漬物樽が月明りの中でぽつんと立っている。昼下がりに聞こえていた女性三人のおしゃべりが嘘のように、今では月夜の静寂だけが支配している。ふじは娘たちに漬物の指導をしながら、「お母さんこれしか能がないから一八九頁」と口にしていた。白菜漬けは、家庭における彼女の大事な仕事であった。出しっぱなしになった樽や、仕舞い忘れた菜切り包丁は、家政の主《ぬし》を突然失った空虚さを伝えると共に、ふじの無念さや家への未練を静かに物語っている。

『虞美人草』の結びに話を戻す。夏目漱石はこの「結」の直前に、『虞美人草』の根幹をなす「一つのセオリー」(14)を、甲野の日記の中で説いた。主人公の（あるいは漱石自身の）悲劇哲学を記述している。それを要約すれば、次のようになるだろう。

万人はことごとく生死の大問題より出立する。しかし多くは死を捨て、生を好む。そのための「必要《ひつえう》の條件《でうけん》たる道義《だうぎ》を、相互《さうご》に守《まも》るべく黙契《もくけい》した」(15)。されども「萬人《ばんにん》は日《ひ》に日《ひ》に生《せい》に向《むか》って進《すゝ》」(16)み、「死《し》に背《そむ》いて遠《とほ》ざか」(17)り、「道義《だうぎ》の觀念《くわんねん》が極度《きよくど》に衰《おとろ》へ」(18)たとき、「悲劇《ひげき》は突然《とつぜん》として起《おこ》る」(19)。この時万人の眼はことごとく、「自己《じこ》の出立點《しゆつたつてん》に向《むか》ふ」(20)。そして「始《はじ》めて生《せい》の隣《となり》に死《し》が住《す》む事《こと》を知《し》る」(21)。

この哲学に照らすと、藤尾の死はまさに悲劇に他ならなかった。彼女は日々生を欲し、それを謳歌《おうか》した。逆に死を疎《うと》んじ、それから遠ざかった。そして遂には、その〈必要《ひつえう》の條件《でうけん》たる道義《だうぎ》〉を忘却したのである。

甲野は前述の哲学を抄録して、ロンドンに赴任している宗近へ送った。その返信が〈此所《ここ》では喜劇《きげき》ばかり流行《はや》る〉である。ここに記された喜劇とは、「道義《だうぎ》を犠牲《ぎせい》にして始《はじ》めて享受《きやうじゆ》し得《う》る」(22)ものであり、その「進歩《しんぽ》は底止《ていし》する所《ところ》を知《し》ら」(23)ない。また〈此所《ここ》では〉とは、ロンドンとなる。しかしこの風潮はイギリスだけにとどまらない。むしろ当時の日本こそ、近代化を急ぐあまり、喜劇が一層はなはだしく跋扈《ばつこ》したのである。

向田邦子は子供の頃から『漱石全集』を読み続けており、『虞美人草』の最後に作者が書き記した悲劇哲学も、またそれに呼応した「結」の意味も十分に理解していたと思われる。だが『阿修羅のごとく』では、蘊蓄《うんちく》を傾ける余地がなかった。それは二九七頁の注（13）で記したように、正月企画ドラマのなかで存分に示されるはずであった。向田の不慮の事故がかえすがえすも残念でならない。

向田邦子が考える「悲劇と喜劇」

では『阿修羅のごとく』において、向田邦子は悲劇・喜劇の対概念をどのように考えていたのだろうか。向田は漱石独自の哲学から離れて、もっと普遍的な意味で用いている。同一の現象が、見方によって悲劇にも、また喜劇にもなると述べているのではないだろうか。このドラマでは終盤において、竹沢夫婦を予期せぬ悲劇が襲う。ふじは夫の浮気相手のアパートの前で倒れた。そして恒太郎は同じ日に、その浮気相手から交際を断られる。これらは二人にとって耐えがたい屈辱であり、悲痛な出来事であった。けれども少し距離をおいた人間は、この二つの災いに痛ましさを覚えながらも思わず笑ってしまう。当人たちには深刻な事件であっても、第三者から見れば、それは喜劇としか映らないのである。[24]

『虞美人草』の「結」を勝又が暗誦する。彼は小説の出だしを朗読したので、その終わりをも任された。だが内容を考えると、勝又はもとより登場人物のうちの誰が語ったとしても、読者はこの台詞に違和感を感ぜずにはいられない。これは事態の渦中にある人物が発した言葉ではないからである。出来事をもう少し高みから眺めている人間、強いて言えば、作者向田邦子の発言のように思われる。

そして『阿修羅のごとく』パートIの最後は、男たちのぼやきで締めくくられる。口火を切ったのは鷹男である。彼は勝又と陣内に、「女は阿修羅だよ」[二〇九頁]と明かす。ドラマを終えるにあたり、向田邦子は作品のタイトルを読者に喚起させ、その意味を考えてもらう必要があった。そこで作者は鷹男に〈阿修羅〉と言わせ、その説明をもさせている。しかし勝又と陣内は恋人が〈阿修羅〉に変貌した姿をまだ目にしていないので、鷹男の真意がわからないままであった。

パートIにおいて、文字どおり〈阿修羅〉へと豹変したのは、ふじ一人であったように思う。娘たちにその兆候はあっても、母親の域まではとても達していない。ただ巻子だけは病室において、ふじの怒りが乗り移ったかのように〈阿修羅〉の片鱗を見せた。鬼女と化す妻を目にした鷹男は、男性二人に「勝目はないよ。男は」[二〇九頁]と弱音を吐き、さらには「気をつけような」[二〇九頁]と注意を促した。

第三章　向田邦子のもくろみ

1　なぜふじを死なせたのか

インパクトの強い結末

向田邦子は当初『阿修羅のごとく』を、ふじが亡くなった第三話「虞美人草《ぐびじんそう》」で完結させる予定であった。パートⅡを引き続き書こうなどとは、これっぽっちも思っていなかっただろう。その証拠に、向田はこの最終話において、それぞれの人物が紡《つむ》いできた物語を早急に収束へと向かわせている。

ふじと恒太郎は前述したように、大きな悲劇に見舞われた。綱子は貞治のふがいなさに愛想をつかし、別れを決意する。滝子は勝又の誠意を感じ取り、不器用ながら抱擁する。咲子は陣内の子を宿して、彼と正式な夫婦になる。だが巻子に関しては、終結したという印象を読者に与えられなかった。鷹男の浮気がまだ解消していないからである。けれども彼女は病室で、突如阿修羅へ変身し、思い切り夫を殴った。巻子にとっては、この行為でひとつの区切りをつけることが出来たといえるのかもしれない。

これまで四人の姉妹に、向田邦子は印象深いシーンをいくつも提供してきた。しかし三回だけのドラマのなかで、姉妹それぞれの生活を詳しく描くつもりなどなく、まして彼女たちが抱える問題を、最終回にすべて解消しようなどとは考えていなかった。予定調和的なエンディングは、向田の最も嫌う結末である。彼女は両親の問題に決着がついた以上、他の事柄は一応の方向を示すだけで十分と考えた。『阿修羅のごとく』は恒太郎の浮気が発端であり、それに苦しんだふじの突然の死で終局となる。向田はこの主筋に娘たちの様々なエピソードを絡ませ、魅力的な内容としたのである。

ふじの死去は、それだけでドラマを断ち切るほどの衝撃を読者に与えた。娘たちの筋がまだ未完であっても、それを補って余りあるけりのつけ方である。不幸が何の前ぶれもなく彼女を襲った。したがって伏線などは張られていない。卒倒前のシーンで、ふじは元気に白菜漬けをし、恒太郎の血圧を心配していた。むしろ夫の死をほのめかすような発言をしていたのである。そのふじの方が倒れてしまう。これは読者にとってまったく予想外の結末であった。

興味深い楽屋話を佐怒賀《さぬか》三夫《みつお》が『向田邦子のかくれんぼ』[1]のなかで伝えている。ふじ役の大路《おおじ》三千緒《みちお》は、向田邦子から母親の死について何も聞いていなかった。向田は当初、「父親の佐分利《さぶり》を殺しましょう」と言っていたらしい。ところが第三話になって、大路は突然ふじが死ぬことを知り、大いに驚いたという。

この話から、作者が「転がし」の手法でシナリオを書き、エンディングを想定していなかったことが明らかになる。また誰もが予測できるような結末を避けようとしたこともわかる。不貞を働いた恒太郎がその罰として死ぬのでは、ありきたりで面白くない。向田邦子はシナリオを書き続けるなかで、もっとインパクトの強いラストを模索した。それが浮気に苦しむ妻の死だったのである。

巻子という狂言回し

『阿修羅のごとく』は一見群像劇のような印象を与える。個々の人物が独自に光を放っている。特に四人姉妹は他者の影に入ることを嫌う。誰もが主役を望み、脇役に甘んじることを欲しない。彼女たちはそれぞれ自分の悩みを抱え、そこから派生した面白いエピソードを持っている。但《ただ》しそれらの挿話は際立ったものとはなりえず、言わば団栗《どんぐり》の背競《せいくら》べとなっている。

この姉妹のなかで、頭一つ抜きん出た存在が巻子である。彼女はこのドラマにおいて、登場する頻度、及び発言する回数が最も多い。それは主婦ということもあって、比較的自由に行動することが出来たからである。さらに巻子には、彼女以上に交渉ごとの得意な鷹男が控えていた。それに加えて、巻子は様々な相談ごとに首を突っ込んでは世話をやく、お節介な性格の持ち主でもあった。

竹沢家の女性たちの間では、何か事件が生じたら、真っ先に巻子の家へ電話を入れるのが決まりごとのようになっていた。例えば滝子は、父親の浮気に関する情報を最初に巻子に伝え、その相談を当然のごとく、里見家で行うことにした。その滝子が公園でボヤを出したときも、すぐに次女のところへ連絡がきた。咲子が投稿記事のことで苦情を持ち込むのも、勤め先で倒れたとき知らせが行くのも巻子のもとであった。ふじが咲子のアパートの住所をもらす相手も次女である。

それほどに巻子は竹沢家の女性たちから頼りにされ、本人も積極的にかかわっている。(2)その結果、里見家は情報センター及び集会所と化してしまった。

しかしパートIにおいて、巻子は何度かチャンスがありながら、主人公になることが出来なかった。例えば恒太郎の浮気を阻止するため、巻子は友子とじかに交渉しようとする。手切れ金まで用意して、意気込んで相手の家へ向かう。だが途中で、思いがけず友子と出くわし、深々とお辞儀をされると、もはや別れ話を切り出せなくなった。

陣内が浮気をしたときも、巻子は咲子をかばって彼にさんざん悪態をつき、妹を自宅へ連れ帰った。そして陣内と別れるべきだと懇々とさとす。それなのに妹を同居させなければならないとわかると、急に言葉を濁してしまう。

また恒太郎の悪夢を見た日、(3)巻子は父親を話し合いの席につかせ、浮気問題に決着をつけたいと考える。そのため姉妹をわざわざ電話で呼び出す。けれども父の帰宅が遅れ、しかも別の問題が解き明かされそうになったため、肝心の話は言いそびれてしまった。

ここで述べた問題の解明とは、新聞に投稿した人物が判明したことである。巻子は姉妹から犯人扱いされ、懸命に身の潔白を証明しようとした。またふじが記事を読まぬか心配で、わざわざ実家へ戻った。ところが彼女に濡《ぬ》れ衣《ぎぬ》を着せたのは当の母親だったのである。巻子は激怒しながらも、夫の制止にあい、結局ひと言の文句も言い出せなかった。

自分自身の問題においても、巻子は追及の手を緩めてしまう。鷹男が大阪出張にかこつけて、愛人と一緒に昼食をとろうと電話をかける。だがうっかり自宅の番号を回してしまった。巻子にとっては、願ってもない浮気の証拠が転がり込んできたのである。しかし彼女は大笑いをしたあと、むきになってりんごをかじるだけで何の行動も起こさなかった。

巻子の言動は常に腰砕けになってしまう。自らお膳立てをしたり、またお膳を据えてもらっても、そこから先へ踏み込んでいけない。つまり狂言回しを演じることは出来ても、彼女にはドラマを独自に展開させていく推進力が欠如しているのである。その要因は、巻子が比較的平穏な家庭の主婦であったことと、自分の気持ちを常に抑えて、折り合いをつけようと腐心する性格からきている。彼女の持っているバランス感覚が、極端な行動に歯止めをかけ、また深追いをも出来なくしているのである。このような人物設定は、パートⅠにおける巻子を、ある意味で面白みに欠けた常識的な人物にしているのかもしれない。

裏の顔を見せぬふじ

突然の死を含めて、ふじは『阿修羅のごとく』において何度か意外性を発揮した。例えば、導入部で通帳を膝の下に隠す場面、「女正月」後半でのミニ・カーを襖《ふすま》に投げつける場面、あるいは自分の悩みを巻子に似せて新聞社へ投稿し、後に自分の工作であったことを暗示する件《くだり》などである。読者は前述の出来事に出くわすたび呆気《あっけ》にとられ、ふじがこれほど突飛な行動に出るとはまったく予想できなかった。彼女のごくありふれた日常生活のなかに、ギクリとさせられる幾つかの隠し球が用意されていた(4)のである。

向田邦子は不意打ちをかけるため、ふじの秘密性を重視する。登場人物はもちろんのこと、読者にも彼女の荒れ狂う内面をなかなか明かさない。へそくりの場面では、仲の良い竹沢夫婦をたんたんと描いたあとに、ふじが目にも留まらぬ早さで通帳を隠す所業を加えた。もっともこの場合は、巻子も読者も母親のへそくりをすでに知っている。にもかかわらず奇異の感を懐《いだ》くのは、おっとりしたふじが隠蔽《いんぺい》の際に見せた早業《はやわざ》である。ここで初めて、彼女の意外な側面を知ることになった。

しかしこれ以降、ふじは裏面の顔を登場人物にさらしていない。例えばミニ・カーの場面で、立ち会ったのは読者だけである。童謡を口ずさんでいたふじが突如おもちゃを投げつけた。そしてこの瞬間だけ、彼女は阿修羅の顔をのぞかせる。だがこの光景を知るのは読者のみで、登場人物は誰ひとり見ていないのである。

さらに新聞への投書や友子の家の偵察になると、その経緯《けいい》が読者にも登場人物にもまったく伝えられていない。双方とも、その結果を後から知って唖然《あぜん》とする。おそらくこれらの行為をとったとき、ふじの胸中には大きな亀裂が走ったに違いない。誰にも気づかれぬところで、本人も知らないもうひとりの自分がふいに現われる。それがふじの阿修羅だったのである。

この阿修羅と化したふじが、ドラマの筋を大きく動かすことになる。第一話で、彼女は娘たちによる恒太郎の浮気阻止を心待ちにしたけれども、何の成果も伝えられなかった。そこでふじは第二話において、新聞の投書欄を利用し、事態の進展をもくろんだ。巻子になりすまし、姉妹の数をわざと三人と書くことで、娘たちの間に一騒動を起こし、全員が浮気問題に関心を持つように仕組んだのである。投書を書くふじの姿はまさに阿修羅だった。そしてこの工作を境に筋が再び動き出す。犯人に仕立てられた次女の呼びかけで、娘たちは問題解決のため実家へ集まることになった。

第三話になると、ふじはもはや子供たちを当てにせず、自ら友子の家へ押しかける。何度か愛人宅の前に立つが、そのときも一瞬、ふじは阿修羅の顔になっていたのではないか。しかし友子の家のドアを開け、踏み込んでいくには、彼女の本妻としての自尊心が許さなかった。したがって筋を大きく動かすほどの行動とはなりえなかった。その代わり、たたずむ姿を巻子に見られたことで、事態は急変する。ふじは娘の姿を見るなり卒倒した。この突然の転倒によって、パートⅠは幕切れへと一気に加速することになる。

2　誰が主役を引き継ぐか

緒形拳の出演辞退

『阿修羅のごとく』の世評が高かったため、向田邦子はパートⅡを書いてほしいと依頼された。だがその時期は不明である。おそらく当初、向田には続編のことなど念頭になかったと思われる。もしあったならば、パートⅠを一貫して引っ張ってきたふじを、むざむざと殺したりはしなかっただろう。母親を早々に退けたことを、彼女はとても悔やんだと思う。

ただ幸いなことに、四人姉妹がそれぞれに抱える問題は、まだすっきりと解決されてはいなかった。パートⅠにピリオドが打たれても、彼女たちの将来は薄もやのかかったままであった。別な見方をすれば、このドラマはさらに進展する余地を多分に持っていたともいえる。そこで向田は、筋の展開に新味を加えつつも、人物設定はそのままとし、演じる俳優も変更しないつもりでいた。

ところが鷹男役の緒形拳が役を降りたいと言ってきたのである。表向きはスケジュールの都合がつかないという理由であった。しかし緒形の年譜(1)を調べると、『阿修羅のごとく』パートⅡ（昭和五十五年一月十九日〜二月九日)が制作された時期、彼には珍しいほど時間的余裕があったことがわかる。舞台は昭和五十四年の七月から翌年八月の『瞼《まぶた》の母』まで空いており、テレビも昭和五十四年十一月九日の単発ドラマ『葉蔭の露』から次年七月二十三日に始まる連続ドラマ『さよなら・お竜さん』まで出演していない。映画だけは昭和五十五年二月二十三日公開の『影の軍団　服部半蔵』と重なる可能性があったが、緒形は主役ではなかったので、時間の都合は何とでもできたのではないだろうか。

緒形拳は役柄に不満だったのだろう。六八頁で述べたように、佐分利信も自分の役に納得がいかず、追加のシーンを要求した。向田邦子は職場では決して見せない男のもう一つの姿を描こうとした。男の弱さやだらしなさ、おかしさをストレートに示したかったのである。しかし男優にとって、彼女の書いたシナリオは、「男が『男として』在るためには、ちょっと耐えがたいホン(2)」だった。

特に緒形拳の場合、向田邦子の描く男性像は、当時彼が目指した役作りと大きく食い違っていた。ドラマの出演依頼を受けた時期は、おそらく『復讐《ふくしゅう》するは我にあり』(昭和五十四年四月公開)で高い評価を得た頃と思われる。これはキネマ旬報ベスト・ワンの作品で、彼はギラギラした人間臭い凶悪犯を、体を張って演じている。このように緒形は、自分が役へのめり込めるアクの強い人物を欲していた。それゆえ調停や仲介に奔走する鷹男の役に、何の魅力も感じられなかったのではないだろうか。

向田邦子は緒形拳の辞退を認め、露口茂の鷹男役を受け入れざるをえなかった。だが従来の路線を変更するつもりはなかった。それどころかなお一層、女性たちに比重を置いたドラマにする。パートⅡでは、鷹男の浮気相手と目される赤木啓子（萩尾みどり）を新たに登場させ、巻子の嫉妬心をかきたてる。さらに巻子の娘洋子には荻野目慶子を抜擢した。荻野目は物怖じしない、演技のとても達者な子役であった。これは洋子が今後のドラマのなかで、大きな役割を演じることを見越しての人選であったと思われる。

巻子の万引き事件

ここでまず、『阿修羅のごとく』における時間の推移を検証する。パートⅠとパートⅡの放映時期に合わせて、向田邦子はドラマ世界の季節を移行させている。前者は昭和五十四年一月十三日から一月二十七日まで、後者は昭和五十五年一月十九日から二月九日までの放映であった。

パートⅠの第三話「虞美人草」の終盤において、ふじが冬の最中《さなか》に死去し、そして納骨式がエピローグとして示される。そのとき「季節は春」二〇七頁と卜書に記されている。そしてパートⅡの第一話「花いくさ」の冒頭では、「冬の夜ふけ」二一〇頁と書かれている。このようにフィクションの世界においても、ほぼ一年の時が経過したことがわかる。

巻子は冬の真夜中、マフラーを巻いただけの薄着で歩いている。不安と悩みが心を占めていたので、寒さを感じないのである。やがて闇に輝く明かりに誘導されるように、彼女は深夜営業のスーパーに「吸い込まれ」二一〇頁ていった。店の黄色いカゴに食パンとバターを入れる。けれどもその後、カンヅメ二つを自分の手提げ袋に入れてしまった。そのときの巻子は「見ているようで何も見ていない」二一二頁眼差しをしていた。放心の態《てい》で万引きに及んだことがわかる。レジを出たところで、彼女は店員に肩を叩かれた。

　スーパーの事務室に連れていかれ、巻子は気が動転する。躍起になって弁明をするものの、日頃の彼女からは想像できないような支離滅裂な言葉が口から飛び出し、その内容も要領をえない。そもそも巻子には、自分がなぜ犯罪行為に走ったのか、まったくわからないのである。二人の店員も、彼女のしどろもどろの言い訳に納得していない様子である。巻子は遂に言葉に詰まってしまい、大きな沈黙ができてしまった。

　このような状況に陥ったことに、巻子は無性に腹が立ち、同時に切ない思いがこみあげてきた。胸に抱え込んでいたものを一切合切ぶちまけたくなった。得体の知れない衝動が、彼女の口を開かせたのである。

――主人――つきあってる女のひと、いるんです。

名前、判らなかった頃は、まだよかったんですけど――

秘書の赤木って女の人だって判ってからは――

夜、帰り、待ってると、頭の中で、アカギ、ケイコ、アカギ、ケイコ、――ごろごろ、ごろごろ石ウスが廻ってるみたいで――うちに居られなくて、それで――どうか名前だけは――勘弁して下さい。二一二頁巻子の思いがけない告白に、初老の店員はいたく同情し、もう勘弁してやれよと若い店員にあごをしゃくった。

引用箇所から、巻子の万引きの要因は鷹男の浮気にあり、かなり参っていることがわかる。向田邦子は万引きを重要なモチーフとしてよく採りあげている。『冬の運動会』の冒頭に出てくる菊男の万引き[3]もその一例である。彼の場合、父親との不和が犯行への引き金になった。巻子のそれは、むしろ寺内きんの状況に類似している。『寺内貫太郎一家2』の第二十二話において、きんがデパートで万引きした話[4]が出てくる。その原因は姑《しゅうとめ》にいびられ、夫の浮気に苦しめられたことにあった。彼女は四十八年経って、自分の犯行を家族に告白している。しかし巻子の場合、きんや菊男のように回想するのではなく、ドラマのなかで実際に現行犯として捕まってしまう。

このとき巻子は万引きをした罪悪感よりも、鷹男の浮気相手への嫉妬心にはるかにとらわれていた。夫の浮気のことで頭がいっぱいだった。彼女はスーパーの店員に強要されたわけでもないのに、自分の悩みを口にする。巻子はちょっとしたきっかけさえあれば、赤の他人であっても自分の心の内を吐き出してしまうほど、精神的に追いつめられていた。

パートIの頃のように、浮気相手の〈名前、判らなかった頃は、まだよかった〉。名無しだったため、巻子にとってはまだ現実味がなかった。けれども一年経過して、鷹男の浮気相手が秘書の赤木啓子だとわかってきた。夜、夫の帰りを待っていると、彼が今頃浮気をしているのではないかと疑ってしまう。猜疑心《さいぎしん》や嫉妬心が心の奥底でうごめき、巻子はもはや〈うちに居られなくて〉外へ飛び出したのである。

不気味に鳴り響く「石ウス」の音

巻子を戸外へ、さらには万引きへと直接駆り立てたものが二つある。一つは彼女の頭の中でしきりに連呼される赤木啓子という名前である。もう一つは〈ごろごろ、ごろごろ石ウスが廻ってるみたい〉な音であった。このうち前者は、巻子にとって憎い女性であっても、手も足もある普通の人間なので正体がはっきりしている。しかし頭から付いて離れない〈石ウス〉の音が何に由来するのか、この時点において、彼女には皆目見当がつかなかった。単調に繰り返される音は不気味なだけでなく、巻子を言わば夢遊病者のような状態に引き込んだ。

〈うちに居られなくて、それで――〉と言って、巻子は再び黙ってしまった。憑物《つきもの》から解放されたように、普通の精神状態が戻ってくる。彼女は〈どうか名前だけは――勘弁して下さい〉と哀願する。ただこの謝罪には、自分の罪を悔いるという気持ちはほとんど感じられない。無意識のうちに犯した万引きなので、罪の意識が希薄なのである。むしろ世間口への恐れから、さらには夫に知られることへの不安から、許しを求めているにすぎない。

街角のゴミ集積所まで来ると、巻子はスーパーの袋を突然投げ捨てる。この行為には彼女の両極端な思いが見てとれる。巻子は冷たい夜気に触れ、自分の犯した罪に初めて恐れおののき、さらには破廉恥《はれんち》な行いをしてしまった自分に腹を立てた。その一方で、証拠隠滅を図りたいという現実的な考えも強く働いた。後悔と隠蔽という相反する思いが、巻子を投げつける行為に走らせたのである。

自宅まで戻ってきたけれども、巻子は家へなかなか入っていけない。自責の念から「表札に頭⑤をくっつけて」二一三頁立ったままでいる。すると背後から帰宅した夫に声をかけられた。なぜ夜ふけに外に立っていたのか説明しなければならない。だが幸いなことに、娘の洋子が玄関のドアを開けてくれたので、言い訳は言わずにすんだ。ほっとした巻子は、パンを買いに行ったと口走ってしまう。ところがそのとき、長男の宏男が厚切りのパンをくわえて奥から顔を出した。家にはまだ買い置きがあったのである。しかも母親は買ったはずのパンを持っていない。彼女は「――行ったけど、しまってたの」二一五頁と嘘《うそ》の上塗りをするはめに陥ってしまった。

洋子は巻子の様子がおかしいことに、だいぶ前から気がついていた。このときも彼女は母親の帰りを玄関で待っていた。巻子の声を聞きつけて、すぐにドアを開けたのである。「お兄ちゃんたらさ、お母さんいないって、さわいでンの」二一四頁と変に高ぶった声をあげる。だがこれは、洋子自身の不安を述べた台詞のように思える。娘は巻子の嘘をも見破っていた。閉店だったという返答に対し、「どこのスーパー」二一六頁と聞き返す。彼女は母親の異常な行動が心配なのである。けれども巻子はこれ以上の質問を許さないとでもいうように、強い口調で話題を変え、洋子を黙らせてしまう。

巻子が玄関に一人残り、夫の靴を隅に片づけていたとき、「手が、おかしいほどふるえ」二一四頁、「そのまま、しゃがんで」二一四頁しまった。スーパーの事務室で尋問された情景が思い出され、改めて自分の犯した罪におののいた。これは何としても隠し通さなければならない。自分を鼓舞するように、彼女は「急に大きな陽気な声」二一四頁で、鷹男に風呂へ入るかどうかたずねた。ところが予期に反して、入らないという返事がかえってくる。

そのとき巻子の頭に、一瞬妄想がよぎった。夫が赤木啓子の家へ行き、風呂もそこで入ったのではないかという疑いである。そういえば、先ほど片づけた靴もいつもの嫌な臭いがしなかった。鎌をかけるように、彼女は「お父さんもトシね」（二一五頁）と言い、さらに「お風呂、一日やそこら抜いても、汚れないいじゃないの。前は、毎日、入ってたって、ワイシャツの衿《えり》はまっ黒だし[6]、靴の敷皮だって、脂《あぶら》でニチャニチャ」（二一五頁）とまくし立てる。洋子も「お父さん、脂足だもンねえ」（二一五頁）と話を合わせる。鷹男はこれ以上詮索《せんさく》されてはたまらないと、子供たちを叱ることで矛先を変えようとした。

平常心がやっと巻子に戻ってきた。そこへ電話のベルがけたたましく鳴る。彼女はとっさにスーパーからではないかと思い、顔色が変わる。巻子は事件が家族の耳に入ることをとても恐れていた。特に鷹男に知られてしまうと、恥ずかしくて身の置き場がなかった。すぐさま彼女は受話器に飛びかかる。しかし夫の手が一瞬早かった。先方は巻子を出してくれと言う。彼女の胸は早鐘のように高鳴った。だが電話の内容は、父親の恒太郎がボヤを出したというものであった。

主役を張るための条件

向田邦子はどんな狙いで、パートⅡの冒頭に巻子の万引き事件を置いたのであろうか。まず考えられるのは予期せぬ組み合わせである。シナリオ作家にとって、連続ドラマの初っ端はとても重要である。思いがけない事柄を提示して、視聴者の心を最初につかまなければならない。巻子役の八千草薫は、当時上品で清潔な女優として人気を得ていた。女優の持つイメージと巻子の行為との間には大きなギャップが生じる。この懸隔《けんかく》が観る者の関心を強く引いたと考えられる。けれども八千草薫は、昭和五十二年に山田太一が書いた『岸辺のアルバム』で、すでに従来のイメージを壊す役をやっていた。彼女はこの連続ドラマで不倫に走る人妻を演じ、視聴者に大きな衝撃を与えた。したがって二年半後に放映された『阿修羅のごとく』が、山田作品ほどのインパクトを人々に与えるのは無理であろう。それに万引きのモチーフは、ほぼ三年前の向田作品『冬の運動会』でも使用されており、驚きの鮮度が落ちていたのである。

前述とは別な意味を、向田邦子は万引き事件に込めたのではないだろうか。巻子はパートⅠにおいて、バランスのとれた常識人であった。その巻子を、向田はパートⅡの主人公にふさわしい人物に作り替えようとする。母親ふじに代わって、ドラマを牽引する人物がどうしても必要だったからである。しかもその任を担えるのは巻子しかいない。しかし彼女には、母親が見せたほどの意外性が欠如している。また主役を張るには、何よりもその人物に奥行きのあることが肝要であった。作者にとって、万引き事件はこの二つの要件をほぼ満たしてくれる題材だったのである。

万引きは、従来の巻子からは想像できないような行動であった。ドラマの出だしにびっくり箱が用意されていたのである。彼女は無意識に近い状態にあったとはいえ、スーパーの商品を盗んでしまう。この犯罪行為により、巻子はパートⅠにおけるような明朗快活な人物ではなくなった。彼女は心の奥底に、誰にも知られたくない秘密を隠し持つことになる。そしてこの翳《かげ》りが、巻子の性格に幅を持たせたのである。主役は善であれ悪であれ、それ一辺倒では収まらない。時にはふじのように「阿修羅」へと変貌しなければならない。清濁合わせ持つ人物であればこそ、長丁場のドラマを支えることが可能となる。作者はドラマの冒頭で、巻子がふじの後継者であることを明確に示しておきたかったのである。

3　主婦を欠いた家庭

男性の本音「残るんなら、女だね」

実家が火事という報告を受け、巻子は大急ぎで外出の用意をする。そして鷹男に姉妹全員への電話を頼んだ。「みんなに知らさないと、あと、うるさいから」二一八頁と説明している。パートⅠを踏襲するように、パートⅡも恒太郎のことで四人姉妹が勢ぞろいし、彼女たちのにぎやかなおしゃべりによって視聴者をドラマの核心へと導いてゆく。

寝たばこでボヤを出した恒太郎は、焼け残った掛け布団の上に腰かけ、呆然と庭を見ていた。後片付けをしようにも、彼は何も出来なかった。綱子と巻子が隣家へ詫びに行くと、老父の独り暮らしは不用心で危険であると、くどくど聞かされる。誰かが一緒に住むようにと暗に勧められた。次女が「――みんなで相談しまして」二二五頁と言い、やっと隣人から解放された。

姉妹全員を前にして、恒太郎は「何も四人集って来るこたァないだろ」二二八頁と苦い顔をする。大きな失態を演じて、彼は自分自身に腹を立て、まだ気持ちの整理もついていなかった。そのような状況のなか、娘たちがさっそく寄り集まって、あれこれと口出しすることに耐えられなかったのである。鷹男は同性として義父の気持ちがよくわかった。「お父さんの気持考えたら――オレだったら、来て欲しくないね」[二七二頁]と述べ、「なんかっていうと、四人集って騒ぐのは、どうなのかねえ」[二七二頁]と姉妹を批判した。お父さんは自分の過失を娘たちに検分されたくなかったし、また大仰に騒ぎ立てられることに不快を感じたのだろうと思いやる。

鷹男の推測は的を射ていた。巻子が恒太郎に「お母さんの有難味わかったでしょ」[二一八頁]と口火を切る。さらに彼女は、ふじがどれほど火の始末に神経を使ったか、長々と言って聞かせた。母親が生きていたなら、このような不祥事など起きなかったのにと思っている。次女に合わせるように、綱子は寝たばこでボヤを起こした父親に向かって、「たばこ一本火事のもと」[二一八頁]と皮肉を言う。わざとマッチをたばこに言い換えたのである。

娘たちの攻勢に対し、恒太郎は「残るんなら、女だね。男は――男は残らん方がいい」[二一九頁]と、つい本音をもらす。至れり尽せりのふじが死んで、失ったものの大きさが身にしみてわかった。彼は妻にあまりに頼りすぎていた。当時の多くの男性と同様、恒太郎には日々の生活を営む能力が著しく欠けている。三度の食事すらままならず、「インスタント・ラーメン」[二四三頁]や出前で済ますことが多くなった。そして今回のボヤである。過去への悔恨だけでなく、未来への暗澹《あんたん》とした思いが頭をよぎった。深夜、暗い縁側で恒太郎は柱に頭をもたせかけている。この情景は、巻子が万引きをした夜、〈表札に頭をくっつけて〉いた姿と重なる。だが彼は「いきなり、自分の頭を柱にぶっつける」[二三〇頁]。父親の場合、自己嫌悪が娘よりはるかに強かったのである。

夜明け近くになっても、恒太郎はなかなか寝付けなかった。やむをえず寝酒を思いつく。ボヤを起こした手前、寝たばこは御法度《ごはっと》であった。彼は明かりもつけずに台所へ向かう。娘たちを起こしたくない気持ちもあったが、それ以上に、酒で気を紛らす姿を見られたくなかったのである。けれどもまだ薄暗く、ボヤの片付けも済んでいないことから、恒太郎は何かにつまずき、一升ビンを取り落としてしまった。

パッと電気がつき、綱子、巻子、滝子の三人が台所へ飛んで来る。驚いた恒太郎は「グラスを持ったまま、中腰になり、硬直している」二四一頁。知られたくない無残な自分を娘たちにさらしてしまった。彼の無念さは、愛人宅の前に立つ姿を見られたふじの心境と類似している。彼女の様々な思いが卵の黄身となって流れ出たように、恒太郎の行き場を失った惨めさは、壊れたビンからあふれ出し、彼の素足を濡らしていた。

人心も住居も荒廃して

ところで巻子のいない里見家では、テレビはつけっぱなし、テーブルには飲みかけのウイスキーが置かれたままで、床にはピーナツの皮が散らばっている。そして亭主の鷹男はソファでうたた寝をしている。娘の洋子が二階から下りてきて、急いでテレビを消し、部屋の電気をつける。彼女は散らかった部屋の有様を見て、「お母さん、いないと、これだもんねえ」二三七頁と嘆く。そのとき台所の方で物音がする。兄の宏男がビールと鳥のモモをこっそり持ち去ろうとしていた。洋子は再び「お母さん、居ないとこれだもんねえ」二三八頁と思わず溜息《ためいき》をつく。

この出来事は竹沢家の騒動の合間に挿入されたエピソードである。向田邦子は留守宅を実家とパラレルに示す。両家の出来事を併記することで、主婦を欠いた家庭の様子を普遍化する。恒太郎の場合だけが特別な例ではない。日常生活の核となる人間がいないと、家庭は人心も住居も荒廃していく。そのことを恐れて、洋子は「お母さん、死んじゃったら、うち、こんな風かな」（二三九頁）とつぶやいた。

　実家では、恒太郎が自分のへまを償うつもりなのか、「無言で、ガラスの破片を拾おうとする」（二四一頁）。その姿を見かねて、巻子は父親を突き飛ばし、破片を拾い始める。そして彼女は「そういうお父さん見るの、やなのよ」（二四一頁）と叫ぶ。かつてのように、父にはいつまでも威厳を持っていてほしかったのである。一方滝子は淡い希望など懐かず、冷静に判断する。立て続けに粗相する父親を見て、「――やっぱり――お父さん、ひとりで暮すの、無理よ」（二四一頁）と断定する。そして今夜のボヤを例にして、「もう一回、火事を出したら、今度はご免なさいじゃ済まないんですからね、野中の一軒家じゃないんだから」（二四二頁）と厳しい口調で言った。

　滝子の容赦ない宣告に対し、黙っていた恒太郎はとっさに「――たばこ、やめりゃ、いいだろ」（二四二頁）と言う。この台詞に、三人の娘は「ポカンとしてしまう」（二四二頁）。彼女たちがここで述べたいことは、たばこだけでなく、恒太郎の生活能力の問題なのである。彼自身もこの発言が問題のすり替えであることに気づいている。加齢と共に老化現象があらわれ、コミュニケーション能力や運動能力の低下を自覚せざるをえない。しかし老人扱いされ、言わば監視されることに我慢がならない。不自由ではあっても一人で生活したいのである。すべての元凶を喫煙のせいにし、それを断つことで、これまでどおりの独居を認めてほしかった。

恒太郎はたばこ断ちを生活再建の切り札にする。娘たちがコップ酒を持ってくるのを見て、彼は買い置きしていた幾箱ものたばこを庭に向かって投げつけた。捨てる姿を彼女たちに見せることで、ゆるぎない決意を視覚的に示し、これ以上の介入を封じようとしたのである。これ以降、恒太郎は禁煙との戦いが続く。

翌朝、恒太郎はプラットホームのベンチで、反射的にコートのポケットからたばこを取り出し、口にくわえる。しかしすぐにやめて、傍らのくず入れにライターと一緒に放り込んだ。鷹男の会社でたばこを勧められたとき、恒太郎は一度断るものの、結局押し付けられて吸ってしまう。けれども「花いくさ」の終盤では、巻子にたばこはやめたときっぱり言っている。ところが第二話「裏鬼門」になると、再びたばこを嗜《たしな》んでいる様子が窺《うかが》える。外出しようとする恒太郎に、勝又が「たばこなら、ありますよ」三〇五頁と呼びかけ、彼は「いや、ほかにも」三〇五頁と応じている。この時点になると、恒太郎には禁煙などもうどうでもよかった。すでに同居人がいることであり、彼には別の関心事もあったからである。

老人を襲う孤独

眠れなかった恒太郎は朝早く家を飛び出した。家に残っていると、昨夜の話が蒸し返され、娘たちが必ず自分の世話について話し合うであろう。建前はどうであれ、老人の面倒をみることは彼女たちにとっても迷惑な話で、互いに押し付けあう可能性があった。そのような場に居合わせるのは嫌だったし、そもそも話し合いそのものを先送りにしたかったのである。事実、彼女たちは昨晩ふとんのなかで、「──誰かがお父さん、引取るか二三二頁」、「誰かが、ここで一緒に暮すか二三二頁」などと話し合っていた。もっとも四人のうち誰ひとり、率先して世話をするとは言わなかった。恒太郎はもろもろの事情を勘案し、こっそりと抜け出したのである。

「早朝会議あり、出勤二四七頁」の書き置きを見ても、信じる者はいない。今日が出勤日でないことを、姉妹は知っていたからである。巻子は「あたしたちに顔合わすのいやだったんでしょ二四九頁」とのんきに構えている。しかし滝子の顔は青ざめた。彼女は父が自殺するのではないかと恐れた。恒太郎が二度目の失敗をしたとき、ただでは済まないと、追い込むようなきつい言葉を吐いたからである。

滝子を不安に駆り立てたもう一つの要因は、咲子の台詞だった。四女は玄関先で、「こういう不始末した時、ガクッとくるもんなのよ。生きる気なくして首くくった人だっていンだから二一七頁」と大声で喋《しゃべ》り、巻子に突き飛ばされたことがあった。この言葉が滝子の頭にずっと残っており、慌てたのである。

滝子を先頭に姉妹は物置へ急いだ。三女が戸をパッと開け、すぐに上を見上げた。〈首くくっ〉ていないか確かめたのである。そこにはガラクタ以外何もなかった。これとよく似た設定を、向田邦子は『家族熱』の第十話冒頭(1)でも用いている。恒太郎はボヤを出したが自分で消し止めた。それに対し、謙造は贈賄《ぞうわい》罪の被告として社会から糾弾された。このように両者には、犯した罪において大きな開きがあり、また公私の相違もある。しかしこの二件には共通するものがある。当事者が死を予感させるほど自信を喪失したこと、及びそれを鋭敏に感知できる人間が家族の中にいたことである。

けれども咲子と綱子には、恒太郎の喪失感などわかるはずもなかった。四女は安堵の溜息《ためいき》をつく姉を見て、「バカだな。滝ちゃん、お父さん、自殺なんか」二四七頁するはずがない、とすました顔で言う。自分の発言で三女が心配になったことなど、すっかり忘れている。陣内と幸せな生活を送る彼女には、独居老人の悲しみなど思い及ばないのである。綱子はボヤぐらいで死んだりはしない、「人間なんて厚かましいもんなんだから、ずい分、恥かいたって、けっこうケロッと忘れてやってくんだから」二四七頁と平然としている。だがこれは自分の経験をふまえてのものであり、人の指弾などものともしない綱子だからこそ言える台詞なのである。

　一方、恒太郎はプラットホームのベンチに腰かけていた。家を飛び出したものの、行き場がないのである。彼には本音で語り合える友達がいなかった。何本もの電車をやり過ごし、ぽつねんと座っていた。自分などいなくとも世の中は整然と動いているのである。言い知れぬ孤独が彼を襲った。やがて重い腰を上げ、恒太郎は娘婿《むすめむこ》の会社へと向かう。同性の彼になら、自分の心情を話せると思ったからである。

　鷹男は会社で忙しく働いていた。業績の上がらない九州支店の部下を、電話で怒鳴りつけていた。彼の姿を見て、恒太郎はかつての自分を見る思いがし、自分にもあのような時代があったことを懐かしく思った。義父に気づいた鷹男は、「しぼられたでしょ」二六〇頁と話しかける。恒太郎が自分の娘たちにお灸《きゅう》を据えられている様子を、容易に推測できたからである。彼は「こうと判ってたら、四人も作るんじゃなかったよ」二六〇頁と応じた。それに合わせて娘婿は、「四人とも女の子ってのが、ドジだったな」〔二六〇頁〕と笑った。

恒太郎は肝心なことは何も話せなかった。強引に勧められたたばこを、彼はゆっくりと燻《くゆ》らせた。鷹男はその義父の表情から「男の子を持たなかったかなしみ。四人の娘を成人させ、その娘に、そしられている老いの身」〔二六一頁〕の寂しさをひしひしと感じた。帰ろうとする恒太郎に、「——うち、来ませんか」〔二六二頁〕、「せまいの我慢してもらえば」〔二六二頁〕と思わず言ってしまう。彼の言葉に嘘はなかった。本心から義父の面倒をみたいと思った。[2] しかし恒太郎は鷹男の気持ちに感謝しながら、「自分のうちで死にたいね」〔二六二頁〕と断った。

ボヤ騒動から数日後、巻子は恒太郎を病院へ連れていく。彼の身体を心配したのである。その帰り、次女は実家に下宿人を置いたらどうかと勧めた。姉妹はそれぞれ事情があって、父親の世話を引き受けられない。また恒太郎も娘との生活は気詰まりと感じている。そこで巻子は、「アカの他人置くのよ。掃除ぐらいはしてくれる、男のひと」〔二七八頁〕と具体的に提案した。父親は〈男のひと〉という説明で少し乗り気になった。娘たちで懲《こ》りていたので、女性であったならば話は進まなかったであろう。脈があるとみた巻子は、滝子と交際している勝又はどうかと持ちかける。無口な彼なら面倒な付き合いもしなくてすむと考え、恒太郎は同居を受け入れた。

4　ふじの置きみやげ

向田家のひと波乱

ふじはパートⅠの最終話ですでに亡くなった。しかし向田邦子はこの得がたい人物をパートⅡでも活用したいと考えた。演出家の和田勉も同意見だったと思われる。そこでふじは、パートⅡにおいても何度か顔を出す。しかもパートⅠからの再録だけでなく、パートⅡで新たに収録されて登場している。以上の理由から、ふじ役の大路三千緒《おおじみちお》はパートⅡの全四話において、メイン・キャストとして名を連ねることになる。

ボヤの夜、四人姉妹は茶の間で雑魚寝《ざこね》する。だがなかなか寝つかれず、話題は自然とふじの話になった。母がもし生きていたなら、今日のボヤなど起きなかったであろう。父が愛人なんか作らなかったら、母はあの寒い日に倒れたりしなかったのに。彼女たちは夫の浮気に苦しんだふじに思いを馳《は》せた。そのとき綱子が不意に思い出したらしく、「お父さん、ずうっと前にも、いっぺん、やってるのよ」二三六頁と秘密をもらした。

恒太郎は若い頃にも浮気をしたことがあった。終戦直後の話なので、滝子や咲子はまだ生まれていない。当時、彼はアルマイトの会社を手伝い、金回りがよかった。闇で小料理屋をやっていた戦争未亡人の家へ、足繁く通っていたのである。[1]綱子の話を聞くうちに、巻子も記憶がよみがえってきた。「夜中にご不浄に起きると、お母さん、石ウスひいてンのよ。田舎から送ってもらう小麦――石ウスで粉にしてンの」（二三六頁）。その夜のふじが「とってもこわい顔して」（二三六頁）いたので、小さな巻子は「あ、お父さん、あの人のとこ行ってるなって――」（二三六頁）すぐにわかった。

巻子はふじの石臼《いしうす》を廻《まわ》す様子がとても怖かったと述懐している。寝静まった夜ふけ、薄暗がりのなかで黙々と粉を挽《ひ》く姿に、何か異様なものを感じた。しかも父親の帰宅が遅い夜に限って、ふじがこの作業をすることも、子供心にうすうす気づいていた。そのときのふじは母親の顔ではなく、嫉妬する女の顔、「阿修羅」の顔になっていた。次女はこの光景を忘れたいと思った。記憶の奥底にしまい込もうとした。けれども不気味な音だけは頭にこびりついて離れなかった。その石臼の音こそが、彼女を万引きへと駆り立てたのである。巻子は今、自分を悩ましてきたものの正体を確かめるかのように、「ゴーロゴロ」（二三六頁）の擬音語を四度も繰り返している。〈ゴーロゴロ〉という擬音は、嫉妬する女性の怒りの象徴なのである。またこれは、浮気に苦しむふじと巻子を結びつける音でもあった。巻子はこれ以降、赤木啓子に妬心《としん》を燃やすたび、この不快な音を聞くことになる。やがて彼女は電話を通して、相手とじかに話す機会を持つ。その直後に巻子は石臼の音を耳にしただけでなく、初めて臼を廻す母親の姿をはっきりと目に浮かべた。そして自分は「アカギ、ケイコ。……アカギ、ケイコ」（二六九頁）と口走っていた。この時点で、彼女はふじと完全に一体化したのである。

向田邦子は恒太郎の最初の浮気を、自分の家で実際に起こった出来事を思い浮かべて書いたように思われる。妹の和子は『向田邦子の恋文』のなかで、「邦子が二十四、五歳の頃、わが家は最悪の状態になりかけていた。……父がよそ見をし始めたのだ」[2]と記している。〈邦子が二十四、五歳の頃〉とは、彼女が『映画ストーリー』の編集者になってすぐの頃で、昭和二十八、九年に該当する。

一方、『阿修羅のごとく』パートⅡの時代設定はいつ頃であろうか。放映時とほぼ同じ頃と仮定するならば、昭和五十五年となる。パートⅡにおける滝子は三十一歳と推定される。恒太郎の浮気は彼女の生まれる前の出来事なので、逆算すると、この騒動は昭和二十四年以前に起こったことになる。ふじが田舎から送ってもらった小麦を石臼で挽く様子は、食糧難の世相をよく反映している。

現実とドラマの間には四、五年の開きがあるが、向田邦子はそれを承知で書いたと思われる。彼女の意図は当時の向田家の様子を忠実に再現することではなく、父親敏雄の浮気騒動をヒントに、印象深いエピソードを創作することにあった。母親せいが終戦直後、もんぺ姿で石臼を廻しているのを何度か見たことがあったのだろう。向田はその光景を借用し、嫉妬に苦しむふじの姿を造形したと考えられる。この話が短い挿話になっているのは、彼女が実家の出来事に深入りしたくなかったからである。作者の関心はもっぱら嫉妬という情念を、石臼を廻す行為で視覚化することにあった。

隠されていた春画

石臼が影響を与えたのは巻子だけであったが、これから述べる春画は程度の差こそあれ、姉妹全員に波紋を投げかけることになる。恒太郎が朝早く家を出たあと、四人姉妹は旺盛な食欲を見せる。老いの苦しみなど、彼女たちにはまだわからない。父も今頃はモーニング・コーヒーでも飲んでいるだろうとのんきに話している。綱子は食事の終わりを見計らって、「肝心のハナシ、出来なかったけど、まあ、ここ、しばらくは、お父さんも気をつけるでしょ（二四九頁）」と述べ、ボヤの件に一応のけりをつけた。

そして綱子は、「あ、そうだ、あたし、前から言ってた、あの大島、もらってくわよ（二四九頁）」と切り出した。ボヤ騒動が一段落ついた直後に、彼女は長女の特権として、一方的に取得を宣言したのである。小津安二郎監督の『東京物語』においても、母親の葬儀が終わったその日に、長女志げが露芝《つゆしば》の夏帯とこまかい絣《かすり》の上布を形見として所望した。観客は志げのあつかましい発言に憤慨するものの、同時に吹き出さずにはいられなかった。向田邦子はこの小津映画を念頭に置き、綱子の台詞を書いたのかもしれない。ただこの後の展開が小津作品とは大いに違う。竹沢家の姉妹はもっと物欲が強く、実利を重んじる。妹たちも、この際「パッとやっちゃわない（二五〇頁）」と形見分けに賛同した。

四姉妹はにぎやかに喋りながら、つづらや茶箱をひっぱり出し、たんすの抽斗《ひきだし》も抜き出した。ジャンケンに勝った順番で、好きな着物を選ぶことになっている。巻子が抽斗の底から、地味な柄の着物を取り出し、肩にかけようとした。すると四、五枚の春画[3]がヒラヒラと畳の上に落ちてきた。姉妹はそれを見て、一瞬棒立ちになった。

極彩色の春画は人目につかないように、着物の間に隠してあった。これは作中人物が述べているように、ふじの両親が娘を嫁がせるとき、夫婦の秘め事を心配して、「性教育の代りに」（二五七頁）持たせたもの[4]であろう。それにしてもふじは、この枕絵を死ぬまで持ち続けていたのである。ラクダ色の腹巻が出てきたとき、綱子は思わず「物もちがいいわねえ、お母さん」（二一七頁）と言った。だがその〈物もち〉と、春画を隠し持つこととはまったく別である。この秘匿《ひとく》は、ふじが妻として母として生きながら、女としてのエロスを持ち続けてきた証なのである。

春画は姉妹を仰天させる。滝子は「まさか、お母さんが」（二五七頁）と絶句する。しかしこの出現は彼女たちばかりでなく、読者や視聴者をも大いに驚かせた。慎み深くみえたふじと枕絵をこっそり仕舞っていたふじ、この間の落差はあまりにも大きかった。向田邦子はパートⅠのなかで、母親を介して幾つかのびっくり箱を用意したが、春画はまさにふじの置きみやげだったのである。この春画を含めた形見分けは、パートⅡの筋の展開に大きな影響を与えている。

綱子は夕方、実家から持ち帰った着物を何枚も重ねて鏡に映す。「帯をせず、打ち合わせただけの、重ねた色目」（二六四頁）が、春画の世界のように「なまめいてみえる」（二六四頁）。彼女は会いたい衝動にかられ、貞治に電話をかけた。ふじの着物の力を借りて、情人との愛を一層深めようとする。貞治からの電話を待つ間、綱子は明かりもつけず、暗い部屋にじっと座っている。視線の先には電話機があった。彼女の待ち焦がれる想いを反映し、そこだけが「黒く光っている」（二六五頁）。「日高川（道成寺《どうじょうじ》）」

の娘が蛇体となって鐘を取り巻いたように、電話機のまわりには「色とりどりの腰ひもや帯じめ」二六五頁が「蛇のようにまつわっている」二六五頁[5]。ふじの情念が綱子へ乗り移ったかのようである。

巻子もさっそく形見の着物を身につける。但し彼女はこの夜、初めは普段どおり洋服を着ていた。しかし娘洋子が赤木啓子と食事をし、プレゼントまでもらったと聞き、急に着物へ着替えている。浮気相手への対抗心がわき起こったのである。巻子は鷹男に春画の話をした。彼は好奇心にかられ、そのときの姉妹の反応を聞く。だがそれには何も答えず、彼女は母親の寂しい想いを切々と語る。ふじの境遇に自分を重ねているのである。そして上気した顔つきで、「タンスの底にあるってことは、ここにあるってことよ」二七四頁と胸を指差した。この台詞は、心の奥底では夫に愛されたいと願っていたという謂《いい》である。鷹男は巻子の言葉に誘いかけを感じた。それでなくとも彼は着物姿の妻に新鮮さを覚え、春画の話にも興奮を抑えられないでいた。巻子が立ち上がろうとすると、鷹男は彼女の白足袋を押さえた。巻子も夫の要求を待っている風情で、じっと立っている。

四人姉妹のうち、咲子だけは春画の影響をほとんど受けなかった。春画が出てきたとき、姉たちとは違った反応をしている。三人が凍りついた様子を見せたのに、彼女だけは笑い出す。滝子が飛んできた勝又に、「男の人はあっち、行っててよ」二五七頁と言えば、四女は「やだ、もともと男の人が見るもんでしょ」二五七頁と口をはさむ。新婚家庭の咲子には、性への嫌悪も浮気の心配もなかった。彼女はまさに「幸せの頂上にい」二六四頁たのである。咲子はふじの女としての側面を垣間見て、妙に納得している。姉たちのあわてぶりが面白いらしく、「みんな、口、半分、あいちゃって」二五八頁とすぐに憎まれ口をたたく。そして最後には、春画を「ジャンケンで分けようか」（二五九頁）とからかったりする。

春画の影響をもろに受けたのは、堅物の滝子であった。彼女はその夜、女性であることを強く意識した。慣れない手つきで口紅をつけ、目張りを入れ、アイシャドーを塗り、最後につけまつ毛までつけた。今までの滝子とは別人のような濃い化粧である。それから電気を消し、裸のままベッドに横になる。じっと目をつむると、実家で見た春画が鮮明に浮かんできた。そこへ勝又が訪ねてくる。彼と一緒にいたいのは山々だが、滝子は自分の変わりように驚いて、ドアを開けられない。戸惑いが先にたち、彼を受け入れることが出来ないのである。けれどもこの日を境に滝子にも、愛する人のために美しく装い、愛する人に抱かれたいという温かな心が芽生えてくる。

ふじの着物は恒太郎にも波及し、しかもかなり長きにわたって影響を与え続けることになる。「じゃらん」のなかで恒太郎は、浮気相手であった友子の息子と喫茶店でこっそり会い、宿題をみてやった。自宅へ帰り茶の間に入りかけて、彼はハッとなる。「亡妻のふじがうしろ向きになって膳立てをしてい」（三九八頁）たのである。しかしよく見ると、それは滝子であった。[6] 彼女は母親と同じ姿勢、同じ手つきで支度をしていたのである。恒太郎は「お多福」で、もう一度ふじを見かけることになる。省司からプレゼントされた「ぼくのパパ」（四八五頁）の絵をながめ、懐《ふところ》へしまおうとしたとき、「洗濯ものを取り込んでいるふじの姿」（四八五頁）が目に入ってくる。これも、おめでたで少しおなかが大きくなった着物姿の滝子だった。二つのシーンはどちらも、恒太郎が省司やその背後にいる友子と、よりを戻すことへの警告だったのである。

以上の検証から明らかなように、ふじの影響はパートⅡの奥深くまで及んでいる。前述した巻子の万引きも、母親の挽く石臼の音に誘発されて起きた事件であった。向田邦子はふじの置きみやげによって、パートIと同様の衝撃をドラマに与え、併せて後続の筋に新たな方向付けをする。さらにはふじの後継者を、彼女の力添えで確立させたいと考えたのである。

第四章　笑う四人姉妹——『阿修羅のごとく』パートⅡ

1 新しい赤いヤカン——滝子と勝又の恋

潔癖症の三女

ここからは、竹沢家の姉妹について紙面を割く。姉妹はパートⅠにおいても、それぞれ独自のキャラクターを持っていた。だがパートⅡに入ると、母親ふじの重石《おもし》がとれ、個性にますます磨きがかかり、魅力的な人物へと変身していく。パートⅠでの活躍をふり返りながら、主としてパートⅡにおける彼女たちの言動を考察する。但《ただ》しその多くは、親しい男性への思わくと密接に絡んでおり、またその時こそ彼女たちの個性が一段と輝いている。したがってここでは相手方と対にして述べていくことになる。巻子はパートⅡでは筋を牽引する中心人物になっているので、鷹男をも含めて後に詳しく論述する。

まず滝子について述べていく。三女はドラマ全般を通して、最も大きな変貌をとげ、美しく成長した女性である。パートⅠでの彼女は生真面目で曲がったことが大嫌い、それゆえ少し依怙地《いこじ》な面もみられた。例えば恒太郎の浮気への対処である。その現場を他の姉妹が目撃したのであれば、おそらく家族会議など開かれなかっただろう。まして興信所に頼むこともなかったのではないか。滝子は間違った情報を流したくなかったので、わざわざ興信所に依頼したのである。そして浮気の事実が判明すると、父親が愛人と手を切るか、さもなければ母親と別れるか、二者択一を提案する。このように彼女は、白黒はっきりさせないと気がすまない性格であった。

滝子が頑固で可愛げのないことを、巻子は図書館勤めのせいにし、「女は図書館なんかに勤めちゃ駄目ね」八頁と嘆く。けれども三女にとって、司書は理想的な仕事であったに違いない。勉強が出来て本が大好き、しかも物事を徹底的に突きつめるという性癖にも合致していた。人とのコミュニケーションが苦手な彼女にはうってつけの職種だったのである。

自立心旺盛な滝子は、結婚だけが女性の幸せではないと考えていた。綱子も巻子も適齢期になると、それぞれ嫁いでいった。しかし彼女は、本当に信頼できる人を見つけてからでも遅くはないと思っていたのである。そもそも滝子は男性に依存した暮らしをする気など毛頭なかった。彼女には「ちゃんとした仕事だってあるし、貯金だって」二九二頁あるので、自分ひとりでもやっていける自信が十分にあった。これが三十を過ぎても独身でいる滝子の心の支えとなっていた。

勤めのあることが、確かに滝子の結婚への意欲を弱めている。とはいえ結婚を拒否しているわけではない。独り身の寂しさも十分に知っていた。むしろ彼女は男性に対して、あるいは恋愛や結婚に対して、ある種の幻想を懐《いだ》いている。三女は自分の描く理想の姿が壊れるのを恐れている。それを回避しようとして自制が働き、積極的な行動がとれないのである。

男女が互いに相手を信頼するためには、肉体的な結びつきも必要となる。しかし潔癖症の滝子にとって、性交は人間が野獣と化す行為に思えた。結婚の意志はあっても、愛の営みが大きな障害になっていた。父親の浮気に対する彼女の強硬な態度を、咲子は「お母さんのためってよか自分のためって聞こえるなあ」[三四頁]と揶揄《やゆ》する。これは三女の痛いところを衝《つ》いた発言である。滝子の言動には母親の窮状を救うというよりも、男女のもめ事や性行為への嫌悪感の方が色濃く現われていたからである。

里見家から帰ってきた滝子は電気もつけず、コートを着たまま放心の態《てい》で座っている。咲子の非難が図星であっただけに、相当こたえたのである。彼女は「『やだ、やだ、やだ、ああ嫌だ！嫌だ！』絞り出すように叫ぶ」[四〇頁]。自分のすべてが嫌になって、否定の言葉を吐き出したのである。滝子は溜息《ためいき》まじりに言うのではない、〈絞り出すように叫ぶ〉。しかも〈嫌だ〉をだんだんと声高に五回も繰り返した。だが言葉だけではまだ足りなかった。「きちんと片づいた部屋」[四〇頁]は彼女の性格や生き方を反映している。その自室をめちゃめちゃに汚すことで、自分自身を傷つけたいと思った。

ロマンチックな告白

興信所の勝又が恒太郎の浮気調査を担当した。彼は依頼主の滝子へ証拠となる写真を持ってくる。このときの勝又を、向田邦子は「うす汚れたレインコートを着た気の弱そうな青年」[一九頁]と形容し、「少しどもる癖がある」[一九頁]と付け加えている。この吃音《きつおん》は、作者自身が性格規定した〈気の弱そうな〉と関連がありそうである。その内気な勝又が写真を渡すことをしぶっている。「嫌じゃ……ないすか」[二〇頁]と言って、彼の目が「滝子をせいいっぱいとがめている」[二〇頁]。勝又が職業に徹したならば、このような言動はとらなかったであろう。顧客に対してではなく、好意を寄せる相手として、父親の素行など調べないでほしいと訴えている。彼はこのときすでに、滝子に惹かれるものを感じていたので、職務から逸脱するような態度をとったのである。

鷹男はホテルのロビーで勝又と会った。目的は恒太郎の浮気をもみ消すためである。勝又が滝子に親切だと聞いていたので、鷹男は用件に入る前に、「こりゃひょっとして、あの子に惚《ほ》れて下さったのかな――」四九頁と鎌をかけた。これにすぐ反応した勝又は、「ぼくは、ああいう女嫌いですね、自分の父親の素行調べさすなんて、女として許せないですよ」五〇頁。さらに「お父さんが可哀想だ」五〇頁と明言する。ところが鷹男は、勝又の滝子批判が彼の心情の裏返しであることに気づく。凄腕《すごうで》の部長は、うぶな男の嘘《うそ》など簡単に見破ってしまったのである。

勝又の本心を知った鷹男は、「ところで」五〇頁と本題に入る。恒太郎の浮気について、「一切カン違いにてご座候」五〇頁に出来ないかと持ちかけた。勝又は即座に出来ないと答え、それは「ぼ、ぼくの職業を全否定することに」五〇頁と言いかけた。鷹男は言葉をさえぎり、その理由は〈お父さんが可哀想だ〉の発言と矛盾していると突く。さらに浮気を暴いても誰の得にもならないと述べ、勝又を強引に説き伏せようとする。そこへ滝子が現われ、結局この話は頓挫《とんざ》してしまう。けれども勝又は鷹男の言葉を重く受け止め、「虞美人草《ぐびじんそう》」のなかで自ら調査の打ち切りを決心する。

鷹男は前述のホテルのロビーで、滝子のめくれたスカートを勝又がぎこちないしぐさで直しているのを目にし、二人の後押しを思いつく。単なる予感だったものが、勝又の行動を見て確信に変わったのである。お節介な鷹男は、綱子の出入りしている「枡川《ますかわ》」に席を設けた。これは彼が滝子に親近感を抱くようになった証でもある。鷹男はこれまで彼女を、「杓子《しゃくし》定規な堅苦しい義妹」とみなし、常に距離を置いて「滝子さん《八頁、八三頁》」と呼んでいた。しかしこの一件で、彼は滝子を「恋の芽生えた可愛い義妹」と見るようになる。料亭で鷹男は初めて親しみを込め「滝ちゃん《九六頁》」と呼び、それ以降もこの呼び名（一七六、二七三、三二三、三三九頁）を一貫して用いている。

この席の名目は、あくまでも恒太郎の浮気の件で話し合うということであった。ところがそこに居合わせた綱子が先走り、お見合いの場のように取り仕切る。滝子はこの集まりが「ご大層な《一〇〇頁》」顔合わせの席だとわかり、反撥《はんぱつ》する。周囲がお膳立てをし、それに平然と乗っかることなど彼女には思いもよらぬことだった。結婚は男女が愛をはぐくみ、二人の決意で成し遂げるものと考えていたからである。滝子は調査を通して勝又に少し好意を持つようになったが、知り合ってまだ日も浅く、二人の関係はあくまでも「ビジネスのつきあい《一〇〇頁》」と思っていた。

「ヘンな風にカングられたら、勝又さんだって、困るわよねえ《一〇〇頁》」と、滝子は勝又に同意を求める。しかし三女にぞっこん参っている彼は、小声で何とも煮え切らない返事をする。再度、「困るって、いいなさいよ、言ってよ《一〇〇頁》」と強く促されると、彼は語調につられて「ぼ、ぼくも、迷惑す《一〇〇頁》」とつぶやき、最後にはっきりと「惚れてるひと、いるから——《一〇〇頁》」と口にする。そして驚く周囲をよそに「や、やさしい女す《一〇一頁》」と付け足した。滝子は〈困る〉という言葉を強要したけれども、内心ではそれを否定してくれることを願っていた。だが勝又は恋人がいると断言したのである。彼の返答を聞くや否や、滝子は憤然として部屋から飛び出していった。

勝又の台詞を、読者は額面どおりに受け取ってはならない。彼はすでにホテルのロビーで、自分の思いとは逆の発言をし、鷹男に見抜かれたことがあった。この場面でも、彼は自分の本音を隠している。勝又は滝子の身内を前にして、愛情ととれるような言葉など言えるわけがない。生来の臆病風が、もし吐露して彼女に拒否されたらと思う小心さが、彼にブレーキをかけたのである。〈惚れてるひと〉、〈やさしい女〉はどちらも滝子のことである。但し面前の気が強い滝子ではなく、内面は優しい彼女のことを言っている。

「枡川」を飛び出した滝子に、勝又は駅ビルでやっと追いつく。けれども二人の心が平行線であるように、滝子は駅ビルの外壁用ガラスの内側を、勝又はその外側を歩いている。彼は彼女の顔から目を離さずに、「カニのようにぶざまな横歩きをする」[一〇二頁]。滝子は一切無視し、前を向いて歩いている。そこで勝又はいきなりガラスをドンドンと叩く。彼女の視線を確認すると、今度は大判のメモ用紙を取り出す。そして太いサインペンで「大学出てなけりゃ駄目ですか」[一〇二頁]と書き、ガラスに押し付けた。勝又には〈大学出てな〉いことが大きなコンプレックスとなっていた。そこで大学出の有無[1]が交際の条件になるかどうか、真っ先にたずねたのである。

滝子の沈黙に耐えきれず、勝又は愛の言葉を次々とメモ用紙に書きつけた[2]。初めに「惚」[一〇二頁]と書いて、すぐに消す。この単語は俗っぽくて、品がないように思えた。次に「好」[一〇二頁]と書くが、また消してしまう。これもあまりにありふれていて、軽薄な気がした。最後に「愛」[一〇二頁]と書き、ガラスにぴったりくっつける。この言葉こそ、滝子を慕う自分の気持ちに一番近いように思えた。自信などあるはずもなかったが、もうどんな単語も浮かんでこない。せっぱつまった様子が彼の泣き顔に現われていた。滝子は勝又の一途な思いに感動し、〈愛〉の文字に自分の掌《てのひら》を重ね合わせた。

ガラス越しに文字で愛を語る場面は、見方によってはとてもロマンチックなシーンである。しかし口下手な勝又には、窮余の一策であった。彼は口頭で愛を告白する自信などまったくなかった。「枡川」のときと同じく、心と裏腹な言葉を発してしまいそうだったからである。そこで機会があれば筆記で決行しようと、あらかじめ大きなメモ帳とサインペンを用意していた。勝又の書いた文字は、透明なガラスを通して、彼の真意を伝えることが出来た。だがそのガラスは透けてはいても、二人を隔てる壁であることに変わりはない。これは、勝又が滝子の心を射止めるまでには、まだ幾つかの障害があることを暗示しているかのようである。

不器用なラブシーン

突飛な愛の告白であったけれども、滝子は愛されていることを知って安らぎを得る。二度目のアパートの場面で、彼女は前回のシーンとは打って変わって、穏やかな面持ちで自炊をしている。一匹のサンマに塩をふりかけ、ふと手を止める。その魚を見ていると、「勝又のさまざまな顔が浮んでくる」二一一頁。やがて彼女はサンマを二つに切る。想像ではあっても、食べ物を勝又と共有できることに、滝子は小さな幸せを感じた。自分でもおかしな心境の変化に「すこし笑う」二一一頁。今まで笑うことのなかった彼女が初めて見せた笑顔だった。

勝又も告白で一定の成果をおさめ、淡い望みを懐くようになる。例えば同じ「三度豆」の病院の場面において、恒太郎に向かって「お父さん」二一八頁と呼びかけている。これは愛する女性の父親を見て、思わず発した言葉なのである。けれども滝子のガードは依然として堅い。自分の教養や職種へのプライドがあり、また恋愛に対する羞恥心《しゅうちしん》もあった。このような状況のなか、勝又は彼女を恋人と呼べるほど、親密な関係をまだ作れないでいた。だが彼にも積極的にアプローチできない事情があった。それは二人の出会いが、父親の素行調査を通してだったからである。しかも勝又は、滝子の依頼をとがめたにもかかわらず、その後も恒太郎の調査を継続していたのである。

　胸につかえているものを解消しようと、勝又は「虞美人草」において、思いきった行動に出る。彼は図書館(3)の前で滝子の帰りを待っていた。ところが彼女は残業らしくなかなか出てこない。意を決して中へ入ると、幸い滝子だけしかいなかった。そこで堅苦しい閲覧室がデートの場所へと早変わりする。勝又は自分用に買っておいた食べ物を、仕事で遅くなった彼女に差し出す。「物《もの》凄《すご》くふくれ上ったコートのポケットから」一六〇頁、パンや缶コーヒー、ミカンなどを次々と取り出した。想定外の展開となったので、つつましいプレゼントしかできなかった。しかも「小汚ないハンカチまで」一六〇頁一緒に出してしまう。女性との交際に不馴《な》れな、勝又の素朴な人柄が現われたシーンである。滝子は嫌な顔もせず、差し出された品物を喜んで受け取った。

　うちとけた二人は『虞美人草』の最初の一節を朗読したり、アグネス・チャンの「ひなげしの花」を一緒に歌ったりする。だが勝又はいつまでも居心地の良い時間を過ごすわけにはいかなかった。今夜、滝子と一緒に大きな仕事を果たさなければならない。彼は芝公園へ彼女を誘う。何も知らない滝子は単なる散歩と思ってついて行く。けれども勝又がどんどん奥へ入っていき、そばの暗がりで恋人が抱き合っているのを目にすると、思わず後ずさりする。寒空の中、彼が自分を求めてくるのではないかと勘違いしたのである。

勝又は急に立ち止まり、ポケットからベンジンの入ったビンとマッチを取り出した。今度は彼が自殺するのでは、という不安が滝子の頭をよぎった。勝又の口から、それを裏付けるような台詞《せりふ》「ひ、ひ、ひと晩寝ないで、か、考えたことなんだよ。これしか、方法ないんだよ！」一六四頁が飛び出す。滝子はとっさに「そ、そ、そんなことない！　そんな――あたし、勝又さんのこと、ア、ア、アイ――いやあの学歴なんて、カンケイないって、あたしほんとなのよ。だから、シ、シ、死ぬなんて――バ、バカよ」一六四頁と叫んでいた。いじらしい勝又の言動が滝子の母性本能を刺激したのか、彼女は愛を告白しそうになる。〈ア、ア、アイ〉は当然「愛している」と言うつもりだった。しかし気恥ずかしさから言い淀んでしまう。その代わり、勝又が気にしていた〈学歴〉に関しては、〈カンケイないって、あたしほんとなのよ〉ときっぱり否定した。

滝子はまたもや早とちりをしてしまった。勝又は鷹男が示唆した〈一切カン違いにてご座候〉を遂行するためにここへやって来たのである。彼女との最初の出会いに、彼は大きな汚点を感じていた。それを拭い去るには、恒太郎に関する浮気の調査資料をすべて燃やし、調査がなかったことにしなければならない。勝又はポケット(4)から写真や戸籍謄本、それに様々な書類の入った興信所の封筒を取り出したあと、「熱い視線で滝子を見る」一六五頁。これは調査の打ち切りに対し、依頼主に同意を求める〈視線〉である。だがそれ以上に、滝子と一緒に資料を燃やすことで、二人の新たな出発点にしたいという勝又の決意を伝えているように思える。灰にすることは言わば区切りの儀式であり、この共同作業を通して、大きな障害が取り除かれることを願ったのである。

勝又は書類の上にベンジンをまき、マッチをする。ところが火の勢いが思いのほか強く、高い火柱を上げてまわりの枯れ草に燃え移ってしまった。こうなると一緒に書類を燃やすどころではない。すばやく火を消し止めなければならない。二人は急いでコートを脱ぎ、あわてて火を叩き回った。結局のところ、焼却作業ではなく消火活動によって、勝又と滝子は急速に接近することになる。

　消火の様子を、向田邦子は「火を叩き消す二人の影は、スローモーションで見ると、求愛のダンスを踊っている雌雄《しゆう》の鳥のように見える」一六五頁と表現した。卓抜な着想であり、読者は冬景色のなかにほんの一瞬、南国の鳥の〈求愛ダンス〉を見た思いがする。このト書に演出家の和田勉は大いに困惑した。向田のイメージをどのように映像化すればよいのか、なかなか妙案が浮かばなかったようである。そのような訳で、放映された映像は、作者の意図が必ずしも反映されたものにはならなかった。

　ボヤを起こした件で滝子と勝又は派出所へ連行され、さんざん油を絞られる。そこに鷹男が駆けつけ、巧妙な釈明を行ったおかげで、二人はやっと解放される。惨めな出来事のあとだけに、両人は別れづらい。勝又は彼女のアパートの前まで何となくついて来た。滝子はおやすみと言いかけて、彼の指の火傷《やけど》に気づく。「じゃけんなしぐさで、勝又を階段の方へ突き飛ばすように」一七三頁しながら、薬を塗って帰るようにすすめる。一方彼は、口では遠慮しながらも、嬉々とした様子で階段を上がっていった。

　勝又の火傷に薬をつけているとき、滝子は姿見に写る自分の顔に驚く。みっともないほどススで汚れていたので、必死で拭い取ろうとする。しかし彼はそれを制して、「少し汚れてた方が、オレ、気持が、ラクになるんすよ。あんまりキレイだと、気持がいじけて」一七三頁と本音を述べる。滝子に瑕疵《かし》がないと、自分に自信がない勝又は、〈気持がいじけて〉彼女に近づけないのである。

勝又は自分のメガネを取り、滝子のメガネも顔からはずす。介在物を除いて、彼女の頬にじかに触れたいのである。そして三度にわたって「い、いいですか」一七四頁と繰り返す。本当に抱いてもいいのか、彼女に念を押した。だが勝又は未経験と過度の緊張から、上手くリードすることが出来ない。遂には滝子の足を強く踏みつけてしまった。彼女は痛みをこらえながらも笑ってしまう。

けれども滝子は笑ったことを後悔する。むしろ「このナイーブな男がいとおしくなる」一七五頁。今度は彼女の方から彼を激しく求めた。二人はこれまで厳しく抑制してきただけに、今は堰《せき》を切ったように熱いものがこみ上げ、お互い相手にぶつけ合った。彼らは足許にある自分たちのメガネを踏んづけて、壊していることすら気がつかない。向田邦子はここでわざわざ一行ずつ空けて、「ひ(5)びが入るレンズ」一七五頁、「ヒンまがるフレーム」一七五頁と書き加えている。

前者のト書からは、古くから使われている俗諺《ぞくげん》「恋は盲目」が思い浮かぶ。燃え上がった二人は物事の弁別がつかない状態にあるようにもみえる。しかしここではむしろ滝子と勝又の堅苦しい関係が壊れたことを示しているようだ。駅ビルの外壁用ガラスで暗示された隔たりが、メガネのレンズを踏みつけ突き進むことで幾らか解消したのである。後者のト書は、不器用なラブシーンをイメージさせる。求める気持ちは強くても、まだせっかちで愛の技術がともなわない。恋人たちが愛の歓びを得るのは、まだ大分先のこととなる。

踏み出せない二人

消火活動をするなかで、滝子と勝又との間には信頼関係が芽生え、その結果、相手の心を理解し、お互いを求め合うまでになる。これは二人にとって大きな一歩であった。しかし抱き合ったとき、性急に求めるあまり、不首尾に終わってしまう。それ以来、勝又は滝子に触れられないばかりか、誘いかけすら出来ないでいる。彼らの間では「駄目二二〇頁」が禁句になってしまった。

映画を観終え、二人が滝子のアパートの前まで来ると、彼女はすぐにおやすみなさいと言う。でも勝又は部屋に入りたい。「駄、駄目かな二二〇頁」とためらいがちにたずねる。この言葉に敏感になっている彼女は、「駄目って言葉、使わないで二二〇頁」と命じる。呆気《あっけ》にとられた彼に、滝子は自分が女として魅力がないから〈駄目〉だったんだと言おうとする。それをさえぎって、勝又は「い、いや、あン時は二二〇頁」と言葉を濁す。そのあとに、自分の不手際で等々の台詞が来るのだろうが、恥ずかしくて言葉が出てこない。彼以上に深刻に考える滝子は、「あの時のはなしは、しないで二二〇頁」と述べ、続けて「また駄目だったら二二〇頁」、「そうなったら、もう、あたしたち——本当に駄目になるって二二〇頁」と言ってしまった。

実は今夜、滝子は心ひそかに前回の汚点を拭いたいと思っていた。そのため勝又と焼肉を食べ、筋骨隆々のボクサーが激闘する映画『ロッキー2』[6]を観に行った。すべて準備は整っていた。けれどもドアの前に立つと、失敗がすぐに頭にちらつき、しり込みしてしまう。しかも勝又が彼女の意図を見透かして、「滝子さん、今晩、そのつもりじゃなかったんですか二二〇頁」と言うに及んで、恥ずかしさのあまり、「失礼なこと、言わないでよ！　あ、あたし、そんな、なに言ってンのよ！」二一二頁と声を荒げてしまった。

類似した顚末《てんまつ》が、実家で春画騒ぎのあった日の夜にも生じている。滝子は出し抜けに現われた枕絵に、嫌悪の言葉を発しながらも大いに刺激される。否、むしろ春画そのものよりも、それを死ぬまで所持していたふじの性への執着に動揺を隠せなかった。母親の情欲を窺《うかが》い知って、娘も期するところがあった。

滝子はその夜、今までにない濃い化粧をし、つけまつ毛までつけてみた。異性である勝又を意識しての行為である。そこに彼が突然訪ねてくる。勝又も今朝見た春画で寝つけないのである。彼が「急に顔見たくなって——」二七五頁と言うと、滝子も思わず「あたしも——」二七五頁と応えてしまう。この返事には、地味な女から変身した自分を見てほしいという気持ちがひそんでいた。しかし小さな鏡に映った顔にびっくりし、彼女はとっさに「あ、駄目よ」二七五頁と叫んでいた。鏡の中の顔は、やはり自分とはかけ離れた他人の面相であることに気づいたのである。

言わない約束の〈駄目〉を使ったとして、勝又は滝子を強くなじる。あわてた彼女は再び禁句を用いて、「本当に駄目なのよ。あたし——パ、パ——パックしてンの」二七六頁と言い逃れをした。けれども〈少し汚れてた方が、気持が、ラクになる〉勝又にとって、〈パック〉した顔は引き下がる理由にはならない。そこで滝子はなだめようと、片手をドアから差し出す。その手のひらに、彼は何度も口づけをした。滝子の繰り返し発せられた台詞「この次——」二七六頁で、勝又はようやく断念する。それでも彼は「ドアを抱くようにして、体をはりつけ」二七六頁、「中の滝子も、体ごとドアにもたれかかっている」二七六頁。二人の抱擁は、介在物を挟んだままに終わってしまった。

父親と同居する恋人

巻子が膠着《こうちゃく》状態にある滝子と勝又の恋愛に転機を与える。勝又を同居人として実家に置くことで、二人の関係を進展させようと考えた。もっともこの計画は彼らのためだけに練られたのではない。それ以上に肝心な問題は、恒太郎の今後の生活であった。彼がボヤを出した夜、四人姉妹は誰が父親を扶養するかで議論した。けれども皆がしり込みし、結論が出なかった。その結果をふまえ、巻子は他人である勝又を下宿させてはどうかと、恒太郎に直接提案する。そしてこの転居が滝子の結婚を促進させることになると明かし、父親に「知恵が廻《まわ》るな」二七八頁と言わせている。巻子は一石二鳥をもくろんでいたのである。

二人の愛は、里見夫婦の力添えによって常に支えられている。鷹男は勝又が滝子に気があることをいち早く見抜き、両者が歓談できる席を用意した。また「裏鬼門」において、彼は滝子に「ノオ」三二三頁を多く言い過ぎると忠告する。結婚式の招待に関しても、夫婦は適切なアドバイスを行う。そして巻子の今回の提案も、二人の背中を強く後押しすることになった。

勝又の引越し当日、巻子の読みどおり、滝子が搬入の手伝いにきて、二人で息のあったところをみせている。運送屋が帰る段になって、ちょっとした手違いが生じた。勝又も滝子も運転手へのチップなど考えていなかった。恒太郎はそうもいかないと言い、自分の財布から金を手渡した。それに対して滝子は、「あたしね、まだ決めたわけじゃないんだから。勝又さんまだ他人なんだから。お金のことハッキリ——[二八四頁]」と強い口調で抗議する。彼女は身内が用意してくれた路線に、軽々しく乗ってしまうことにはまだ抵抗があった。式を挙げるまでは、金銭問題もきちんとけじめをつけておきたかったのである。

一方勝又は、竹沢家への入居を、同家の人々が二人の交際を半ば認めてくれたものと解釈した。引越しの日、恒太郎が外出した隙《すき》に、この確信で意を強くした彼はかなり大胆な行動に出る。踏み台に乗っている滝子の太ももに手を回し、彼女の尻に顔を押し付けた。触れることすらかなわなかった勝又の思いもよらない愛情表現である。

笑いで小刻みに震える滝子の尻に魅了され、勝又はすぐ前のシーンの話を忘れていた。この家の娘たちはカッとなると、文鎮であろうと何であろうと投げつけてしまう癖がある。すぐさま天罰が下る。滝子は手にしていた鉄鎚《かなづち》で勝又の頭を殴ってしまった。彼女にしてみれば、大工仕事の最中《さなか》に、言わばどさくさ紛れに相手と結ばれることには強い抵抗があった。ここでの滝子は〈駄目〉と口走るのではなく、拒否を示す直接行動に及んだのである。

夕食前にも、恒太郎と滝子との間で微妙な意味の取り違いがあった。父親が娘に「お前、今晩泊ってゆくんだろ」[二九六頁]とたずねると、彼女は「お父さん——親のくせして、なんてこと、いうの」[二九六頁]とかんかんになって怒る。恒太郎は勝又が同居した初日なので、談笑を交えた食事はゆっくりしたものになると思い、滝子もここに泊まるだろうと推測しただけである。しかし娘の方は、父親が勝又と一緒に寝るようにそのかしていると勘違いし、腹を立ててしまった。そもそも滝子にとって、勝又との秘め事を恒太郎に想像されるだけでも、顔から火の出るほど恥ずかしことだった。

滝子は自分の身持ちのよさを証明するには、恒太郎のそばで寝るしかないと考えた。他の空いている部屋で寝ても、勝又が夜中に忍び込む疑念が残った。恒太郎の部屋ならそういった心配がないと考えたのだろう。パジャマ姿の「滝子がズルズルとフトンを引きずって入って」三〇六頁きた。この行為は、綱子の息子正樹と恋人陽子のそれと鋭い対比をなしている。

仙台にいる正樹は恋人を紹介するため、綱子の家へ一緒にやってきた。陽子は彼の親と初めて会うにもかかわらず、平然としており、物怖じした様子はない。色恋に敏感な綱子は、正樹が彼女をわざと邪険に扱う様子から、二人の仲は相当に進んでいると推測する。息子の恋人が突然現われ、しかも親密な関係にあることが、綱子をすっかりあわてさせてしまった。彼女は完全に主導権を奪われ、両人のペースに乗せられてしまう。そして最後には息子の機嫌をとるように、「あの人のオフトン、あんたの部屋でいいでしょ」三〇七頁と心にもない言葉を発していた。

ところで勝又の方は、竹沢家での最初の夜、極度の緊張を強いられる。恒太郎は夕食時、楽しい歓談があると想定していたが、まったくの見当違いであった。三人は通夜のように、無言で食事をとっていた。出しぬけに勝又のたくあんがバリバリと大きな音をたてる。[7] 彼はすぐに「あ――どうも」三〇一頁と詫びるが、恒太郎も滝子も「声とも言葉ともつかない」三〇一頁返答しかできない。静まりかえった空間で、たくあんを噛《か》む音や皿小鉢のふれあう音のみが異様に響いてくる。

気まずい雰囲気を払拭しようと、三人は話題を無理やりひねり出す。だがそれも尽きてしまうと、一層大きな沈黙が訪れた。この無言《しじま》が「チン入者の勝又には重荷である」三〇二頁。彼は自分が同席したことで、恒太郎に不快を与えているのではないか、あるいは自分の評価を下げるようなことをしでかさないか、と絶えず不安や怯えを感じている。それが昂《こう》じて、勝又は食べ物をのどに詰まらせてしまった。父親に良いところを見せるどころか、大失態を演じてしまった。

見るに見かねて、恒太郎は二人だけにしてやろうと思い、散歩に出かけようとする。それを滝子は、父親がかってに気をまわしたと勘違いし、怒りと気恥ずかしさで、一人どぎまぎしている。一方勝又は「ここ一番てとき、しくじるんだなあ」（三〇四頁）と卑下するばかりか、「オレ、最初の晩にしくじる運勢かな――」（三〇四頁）と悲観した顔をして、失敗に終わった愛の営みを持ち出す始末である。

　恒太郎が外出するとき、勝又は一連のゴタゴタに責任を感じて、「ぼく、やっぱ、やめます。ここへ住むの、やめますから」（三〇六頁）と言う。それに対して家主は、「もう一度引っ越すこたァないよ」（三〇六頁）と笑顔で応えた。なぜなら彼は勝又との長い同居を望んでいたからである。恒太郎は彼が引っ越してきた日に、わざわざハンコ屋へ行き、「勝又静雄」の表札を頼んでいた。

　向田邦子は桃井かおりとの対談[8]で、アパートの住人を三種類に分けている。すぐにも出て行く人はドアのところに名前など書かない。名刺を貼り付けている人は少し居るつもりでいる。長く住む人はドアに表札をかけるらしい。向田の伝でいくと、勝又は竹沢家に長居することになる。しかもここで重要なことは、入居者本人ではなく、家主が彼の表札を購入したことである。それほどに恒太郎は、口下手なため隠れがちな勝又の誠実さが気に入ったのである。

　表札の効果はてきめんであった。門に表示された名前によって、竹沢家の面々が勝又を自分たちと同族、少なくとも親しい存在と感じるようになる。滝子は家に入る前に、勝又の「真新しい表札を指でさわ(三三五頁)」りながら、今日こそ彼と結ばれたいと願う。また再婚の話で相談に来た綱子は、父親と並んだ「勝又の表札の歪《ゆが》みを直して(三九三頁)」から庭木戸へ入っていく。後者のときはもう勝又は滝子と結婚しており、長女は彼を身内の一員として認め、表札をまっすぐに直したのである。

場違いな誓約

同居してから、勝又は家事を一手に引き受け、まめまめしく働く。その姿を見て、恒太郎は「少し働きすぎだ(三二九頁)」と注意する。彼は「はじめはキラキラして、切れそうなんだがいずれメッキははげてくる(三二九頁)」奈良刀《ならがたな》の例を出して、目いっぱいの仕事は長続きしないと説き、年寄りはその親切をすぐ当てにすると付け加えた。しかし勝又はこの忠告を故意に聞き流し、話題を変えようとする。何か引っかかりを感じた恒太郎は、「それとも、なにかい。何かヒケ目でもあるのかい(三三〇頁)」と問いただす。これに対して間借り人は、「そ、そ、そんなもの、ないすよ(三三〇頁)」とどぎまぎした口調で打ち消した。

引越しをしたその日から、勝又は恒太郎に、隠し事をいつ言おうかと思いあぐねていた。滝子と知り合ったきっかけが父親の浮気調査だったことである。彼は当日すぐにも告白するつもりでいた。けれども恋人が「言っちゃ駄目よ、それだけは絶対に(二九六頁)」と強硬に反対した。その結果、勝又の胸にはしこりがいつまでも残ったままだった。恒太郎の〈それとも、なにかい。何かヒケ目でもあるのかい〉は、勝又の痛いところを衝いた。まさに図星であった。彼はとっさに否定したものの、息もつけない有様だった。今夜こそ恒太郎に洗いざらい白状しなければならないと覚悟した。
恒太郎は深夜の寝床で、二度起こされる。一度目は滝子が無言でフトンを運んできた。二度目は勝又が話したいことがあると言って、パジャマの上にコートをはおった恰好でフトンの横に膝をそろえた。彼はいきなり、恒太郎の浮気を調べたのは自分であること、またそれが機縁で滝子と知り合ったことを正直に話し始めた。だが相手は不快な顔をして、じっと勝又の目を見つめているだけだった。

そこで勝又はまだ結婚もしていないのに、成婚後の決意を花嫁の父親に披瀝《ひれき》する。「もしも、結婚したら――。お、おわびのしるし、っていうか――、あの人、大事にしますから。一生、浮気、しないすから」三三四頁。この台詞を聞いて、怒気を帯びた恒太郎の顔がみるみるうちに笑い顔に変わり、遂には手を振り回して哄笑する。

この笑いの要因は二つある。一つは父親の浮気を暴くなかで、娘に新たな恋が芽生えたという人生の皮肉に対してである。もう一つは勝又の台詞そのものの中にある。お父さんの浮気を調査した〈おわびのしるし〉として、〈あの人、大事にしますから。一生、〉お父さんのようには〈浮気、しないすから〉と、浮気騒動を起こした張本人の前で生涯浮気をしないと宣言しているからである。恒太郎はこの場違いな誓約をする勝又を、根っからの好人物として受け入れる。この高笑いによって、勝又の恒太郎に対するわだかまりは一気に解消されたのである。

恒太郎に誓ったとおり、勝又は浮気をしない。『阿修羅のごとく』の主要な男性は、恒太郎をはじめとして鷹男も陣内も他の女性に現《うつつ》を抜かした。勝又一人がよそ見をしなかった。したがって滝子だけは浮気問題に悩まされることもなかったのである。これは父親との約束があったから浮気をしなかったのではなく、恒太郎の寝床ですぐに誓約ができるほど、勝又が滝子を深く愛していたからである。

二人の愛が成就する時

滝子が巻子夫婦を前にして、咲子に対する不満を述べる。四女は何かにつけ、羽振りのよさを見せつけると訴えた。居合わせた綱子が「ひとはひと。自分は自分。いちいちくらべるから腹が立つのよ」(三二三頁)とさとす。しかし三女は「でも、いやなんだもの。きらいなんだもの」(三二三頁)と口をとがらせる。それに対して鷹男は「滝ちゃんは、ノオが多いよ」(三二三頁)と述べ、さらに「これ、きらい。あれは間ちがっている。それはいや、ノオが多いよ」(三二三頁)と批判した。ここで彼は、滝子の苦情を耳にして、彼女の損な性格を指摘している。咲子に対してだけでなく、何事に対しても、三女が否定の言葉を吐くことを問題にしたのである。

この鷹男の台詞を、滝子は自分の関心に引き寄せ、特定の意味に理解したと思われる。彼女は〈ノオ〉の多用を勝又との仲に限定して考えていた。彼らのギクシャクした関係（特に肉体関係）は、滝子の発する〈駄目〉という拒絶の言葉に起因していた。そこで二人は、〈駄目〉を禁句にしていたのである。この〈ノオ〉と〈駄目〉は、ほとんど同じ意味である。けれども第三者の言葉、人生経験豊かな鷹男の台詞の方が自分たちの約束事よりはるかに効力があった。滝子は自分のことで姉たちのおしゃべりが盛り上がっているにもかかわらず、話が耳に入らない様子で、「ノオが多いかな」《三三三、三三四頁》と二度も自問した。

数日後、滝子は実家へ立ち寄る。そのとき彼女は真新しい表札をやさしく撫でて入っていく。そして勝又の部屋へ入るなり、踏台にのってクギを打ち始めた。驚いた恋人は踏台を押さえながら、「わざわざ、クギ、打ちに来たんすか」《三三六頁》とたずねる。それに対し、滝子はほのかに媚態《びたい》のまじった声で、「だって、こないだ、やりかけだったから」《三三六頁》と応えた。この台詞は表面上、大工仕事をまだ終えていなかったので来たととれる。だがその真意は、前回彼の大胆な行為を強く拒否したけれど、今日は一歩踏み込んでもよいという気持ちを伝えているのである。

向田邦子は同じような場面を再現することで、滝子の気持ちの変化を明示しながら、このシーンに軽妙な笑いをも用意する。三女は自分の尻が揺れるように、笑わせてほしいと勝又に頼み、「この前とおなじ気持に――なってもらえないかなあと思って――」《三三六頁》と気恥ずかしそうに言う。相手のキョトンとした表情を見て取ると、彼女はさらに必死の顔つきで、「嫌だって言わないから――」《三三六頁》と消え入りそうな声で促した。そこで勝又が足にしがみつくと、滝子はその「手をひっぱり上げて、自分の腰を抱かせる」《三三七頁》。前回の場面では気持ちに齟齬《そご》があった。ところが今回は、勝又を受け入れたいという姿勢が鮮明に示され、二人は畳の上に転がり落ちても、抱き合ったまま相手を求め続けた。

滝子は愛の喜びを知って少し自信を持つ。異性に愛されることで、自分の価値を確認できたのである。二、三日経った夜、彼女は里見家を訪れる。そのときの滝子は今までとは打って変わって、「甘い色のセーター」《三三七頁》を着て「珍しく薄化粧」《三三七頁》をしていた。彼女がなかなか本題へ入れないでいると、娘の洋子が「結婚すンでしょ三三八頁」と来訪の目的を言い当ててしまった。推測できた理由として、「滝子おばさん、いつもと全然ちがうんだもン。ピッカピカしてンだもン三三八頁」と説明する。鷹男が言うように、まさに「忍ぶれど色に出にけり三三九頁」であった。

結婚式に話題が移ったとき、滝子は「しなくちゃ、駄目かな三四〇頁」としぶる。できたら式を挙げたくない様子である。里見夫婦は好き嫌いの問題ではなく、是非やるべきだと述べ、内々でこぢんまりとやればよいと助言する。彼らは式の費用がネックになっていると思った。しかし息子の宏男が、陣内と咲子の写真をデカデカと載せた週刊誌を見せたとき、挙式を拒否していた本当の理由が明らかになる。

滝子はグラビアの陣内夫婦を指さしながら、「この方だけは、来てもらいたくないな三四一頁」と言い張る。その理由として、自分はどうでもいいけど「勝又さんかわいそうなのよ三四一頁」と説明する。けれどもこの釈明には嘘がある。恋人と陣内との間で、式に呼べないような障害があるはずもない。むしろ問題は滝子の側にあり、咲子との根深い対立から、四女を招きたくないのである。

陣内夫婦を呼ばないことを勝又も了承しているのか、と鷹男が問いただした。滝子が自分の考えだと述べると、彼はすぐさまそれを女性の浅はかな料簡《りょうけん》と断じ、「しこりはね、勝又君の方にのこるんだよ三四二頁」と説く。自分の花婿がボクシングのチャンピオンになった陣内と比較されることを恐れて招待しない。これは一見勝又をかばっているようにみえながら、彼を貶《おとし》めていることになる。鷹男は男性の気持ちとして、「やだね、女房がそういう風に気遣ってたって判ったら、オレ、男としてダメになるね三四二頁」と手厳しい口調で言う。矛先が急に自分たちへ転じられた「女二人（巻子、滝子）、顔を見合せて、下を向」《三四二頁》いてしまった。

ところで鷹男は以前にも、これと類似した台詞を言ったことがある。陣内の浮気が発覚し、巻子が咲子を自宅へ連れ帰ったときである。四女は陣内が減量中なので自分も絶食していたのに、彼は部屋に女を引っぱり込んで、ラーメンまで食べていた。巻子は誠意の感じられない陣内をかんかんになって怒り、咲子に別れるように勧めた。それに対して鷹男は、彼の「気持、判るんだなあ」《一五八頁》と切り出し、「咲ちゃんみたいに、気遣われたら男としちゃ、かえって辛いよ。やり切れないよ」《一五八頁》と反論する。咲子の行為が陣内にとっては重荷に感じられるというのである。そして最後に、ぼんやりして何も気づかぬ女性の方が男性は助かると述べ、「先まわりして、気遣われるよか、男は安まるんだよ」《一五八頁》と明言した。鷹男の言葉は勝又や陣内、恒太郎など、男の立場を代弁しているようにみえる。しかし彼の発言は、常に巻子の前でなされており、鷹男自身も妻に対する不満を、身近な男性に託して表明しているとも考えられる。

古びた家で異彩を放つ赤色

婚礼後、滝子と勝又は恒太郎の家に同居する。彼は決して婿養子ではなく、言わばなりゆきで妻の家に住むことになったのである。父親が意識していたかどうかは別にして、表札の効力はあらたかであった。勝又にしても下宿期間が少しあったので、まったく知らぬ家に入居するときの煩わしさはなかった。しかも恒太郎からは一定の距離を持った親しさで遇されていた。滝子が「もすこし、月給高いとね」《三七七頁》とこぼしていることからわかるように、経済上の理由もあったと思われる。当然のことながら、勝又家は当分の間、共稼ぎをしなければならなかった。

滝子にとっても夫方の親族[9]と同居するよりも、自分の家族との方がはるかに気楽で便利であった。彼女は一時期、両親のいる家を飛び出して独り暮らしをしていた。だがアパートでの生活は味気なく、冷え冷えとした孤独地獄そのものだったのである。孤立した生活はもうこりごりであった。母親ふじが先立ち、恒太郎がボヤを出した以上、滝子は自分が父親の面倒を見なければならないと覚悟を決めていたのである。

満ち足りた生活は滝子の言動にすぐ現われる。新所帯を見に来た綱子と巻子は妹の変わりように驚く。長女が「ね、声、ちがわない？」《三七一頁》とささやくと、次女は「滝子でしょ。あたしもそれ言おうと思ってたとこ」《三七一頁》とクスクス笑いながら同意する。新妻の滝子は〈声〉ばかりか、顔の表情も明るく輝いている。それは内面にも及んでいる。支えを得て、心に余裕を持つことができ、すべての人に対して優しく接することが出来るようになったのである。

ある日勝又は、浮気調査の対象が綱子であったことを滝子に告白した。ところが予想に反して、妻はまったく怒らなかった。それどころか「ずうっとひとりだったら平気なのよ。さびしいの、当り前だから。でも、一度誰かに寄っかかること、覚えたら――あたしでも、同じことするかも知れない」《四一三頁》と姉の浮気に理解を示した。滝子は大切な人と暮らし始めて、寛容な態度を身につけたのである。今までであれば、浮気など絶対に許さなかった。けれども現在の彼女は、頭から否定するのではなく、浮気へ走った人の気持ちを察することが出来るようになっていた。この変化は、後述する咲子との関係修復にも大きな影響を及ぼすことになる。

勝又夫婦の若さは、二人のいる住まいにも反映する。綱子が実家の様子を見て、「なんか、うち、キレイになったみたいね[三九五頁]」と言えば、恒太郎は「若い人間が住むようになったから、うちも若返ったんだろ[三九五頁]」と応じている。まさに家が若やぐのである。古い家屋であっても、新婚夫婦が住むだけで、また彼らが買い求めたちょっとした日用品があるだけで、空間が明るく華やかになる。その象徴となるものが「新しい赤いヤカン[三六七頁]」であった。くすんだ色の家具が多いなかで、ヤカンの色はひときわ異彩を放っている。

夕食後、恒太郎と勝又は茶の間で将棋をさし、咳《せき》をした夫に滝子はそっと袢天《はんてん》を着せかける。彼らの間にはくつろいだ雰囲気が満ちていた。そして例のヤカンがガス・ストーブの上で湯気をあげている。そのシュンシュンと沸《わ》く様子を、作者は三人の和やかな交流とダブらせて「あたたかいものが流れている[三六七頁]」と形容している。

小津安二郎へのオマージュ

向田邦子はこの〈新しい赤いヤカン〉の着想をどこから得たのだろうか。おそらく小津安二郎の『彼岸花』に由来しているように思う。第一章でも紹介したが、向田はこのドラマを書くにあたって、小津監督の作品を念頭に置いていた。打ち合わせの席で、彼女は演出家和田勉とひとしきり彼の作品について語り合った。その後、広義のセックスを柱にした冠婚葬祭のホームドラマを作ることを提案する。和田は即座に賛成し、「何といってもテレビのホームドラマは、まだ小津さんのものを、上まわっては、いない[10]」と述べ、「いまやるからには、その小津ドラマを上まわらなくちゃ[11]」と発破をかけた。

　昭和三十三年に制作された『彼岸花』は、小津安二郎の最初のカラー映画である。小津は最初、この作品を従来のモノクロで撮るつもりであった。だが大映からトップスターの山本富士子を借り受け、女優陣が豪華な顔ぶれになったので、是非カラー作品にしてほしいと会社側から強く懇願される。色彩への関心を深めつつあった小津は、松竹幹部の心配をよそに、その要請をすぐに承諾した。そしてかなりの時間をかけてカラー・フィルムのテストを行い、アグファに決めた。当時一般的であったイーストマンを派手な色彩として気に入らず、渋みがあり、赤の発色のよいアグファ・カラーを採用したのである。

『彼岸花』の映像では、赤色がとても際立ち、存在感を示している。たとえばテーブル、籐《とう》椅子の座布団、ラジオ、魔法瓶、鏡台のカバー、スツールなどがすべて赤色である。さらにその色彩は、事物だけでなく、人物の洋服や着物にも及んでいる。着物姿の幸子は、白い顔に赤い口紅をさし、赤い帯をしめて、赤色の風呂敷包みを持参している。そして着物の裏地からは目の覚めるような赤色が顔を出す。撮影中の座談会の席で、映画評論家飯田心美の「色の基調は？[12]」という質問に、小津は「基調というか、赤をどこかへ一寸《ちよつと》入れて撮ろうと考えた[13]」と述べ、赤色を重視していたことを告白している。

　小津安二郎は赤い小道具を幾つも用いたが、そのなかでも特に重要なのが赤いヤカンである。そもそも赤色をしたヤカンは当時かなり珍しかった。この台所道具は頻繁に登場するだけでなく、同じシーンであってもショットが変わるたびに、その位置を変えている。小津監督は赤いヤカンをカラー・アクセントにすることで、映画に輝かしさや晴れやかさを醸《かも》し出したのである。この作品以降も、小津はすべてアグファ・フィルムでカラー映画を撮ることになる。そして当然のように、それらの作品にもヤカンをはじめとする赤い小道具がたびたび登場し、「小津の赤色」として、映画関係者だけでなく、映画ファンにもよく知られるようになった。

　向田邦子はおそらく『彼岸花』を観たことがあり、小津の「赤いヤカン」もよく知っていたと思われる。勝又夫婦ののんびりした生活を描くのに、この小道具はうってつけであった。これは小津監督からの借用というより、ホームドラマの大先輩へのオマージュだったのかもしれない。それに『彼岸花』の主役は、恒太郎役の佐分利信である。彼への敬意も当然込められていたと思われる。

「じゃらん」の演出は和田勉ではなく、富沢正幸[14]である。だが彼も『阿修羅のごとく』の成立事情や、向田邦子の意図を十分承知していた。同日のシーンでは、〈新しい赤いヤカン〉はこのシーン全体を締めくくるように、最後に登場している。しかし富沢はそれでは演出効果が弱いとして、それをシーンの最初にクローズ・アップで映像化する。さらにショットが変わるたびに四回、この小道具を撮っている。そして綱子が実家へ相談事を持ってきたときも、〈新しい赤いヤカン〉は目立つ位置に置かれていた。

父親の浮気心の再発

滝子と勝又の愛の行方は、このドラマにおいて一つの有力な筋を牽引してきた。けれども二人が結婚式を挙げたことで、その役割をほぼ終える。あとは二人の幸せな新婚生活を点描するだけで済むはずであった。しかし興信所の勝又が引き続き同居し、滝子が実家に戻ってくることで、父親の浮気をめぐる新たな物語が生まれることになる。

　向田邦子は「花いくさ」の終わりに、これからの展開を考え、有力な布石を打っている。一つは巻子が恒太郎に勝又の間借りを提案することである。もう一つはその直後、二人が友子の家族と偶然出会うことである。前者はすでに検討したように、滝子と勝又の愛の成就で一応の決着をみた。ここでは後者の推移を、勝又夫婦と絡めて追いかけることにする。

　恒太郎は友子の家族とすれ違ったとき、とっくに忘れてしまっていた生きがいを思い出す。自分の存在を認め、自分を慕ってくれる人たちと再会したからである。向田邦子は彼の喜びを、「恒太郎の目に灯がともりはじめる」二七九頁と形容している。ところが浮気の虫が動き始めた父親に、向田は皮肉な設定をほどこす。恒太郎が勝又の間借りを認めたあとに友子たちと出会う、という筋の運びである。これが逆であれば、彼は当然同居をしぶったと思われる。まして勝又が自分の浮気をかぎつけた興信所の人間であることを知っていたなら、なおさら拒否したであろう。

　同居人がいることで、恒太郎はいわば監視される（しかも勝又はプロである）ことになり、外からの電話にも気を使わなければならない。友子の息子省司が電話をかけてきたときも、彼はハラハラドキドキの連続だった。電話が鳴ると、恒太郎は「老人とは見えぬすばやい身ごなしで、体ごととびつくようにするが」三一八頁、勝又が一瞬早く受話器をとる。彼は子供の間違い電話と思い、すぐに切ってしまう。食事中にまた電話が鳴る。今度は家主が間借り人を体で制して電話に出る。

しかし電話の主は滝子で、父親は思わず「なんだ、お前か」三三〇頁と言ってしまう。勝又が台所で洗いものをしている間に、三度目の電話がかかってくる。今度は省司の声であった。恒太郎はわざわざ電話線をのばし、廊下に出て、手短に話を済ませなければならなかった。

だがなぜ省司が電話をかけてきたのか。恒太郎が友子の家へ電話をかけることはありえない。彼女との関係を絶ったとき、彼は友子の新しい住所も電話番号も聞かなかった。彼らと思いがけず出会ったあと、恒太郎は会いたい気持ちを募らせたけれども、電話がかかってくるのをひたすら待つより仕方がなかった。

一方、友子は恒太郎の住所も電話番号も知っていたはずである。彼の身に万が一何かが起こったときのためである。但し彼女はふじの存命中、一度も電話をかけなかった。久しぶりに恒太郎に会い、彼への思いがよみがえってきた。けれども自分は再婚した身である。幸福とはいえないまでも、そこそこの生活をしており、今さら逆戻りは出来なかった。

この母親のあいまいな気持ちに息子がゆさぶりをかける。省司は新しい父親になじめなかった。優しかった恒太郎に是非会いたいと彼女にせがんだのだろう。彼への未練を断ち切れない友子は、自分ではなく息子が昔の父親に会うのだと、ある種の自己欺瞞《ぎまん》をほどこして、恒太郎の電話番号を教えた。

勝又が結婚後も同居することで、恒太郎は彼以上に手ごわい監視人を呼び込むことになる。つまり滝子である。新居が実家なのだから、彼女も当然父親と一緒に住むことになる。しかも滝子は竹沢家のなかで最も浮気に敏感な娘である。さらに向田邦子は、父親に対して的確な警告を発するため、周到な準備をしていた。ふじの形見分けの品である。滝子は綱子や巻子ほど着物に関心がなかったので、上物ではなく、母親がふだん着ていた着物をもらった。これがのちに効力を発揮することになる。

シナリオを読む限り、恒太郎は喫茶店で待つ省司に五回会いに行っている。そして二度目のとき、つまり滝子がすでに勝又と結婚し、主婦業も板についてきた頃、彼は帰宅して大きなショックを受ける。死んだはずのふじが甦《よみがえ》り、食事の準備をしていたのである。

喫茶店で省司と楽しいひとときを過ごし、恒太郎は満ち足りた様子で帰宅する。着物に着がえて茶の間に入ってみると、後ろ向きにふじが座っていた。彼はびっくりして立ち尽くしてしまう。それはふじの着物を着た滝子であった。結婚前後の彼女はうっすらと化粧をし、〈甘い色のセーター〉を着ていた。その滝子がこの日は「地味な着物姿で、髪をひっつめにして」三九八頁いた。彼女の最近のイメージを壊してまで、向田邦子は三女をふじに似せたかったのである。

しかし恒太郎が娘を妻と見間違えたのは、単に滝子がふじの着物を身につけていたからではない。後ろめたい気持ちがあったからである。彼は浮気心に誘われて、本人ではないものの、その息子とこっそり会っていた。彼のちょっとした邪心が報いを受けたのである。これはまた亡き妻の警告とも考えられる。

その後、夫がひたすら隠していた恒太郎の浮気の再発を、滝子はとうとう知ってしまう。彼女は綱子の浮気には理解を示した。けれども父親に対しては寛容になれなかった。恒太郎はいつまでも自分たちだけの父親であってほしかった。また夫の浮気に苦しみ、死んでいったふじの心境を思うと、父親に対して怒りを強く感じた。恒太郎を待ち受ける滝子の装いは、生前に母親が羽織っていた「チャンチャンコ」四三六頁である。形見を身につけることで、ふじの憤怒《ふんぬ》が滝子に乗り移ることになる。

国立の様子を知らぬ恒太郎は、新宿の小さな寿司屋で銚子を傾けながら、のり巻きを食べていた。距離から考えて、省司や友子と会っていないのは確かである。会社の帰りに用事があったのか、あるいは昔の友達に会ったのだろう。店でも彼は一人だった。向田邦子もト書において「恒太郎。勿論ひとり」四三六頁と保証している。彼は自宅にいる二人のために、二人前のにぎりを土産として注文した。

滝子は玄関を開けるなり、入ってくる恒太郎をにらみつける。彼女はどこへ行っていたのか、誰と一緒に食事をしたのか、ときびしく詰問する。しかし恒太郎は一切答えようとしない。彼は釈明することを恥と思っている。まして娘に自分の行動をいちいち説明することは、父親の沽券《こけん》にかかわることと考えていたようだ。これが恒太郎なりの美学だったのである。

勝又は険悪な二人の仲を何とか取り持とうとする。黙っている恒太郎の代わりに寿司屋の店名を言ったり、自分が先に寿司を一つつまみ、滝子にも勧める。一連の動作から、彼女は夫が父親の肩を持っているように感じた。それはある程度当たっている。深夜の寝室での哄笑《こうしょう》以来、勝又と恒太郎との間には男の友情が芽生えていたのである。だがこの絆《きずな》は、ふじと滝子の結び付きに呼応するものでもあった。

そして勝又の言動からは、もう一つの重要な関係が見てとれる。彼が夫婦間において徐々に力をつけ、滝子と対等な立場を得ようとしていることである。恒太郎が帰宅する前、二人は彼の浮気について議論を戦わせていた。勝又は「お父さん、この人とつきあったってアンタにゃ、被害ないじゃないか」四三七頁と強い口調で言い、滝子を黙らせている。まるで鷹男が述べたような意見であった。

滝子が恒太郎を問いただそうとした、まさにそのとき、勝又は妻の足を「けっとばして」四三九頁話題を変える。また寿司に箸《はし》をつけようとしない彼女に、「滝子」四三九頁と呼び捨てにしながら、「女房を突ついて」四三九頁いる。ここで注意しなければならないことは、向田邦子が二人を対等な夫婦として認め、ト書のなかで滝子をわざわざ〈女房〉と記したことである。

新しい家庭は壊せない

ところで、恒太郎は本当に友子とよりを戻そうと考えていたのだろうか。彼女への思いはあっても、娘たちと不和になってまで、愛する気持ちはなかったと思われる。彼はそもそも頼ってくる人間を求めたのであって、夫のいる友子はもはや対象外になっていた。彼が溺愛《できあい》したのは、まだ世話を必要とする息子だった。「花いくさ」において、向田邦子は恒太郎の憂《うれ》いとして、「男の子を持たなかったかなしみ」二六一頁を真っ先に挙げている。四人の娘とは別な、息子がほしかったのである。

友子の方は恒太郎をどう思っていたのだろうか。向田邦子は彼女の描写を最小限にとどめているので、読者が推測する以外に手立てがない。省司が恒太郎と会っているとき、友子はほぼいつも喫茶店の外で、二人の様子を窺《うかが》っていた。彼女は子供が心配でついてきたのだろうか。それとも恒太郎に会いたくてやってきたのだろうか。おそらく後者であったと思われる。けれども友子には今の家庭をこわす気などない。その証拠に、相手の気を引くような服装ではなく、⑮常に「地味な和服姿」三三五頁で隠れるようにしてたたずんでいる。そして一度も二人の席へ近づこうとはしなかった。友子は窓の外から、今も慕っている人と我が子の姿を見ているだけで十分であった。

しかし他人は恒太郎や友子の微妙に揺らぐ心を理解できない。特に身内の者は近いだけになおさらである。勝又が撮った証拠写真をめぐって、彼と里見夫婦が話し合っていた。それは恒太郎と省司が三度目に会ったときの写真である。このとき友子は遅れてきたらしく、ト書には彼女についての言及がない。したがって勝又は友子の姿を見なかったし、彼女の写真も撮れなかった。

鷹男はこの写真を見て、「逢ってるったって、子供じゃないか」四二〇頁と事もなげに言う。それに対して巻子は「あとから、母親がくるのよ、決ってるじゃない。子供だけなんて、そんなバカな」四二〇頁ときびしい見方をする。確かに彼女の言ったとおり、友子は遅れてやってきた。けれども巻子が考えるように、彼女は子供を出しに使って恒太郎とよりを戻そうと考えていたのではない。穏健な考えの持ち主である巻子も、父親のことになると判断を誤ってしまった。

恒太郎と省司が会った三度目の後半に、転機となる出来事が起こる。三度目の後半と奇妙な表現を使ったのは、勝又が二人の写真を撮り終え、店を立ち去った後のことだからである。その時分になって友子が現われ、窓越しに息子と恒太郎を見ていた。少年が外にいる母親に気がついて、「ママだよォ！　ほら、ママ！」四二四頁と叫び、飛び出そうとする。その省司を、恒太郎は抱くようにしてやっと制止した。二人はこのとき初めて、友子が息子のあとをつけ、自分たちの様子をそっと覗《のぞ》いていたことを知った。

　シナリオのなかに、恒太郎が省司より前に友子の存在に気づいていた、と読めなくもない文面がある。彼女が二人を見ている描写の直後に、「恒太郎も、ゆらりとたばこをすいながら見ている四二四頁」と記述されており、彼の〈見ている〉対象者が友子である可能性も考えられる。特に〈恒太郎も〉の「も」が、前文を受けて同様の事柄の列挙に用いられる副助詞なので、この仮説を後押しするのに十分である。とはいえ、〈ゆらりとたばこをすいながら〉の箇所に引っかかりを感じる。恒太郎は友子を発見しても悠然と構えていられるだろうか。息子が母親に気づくことを恐れ、落ち着きを失ってしまうだろう。恒太郎は友子を見なかったからこそ平然としていられたのである。彼が〈見ている〉対象は目の前にいる省司だけであった。

　四回目の待ち合わせで、恒太郎は省司から思いがけないプレゼントをもらう。「ぼくのパパ四五五頁」という題の入った、彼の似顔絵である。恒太郎は心から喜ぶと同時に、絵のタイトルに戸惑いを覚えた。子供の心は一緒に住む父親ではなく、自分に傾いている。重い責任を感じて視線を外へ向けると、そこには友子が立っていた。前回と同様、彼女は息子のあとをこっそりつけてきたのである。彼は友子が今も慕ってくれることは嬉しかった。けれどもそれ以上に、彼女の家庭を考えると沈んだ気持ちになった。妻にも子供にも背かれた「新しい父の姿四五五頁」が恒太郎の目に浮かんできた。

　シナリオには書かれていないが、最後となる五回目の約束をしたとき、恒太郎はわざと時間を遅らせて行こうと思った。友子が来る時間を見計らって出かけたのである。彼は今回店内へ入らず、省司とは二度と会わないと彼女に約束するつもりだった。だがその日の友子は、自分の存在を恒太郎にわからせるつもりで、「いつもより店に近いところに」[四七六頁]立っていた。そして彼の姿を見つけるとすぐさま「駆け寄ろうと」[四七六頁]した。恒太郎は友子の行動を見て、これ以上は危険だと感じた。息子ばかりか、彼女の心を呼び戻してしまったのである。彼はくるりと向きを変え、足早に立ち去った。「あなた」[四七六頁]という背後の声に心が動いたが、恒太郎らしく無言で別れを告げたのである。

2　姉妹の絆――咲子と滝子の和解

身の丈《たけ》に合わない生活

パートⅠにおける咲子、および彼女と陣内の同棲生活については、すでにかなりの紙面を割いて論述した。ここではパートⅡにおける二人の急激な境遇の変化を中心に述べていきたい。ところでパートⅠの終わりで、咲子の妊娠は告げられていたが、陣内がチャンピオンになったことはどこにも記述がない。とすると、彼はパートⅡが始まるまでの間（一年弱）に栄冠を獲得したことになる。

奇妙なことに、向田邦子は陣内が何のチャンピオンになったのか書いていない。どの階級なのか、また全日本チャンピオンなのか、世界チャンピオンなのかも述べていない。階級はともかく、何のチャンピオンなのかは記す必要があったと思う。ただパートⅠの「女正月」のなかに手がかりとなる台詞がある。咲子は自分を求める陣内に対して、「新人王のタイトル、取るまでは、我慢するって誓ったじゃないの」三九頁と激しく抵抗した。この記述から、陣内が欲しかったタイトルは〈新人王〉であったことがわかる。これはドラマ内の時間の推移を考えても、納得のいく推論だと思う。
けれども向田邦子は陣内が獲得したタイトルを〈新人王〉とは書かなかった。パートⅡのなかで、向田は陣内家の幸せの絶頂とどん底を描く予定でいた。明暗を際立たせるためには、彼らに思いきり贅沢《ぜいたく》をしてもらいたかった。しかし〈新人王〉程度のタイトルでは大金など手に入らない。そこで作者はチャンピオンという曖昧《あいまい》な表現にとどめておいたのである。

陣内はパートⅠにおいて、うだつの上がらないボクサーだった。だが子供の誕生を機に見事に変身し、チャンピオンになる。それに伴って暮らしが急に豊かになった。住まいも一間きりの安アパートから高級マンションへ移り、母親も田舎から呼び寄せる。咲子は颯爽《さっそう》とスポーツカーを乗り回し、アメリカン・レッド・フォックスの毛皮を身につける。陣内夫婦は誰もがうらやむような、優雅な生活を手に入れたのである。

咲子はボヤ騒ぎの際、「派手なスポーツカー」二二五頁で乗りつけ、「派手な洋服姿」二二四頁に「ダイヤの指環」二三四頁までしめて現われる。また勝又の引越しの日も、自慢の毛皮を着て、気前よく「特上五人前」二八八頁の寿司を出前させる。（1）そのうえ、勝又のために実入りのよい就職口を見つけてきた、と得意気に告げた。この一連の行為は、姉たちに自分の羽振りのよさを見せつけるためだった。咲子は今まで彼女たちから一段低くみられ、何かにつけ除《の》け者にされてきた。その恨みをここで一気に晴らそうとしたのである。

有頂天になっている咲子に、滝子がかみついた。毛皮を羽織った妹の姿を、「狸《たぬき》がキツネ、着てるわけだ」二九〇頁とこき下ろす。滝子は幸せな咲子に嫉妬しているのだけれども、同時に陣内家の生活が危なっかしくて見ていられない。自分が観た映画『ロッキー2』の内容を話しながら、生活を改めるように忠告した。

ちょうどその夜（ボヤで実家へ駆けつけたのは深夜である）、滝子は勝又と一緒にシルベスター・スタローン主演の映画を観てきた。その映画の印象がとても強かったので、説教にまで及んでしまったのである。この映画のタイトルを、向田邦子は『ロッキー』（『ロッキー』は五部作で、当時は第二部まで制作された）とだけ記している。パートⅡを執筆していた頃に公開されたのは『ロッキー2』なので、向田はこの最新作を意図していたのではないだろうか。話題になっている映画や流行歌をドラマのなかへ取り込むのが彼女の流儀であり、内容的にも第一作より『ロッキー2』の方が滝子の説明に合致している。

滝子は成金趣味に走って、あっという間に素寒貧《すかんぴん》になったロッキーのことをかいつまんで話す。この主人公同様に、陣内も身の丈に合わぬ生活をしていた。豪華なマンションをローンで購入し、派手なスポーツカーや高価な毛皮を妻に買い与えている。滝子の説教に対し、咲子は半ば自棄《やけ》気味に「太く短くで、いいじゃない」二三〇頁と言い返した。

すぐ上の姉には反撥しても、咲子は年の離れた巻子には本音をもらす。次女が「お金余ってしょうがないんなら貯金(2)しなさい」二九四頁と忠告したのに対し、「そういうことをすると、負けそうな気がするのよ。パアッと、派手に使えば勢いがついてまた必ず入ってくる」二九五頁と答えている。彼女は幸福の頂点から転落する不安を、浪費することでかき消そうとしている。それでも不意に、悲惨な生活が四女の脳裏をかすめることがあった。週刊誌の記者たちにちやほやされて、咲子は冗談を飛ばし、作り笑いを浮かべる。だがその笑いのすぐあとに、彼女は「ふっと厳粛な顔になる」二六四頁のだった。

笑顔の裏に隠された絶望

滝子と勝又の結婚式場に、陣内夫婦が派手な装いで現われる。向田邦子はト書で二人を次のように描写する。

> 陣内は大げさなフリルのついたシャツにカーマインベルト[3]。白タキシード。咲子は、色こそ少しひかえ目だが、それでもかなり目立つロング・ドレス。三四五頁

これでは主役を食ってしまうと、綱子と巻子はかんかんになって怒る。特に巻子は嫌がる滝子に対し、陣内夫婦をぜひ招待するよう説得しただけに、面目丸つぶれであった。彼女は人目をひく衣装の咲子を「ちゃんと言ったでしょ。オヨメさん、しのがないように地味にしてちょうだいよって」三四六頁と叱りつける。妹は神妙な顔つきをするが、これを聞き流し、話題をすぐに夫の服装にすり替えてしまった。

咲子の〈ロング・ドレス〉は今日のために用意されたものに違いない。それは滝子の結婚式への対抗心からだろう。四女の結婚はあまり歓迎されなかった。そもそも陣内は一度も竹沢家へ来たことがなく、成員にはなじみのない婿だった。彼の職業が不安定なこと、また所謂《いわゆる》「できちゃ

った婚」だったことも、姉たちの心証を悪くした。式はおそらく形だけの簡単なものであっただろう。それに比べ滝子の結婚式は、親族が全員出席し、豪華とはいえないまでも、すべてが整った式である。咲子はせめて滝子に負けない服装をして、この式場で栄華の一端を見てもらおうともくろんだのである。

一方陣内のきらびやかな衣装には、ある程度納得のいく理由があった。もっともそれが判明するのは式の直前で、咲子すら初めのうちはわからなかった。彼女の話によれば、黒い背広を出しておいたのに、出かける直前になって、彼が明るい色の服を着たいと急に言い出したらしい。リング上ではともかく、陣内のいでたちは綱子の言うように、「チンドン屋」三四七頁の恰好である。それだけではない。彼は求めに応じて、結婚式場でサインをする始末であった。

何が陣内に奇妙な行動をとらせたのだろうか。それは笑顔の裏に隠された絶望だったと思われる。近頃、彼の視力は急激に落ちてきた。試合中、顔面を激しく殴打されたためだった。現に今書いているサインの文字もゆがんだものになっていた。この状態では、チャンピオンの座を守れないだけでなく、ボクシングを続けることさえむずかしい。彼は選手生命の危機に立たされていたのである。

陣内が〈チンドン屋〉の衣装を身にまとった理由は二つ考えられる。一つは前述した視力の低下である。彼は勝又に祝福を述べた後、「少し、明るくした方がいいんじゃないかな」三四八頁、「これじゃ照明が暗すぎるよ」三四八頁と指摘した。当人はいたって真面目に意見したのだが、勝又をはじめ周りの者は皆怪訝《けげん》な顔つきになった。正常な視力を失った陣内には、周囲がとても暗く見えていたのである。

もう一つも既述した絶望に関連する。陣内は悪化する病状から、自分はもう脚光を浴びるような場には立てないと思っている。であれば結婚式場を、自分の最後の晴れ舞台にしたいと考えた。彼は咲子に「今日だけは明るい色の着たい[三四七頁]」と言い張った。〈今日だけ〉は、大きな〈フリルのついたシャツにカーマインベルト〉をつけ、〈白タキシード〉で決めたかったのである。控室に入ると、陣内は招待客であることを忘れ、サインを書き始める。綱子の注意に対して、「ぼくたちの商売は、ファン大事にしないとね[三四七頁]」と応じ、彼は書き続けた。

よろけた陣内を勝又が支えようとして、花婿の純白のワイシャツにジュースがかかってしまった。その瞬間、これまで我慢してきた滝子は怒りをぶちまける。彼女は二度「帰って[三四八頁]」と叫び、陣内夫婦をにらみつける。それでも治まらないとみえて、「あんたたちが帰らないんならあたしたちが帰るわ[三四八頁]」とあきれたことを言う。恒太郎がこの険悪な場を何とかとりなし、やっと結婚式が始まる。式場には「感動に上気し、涙ぐんでいる新郎新婦[三五一頁]」がいる。一方まだ控えの間にいた陣内は、崩れるように倒れてしまった。隣り合わせのシーンで、明暗がくっきりと示される。滝子に言われるまでもなく、陣内夫婦は式場から退場し、病院へ向かわなければならなかった。

咲子の孤独な闘い

パートⅡにおいて、ドラマを引っ張る主要な筋の一つは、鷹男の浮気に悩む巻子の物語である。これはパートⅠで恒太郎の浮気に苦しんだふじの物語を受け継いでいる。もう一つの筋は、滝子と勝又の不器用な恋であった。けれども二人が結婚式を挙げたことで、この物語はひとまず終了する。それと入れ替わるように、陣内の病《やまい》と彼を介護する咲子の物語が新たに浮上してきた。もっとも陣内は病人であり、のちには植物人間になってしまうので、物語の力点は咲子の献身的な愛と身内への対応に置かれることになる。

　滝子と、少し遅れてきた巻子が陣内の病室へ入ってみると、彼はすでに退院していた。咲子は見舞いの日を指定しておきながら、夫の姿を見られるのがいやで、彼女たちがくる前に無理やり退院させたのである。巻子は咲子の行為を「虚勢」三六七頁と断定する。三人の姉は陣内との結婚に反対であった。それを押し切って一緒になったので、「今になって弱音吐けないってとこあると思う」三六七頁と推測する。綱子は「ジェット・コースター」三七七頁にたとえる。咲子は長年の蔑《さげす》みを、夫がチャンピオンになったことで一気に晴らし、リッチな生活を姉たちに見せつけていた。しかし彼の病気で元の木阿弥《もくあみ》になってしまう。「いまさら引っこみつかないわよ」三七四頁と冷たく言う。

　咲子は自分の惨めな状況を、特に滝子だけには見られたくなかった。幼い頃から持つ劣等感の裏返しである優越感を、姉に対して懐いていたからである。特に陣内がチャンピオンになってからは、自分の優位をこれ見よがしにひけらかすことが出来た。その意味で、滝子は自分のプライドを保つための大切な存在だった。この構図が最悪のアクシデントによって崩れそうになる。

　陣内の急病後、巻子が咲子のマンションを初めて訪れたとき、姉は陣内家の将来を心配しているのに、妹はしきりと滝子のことをたずねる。自分の境遇との対比で、ライバルの生活が気にかかるようである。そして陣内家の現状を三女には言わないで、と強く念を押した。二、三日経ってから、咲子は「快気祝《三八七頁》」の包みを持って、滝子の勤める図書館に現われる。快癒《かいゆ》したわけでなく、病状はますます悪化しているのに、返礼の品を持ってきたのである。しかも留意すべきは持っていった場所で、彼女が住んでいる実家ではなく、勤め先だった。おそらく綱子や巻子の家にも届けていないだろう。滝子だけに持ってきたと思われる。咲子は全快を口実にして、三女が見舞いに来ることを阻止しようとしたのである。

恒太郎と綱子、巻子、滝子の三姉妹は、合わせて六回陣内の病気見舞いに行っている。だがそのうちの三回は、病人と直接会っていない。一回目は退院したあとで、巻子と滝子は無駄足を踏んだ。その足で陣内のマンションへ向かった巻子は、後述するアクシデントに遭遇し、彼とは言葉を交わせず、屋上で咲子と話をしただけだった。三回目は恒太郎が出かけたけれど、咲子が玄関に立ちはだかり、一歩も中へ入れまいとする。陣内の声がするたびに、理屈の合わない言い訳をし、父を帰してしまう。結局、見舞客が病人と会えるのは、四回目以降、つまり再入院してからである。但しそのときの陣内はすでに植物人間になっており、もはや誰とも話をすることが出来なくなっていた。

あまり論じられることのない母親まきについて若干触れておきたい。陣内はチャンピオンになってから、田舎にいる母親を東京に呼び寄せた。まきの長年にわたる労苦に報いるためだった。しかし彼女にとって、慣れ親しんだ土地から切り離されたマンションでの生活が、本当に幸せだったかどうかは疑問である。向田邦子は象徴的なエピソードを挿入している。マンションは暖房完備なのに、陣内は母親のために電気ごたつを組み立てている。まきはこたつでないと温まった気がしないからである。

　大都市の、しかもマンションのなかで、まきはまったく孤立していた。もちろん嫁の咲子と孫の勝利がいる。けれども都会育ちの咲子とは反りが合わず、勝利は嫁に独占されていた。環境になじめぬ老婆は精神的に不安定となり、新興宗教にすがることになる。幸いに自分の部屋があったので、同じ宗派の老人を呼んで念仏の集まりを開くことができた。陣内が言うように、彼女には「あれしか楽しみ」三二五頁がなかった。

　結婚式場で倒れる以前、陣内は自分の目が尋常でないことに気がついた。ダーツの矢を投げるとき、的の中心がぼやけてしまうのである。たまたまその日は念仏の集会が開かれていたので、まきに促されて目の快癒を祈願してもらう。よく誤解されるのだが、まきは息子の救いを求めて新興宗教へ走ったのではない。彼女は孤独地獄から逃れるために宗教にすがったのである。しかし陣内が倒れたあとは、息子の意識が回復するように、まきは集まっている信者にも頼み、一心に念仏を唱えることになる。

　念仏シーンは、強引な退院のあとにもう一度出てくる。この頃の陣内には、精神の異常を示す兆候がすでに現われていた。彼は信者の靴の中にみかんを入れ、手に持った別のみかんを片目にあて、それを下のみかんへ向けて落としている。このシーンはダーツを投げる場面とよく似ている。そのときは、試合に出たい、そのためには目を治さなければ、という陣内の意欲がまだ感じられた。それに比べこのシーンでは、能動的な意志がまったく見えない。むしろ幼児帰りのような印象を受ける。咲子が驚いて、「なにしてんの」三五六頁とたずねると、彼は「ビー玉」三五六頁とうつろな目をして返答している。

　信者が病気平癒のため、声高《こわだか》に念仏を唱えている。咲子は声明《しょうみょう》が陣内に悪影響を与えないかと心配になる。それに対して夫は「ありがたいなあ」（三五五頁）と「静かに合掌する」（三五六頁）。これは一見、陣内が安らかな境地に達したような言動にみえる。だがこれは、親の拝む姿を幼児がまねているのと同じなのである。念仏が一段と高くなったとき、潜伏していた病人特有の凶暴さが顔をのぞかせる。陣内は「うるせえ！」（三五七頁）、「帰れ！　帰れよオ！」（三五八頁）と叫びながら老女たちにみかんを投げつけた。

　この場面は演出家の腕の見せ所である。陣内が〈うるせえ！〉と怒鳴ったとき、念仏の声が波打つように強弱交えて聞こえる。同時にまた映像も歪《いびつ》にゆがめられる。異様な音声と画像をシンクロさせて、彼の心の動揺が巧みに表現されている。但し向田邦子は、この不気味な場面の下地をト書のなかに作っていた。念仏に参集する信者は、マンションの「モダンな白い壁」（三一四頁）とは対照的に、「ネズミ色、黒などの着物や洋服を着た、背の低い老婆たち」（三一四頁）で、「群《むれ》をなして入口に吸い込まれてゆく」（三一四頁）。このト書は読者に、陣内家で起こるであろう不幸な出来事を暗示している。

植物人間になった夫

　陣内が再入院する。彼は障害が脳にまで及び、植物人間の状態になっていた。咲子はこの入院を父親だけに知らせ、彼と同居している滝子には来なくていいと伝えた。相当参っていた四女であるが、姉妹にはどうしても本当のことを言いたくなかった。その理由を綱子は、「きょうだいだから言いたくないのよ。あたしたちが男なら、別よ、女でしょ」（三七三頁）と述べている。姉妹ではなく男性、しかも父親だから、咲子は恒太郎に救いを求めた。そして彼の胸にしがみついて、今まで誰にも言わなかった弱音を吐いた。

咲子は泣きじゃくりながら「もう、駄目なのよ。口もきけないし、何も判《わか》んないの」四一五頁と訴える。しかし父親は娘の背中をさすってやることしか出来なかった。ダラリと垂れた夫の手を頬に押し当てたとき、彼女は陣内に添い寝することを思いつく。〈口もきけないし、何も判んない〉夫に今してやれることは、自分の肌を彼に触れさせてやることだった。ブラウスを脱ぎ、スカートを下したときには、恒太郎の存在を忘れていた。ベッドの中へもぐり込んだ瞬間、この世界には夫と自分の二人だけしかいないような気持ちになった。静かに退出した父親は、入ろうとする看護師の前で仁王立ちし、中へ入らせまいとする。その姿勢で、彼はかつて娘が室内をのぞかせないようにドアの前に立ちはだかったことを、悲しい気持ちで思い浮かべた。

後日、綱子、巻子、滝子の三姉妹は見舞いに行く。このシークエンスでは、読者がよく目にするような光景が繰り広げられる。滝子がお見舞いと書かれたのし袋を出すと、綱子が「はじめ派手にやると、あとが――」四二七頁と言葉を濁す。そこでそれぞれが一万円を入れることにする。長期の入院が予想されるので、見舞金は小出しにしようということになった。三万円の入ったのし袋を、長女の綱子が代表して出すことになったとき、滝子がクレームをつける。三人の名前が書いてないので、咲子は綱子一人がお見舞いを持ってきたと誤解するというのである。結局姉妹はのし袋の裏に、それぞれ名前を書いた。

準備が整って立ち上がったとき、巻子は「よかった、揃《そろ》って。直る見込みのある病人じゃないんだもの」[四二八頁]とつい言ってしまう。病室では禁句である言葉がもれてしまった。「一人じゃ辛くて」[四二八頁]とても見舞いに行けない。そもそも何と言っていいのかわからないし、間が持たない。三姉妹が〈揃って〉いるからこそ、病室へ入ることができる。綱子が言うように、みんな「パッと行って、パッと帰ろう」[四二八頁]と考えていた。

病室では、咲子とまきが陣内の病気をめぐって、責任のなすりあいをしていた。だがノックの音を聞くと、手の平を返したように作り笑いを浮かべ、三人を迎え入れる。綱子が見舞い金をさっそくサイドテーブルに置く。咲子が「四角いお気持ですか。ありがとうございます」[四三二頁]と礼を述べると、巻子がすかさず「丸い方も、持ってきたわよ」[四三二頁]と言う。病室に詰めている人間にとって、小銭はよく使うのでありがたい。これは気づかい上手な向田邦子だからこそ書けた場面でもある。向田は実際に病人を見舞うとき、巻子と同様に、〈四角いお気持〉だけでなく、〈丸い方〉も持っていったと思われる。

咲子は三人の姉たちに弱音を吐かない。「元気」と聞かれて、「いま、最高元気じゃないかな」[四三三頁]と応じ、植物人間の夫を抱えているのに、「いま一番最高に、夫婦だって感じするのよね」[四三四頁]と強がってみせる。〈最高〉や〈一番最高〉という誇張した言葉に、かえって彼女の苦境が窺える。しかし張りつめた気持ちが時には弛《ゆる》むことがある。陣内は誰が来たかわかるのかという質問に、咲子は「そのうち判るんじゃないかな?」[四三三頁]と第三者的な言い方をする。少し投げやりで、他人事《ひとごと》のような発言に聞こえる。ここでは夫の病状を、もはや取り繕って言うことなど出来なくなっていた。

向田邦子が凝らした趣向

姉たちのいる前で、咲子は陣内の爪を切り始める。ところが運悪く、病人の爪が滝子の膝に飛んでしまった。三女は無意識に腰を浮かし、その爪のかけらをつまむ。巻子も言っているように、滝子は「子供の時から髪の毛だの爪《四三四頁》」が好きではなかった。咲子は彼女のちょっとした動きを見逃さなかった。「毎日、体拭《ふ》いてるし、死人の爪じゃないもの、生きてる人の爪よ《四三四頁》」とむきになって言う。

〈生きてる人〉の強調には理由があった。前場面で、咲子とまきが口喧嘩していたとき、姑《しゅうとめ》がうっかり「死人に口なし《四二九頁》」と口をすべらせた。嫁はその言葉尻をとらえ、「いまなんてったの――《四二九頁》」、「この人、まだ生きてンのよ《四二九頁》」と食ってかかった。そのときの感触がまだ残っていたので、〈生きてる人〉という言葉が彼女の口を突いて出たのである。

咲子は爪からカニのハサミを連想する。そして自分は今最高に幸せなので、「いっぱいに身がつまってる《四三四頁》」と述べる。さらに彼女は滝子を意識しながら、みなさんはつまってますかと問う。綱子と巻子はさらりと「つまっております《四三五頁》」、「おかげさまで《四三五頁》」と答える。しかし三女はどう言えばよいのかわからない。自分の幸せをぬけぬけと喋るわけにはいかない。姉たちが見かねて、「つまってるでしょ、ご新婚だもの《四三五頁》」、「足が長いし一匹五千円の、たらばがに《四三五頁》」と助けてくれた。それを聞いた咲子は間髪を容れず、「冷凍じゃないの?《四三五頁》」と冷水を浴びせた。四女は穏やかに暮らす滝子に嫉妬している。いやもしかしたら、自分を奮い立たせたかったのかもしれない。姉に突っ張った態度をとることで、誰かに頼りたいという依存心を押さえ付け、かろうじて自分を保っていたようにも思える。

会社にいる父親を誘って、綱子と巻子は病院へ向かう。これは六度目の見舞いである。この最後の見舞いにおいて、向田邦子は読者をあっと言わせるような趣向を凝らした。白い毛布から飛び出した陣内の足の裏には、「へのへのもへじ」四五三頁と書かれている。読者だけでなく、見舞客の三人も顔を見合せ、唖《あ》然とした様子であった。この〈へのへのもへじ〉は、この場ではいわゆる「びっくり箱」としての役割を果たしているが、その後の筋の展開では「脅し」、さらには「喜劇」として活用されることになる。

なぜ咲子はこのような「いたずら書き」四五三頁をしたのだろうか。病室を明るくしたい、何よりも自分の気が滅入ってしまわないようにしたかったのだろう。これは平仮名七文字で人の顔が作れる。彼女はその顔が笑うのを見たかった。「表情が変れば、足が動いたってこと」四五四頁なので、陣内の病状の変化をも読み取ることができる。咲子にとって、〈へのへのもへじ〉は快癒への「おまじない」四五四頁であった。

この文字遊びは、暗くなりがちな話を瞬時に明るくする、とてもユニークなモチーフである。だが向田邦子自身が登場人物を通して述べているように、書いた人間の年齢に若干の問題があった。後話において、靴下を脱いだ貞治は、〈へのへのもへじ〉を豊子に見つけられてしまう。そのとき妻は、「こんないたずら書き、若い子は、しないわよ。書いたのは、かなりトシだわね――」四六六頁と断定する。確かに彼の足に書いたのは綱子であるが、もともとは咲子の思いつきであった。その四女の年齢はほぼ二十六歳ぐらいである。向田も咲子の年齢ではおそらく書かないだろうと考えていたに違いない。しかし絶妙な雰囲気を醸《かも》し出す〈へのへのもへじ〉を、どうしても捨てる気になれなかったのだろう。

　これは小さな瑕疵《かし》かもしれない。けれどもこのモチーフは、咲子という人物を知る上で重要となる。〈いたずら書き〉のなかには、女性の持つやさしさとたくましい生活力が隠されているからである。

咲子がおかした過ち

　咲子とまきが病人をはさんで向き合うと、双方ともに相手を非難する言葉が次々に飛び出てくる。姑は息子の病気を嫁のぜいたくな生活のせいにする。咲子が「あたし、欲しいなんてこと、一度も言ったことないわよ（四二九頁）」と反論すると、まきに「あんたご姉妹衆《きょうだい》に、みせびらかしてさ（四二九頁）」と言われてしまう。だが咲子も負けてはいない。姑をにらみつけながら「この人が、ゼイタクさせたかったのは、お母さんよ（四二九頁）」と反転させる。まきがそれに対して、「あの子がブン殴られてもうけた金で、ゼイタクなんかしたくなかったよ（四二九頁）」と言うや否や、「そうでもないでしょ。けっこうお念仏仲間には、自慢してたじゃないの（四二九頁）」と咲子がやりかえした。

　この口喧嘩は、四人姉妹の間で起こる諍《いさか》いとは本質的に違う。姉妹の場合はすべて身内だけの言い争いである。それがたとえつかみ合いの喧嘩にまで発展しても、承知ずくといえるところがあった。ところが二人は、それぞれ違った環境に育ち、まったく異なった価値観を持っている。

まきは田舎育ちで、今は息子のところに同居している身である。咲子は都会で育ったので、陣内家の家風に染まる気などさらさらない。彼女たちには植物人間と化した陣内以外、何の接点もなかったのである。

二人の喧嘩が先鋭化する大きな要因は経済にあった。家計が逼迫《ひっぱく》している。夜勤の看護師に咲子は入院費の催促を受けた。費用のかかる個室にこだわってきたが、「長くなると個室じゃ大変よ。大部屋で、ゆったりと長期戦て方がいいんじゃないの？」（四四六頁）と転室を勧められる。

咲子は今まで家計簿などつけたことがなかった。手元に金があれば、それで支払いを済ませ、なければ残高など確認もせず、銀行から金を引き出した。しかしそのような荒っぽい金遣いはもはや出来ない。寝つけない夜、彼女は貯金の残高をにらみながら、生活費や住宅ローンの支払い、それに入院費を捻出しようと、何度も計算しては頭を悩ませていた。

病院を出て自宅へ戻る道すがら、咲子は何もかもが思うようにならず、気が滅入っていた。彼女の足はマンションとは反対の「夜の盛り場」（四四七頁）へと向かう。咲子は行き交う人の波を見て、ほんの数か月前までは自分もその中の一人だったことをぼんやり思い浮かべた。そのとき背後から、「口、あいてますよ」（四四七頁）と男の声がした。咲子はぽかんと開けていた口を慌てて閉じる。だが宅間という男が注意したのはハンドバッグの口であった。これは読者の微苦笑を誘う、なかなかユニークなエピソードである。その二つの由来を、ここで少し探ってみたい。

小林竜雄(4)が論述しているように、「眠り人形」の初めのシーンで、主人公の三輪子は和装バッグの口が開いていることを、通りがかりの主婦に注意される。主人公は慌ててハンドバッグの中をあらためる。何か魂胆のある宅間とは違い、親切な主婦はそのまま立ち去った。

　ハンドバッグの留め金に関しては、同じ「お多福」の少し前のシークエンスにも面白い用例がある。姉たちが陣内の病室へ行き、お見舞いののし袋を出した。そして巻子がハンドバッグからさらに小銭の入った箱を取り出す。ところがそのあと彼女は、バッグの口をしめ忘れてしまう。留め金が開いたままだったので、ちょっとした拍子に、中から恒太郎と省司の写ったスナップ写真が飛び出してしまった。

　前の二例はハンドバッグの口に関するエピソードである。次に「ポカンと放心してあけていた口」《四四七頁》についても言及する。四人姉妹が形見分けをしているとき、四、五枚の極彩色の春画が出てきた。彼女たちは驚きと興味の入り混じった表情で、母親の意外な形見を見ている。そこを咲子が捉えて、「みんな、口、半分、あいちゃって」《二五八頁》と憎まれ口をたたいた。この二つの挿話が、盛り場のシーンではうまく一つに結び付いている。

「物静かな地味な身なり」《四四八頁》に惑わされたのか、咲子は見ず知らずの宅間と一緒にスナックへ入っていく。誘いに乗ったのは、自分のつらい境遇を打ち明け、優しい言葉をかけてもらいたかったからである。病院では常に気を張っているだけに、彼女はちょっとした親切でも無上に嬉しく感じ、相手の情けに頼りたくなったのである。

　宅間が小学校の先生[5]らしいことを知り、咲子は安心して自分の過酷な状況を話し出す。姉たちの前では強がって何も吐露しなかったが、赤の他人には姑との責任のなすり合いから将来の不安にいたるまで、あらいざらい喋った。ただ陣内の入院理由だけは偽って、「交通事故」《四四九頁》にした。

この嘘は名前が知られることを恐れたためであろう。いやそれ以上に、夫の過去の栄光をけがしたくないという思いがあったのかもしれない。

ここまでは、土壇場に追い込まれた咲子の状況を説明した。しかし宅間と行動を共にした理由はそれだけなのだろうか。彼女には性への渇きがあった(6)ように思える。かつて滝子と喧嘩をしたとき、咲子は「あたしなんか、仕事も貯金もないけど、ああ女に生まれてよかったなあって、しょっちゅう思ってるもんね」（二九二頁）と鼻で笑う。陣内との性生活に満足していることを、公言してはばからなかったのである。そのセックスを満たしてくれた夫が、今は生ける屍《しかばね》と化してしまった。

恒太郎が一人で見舞いに来た日、咲子は父親のいる前で服を脱ぎ、陣内のベッドへもぐりこんだ。これは植物人間の夫を元気づけるためと解釈できた。けれども彼女の心の内には、生身の女として人肌を恋しく思う気持ちが強く働いていたのではないだろうか。また恒太郎の浮気を疑わせるような写真を見た夜、咲子は陣内の枕もとで、「お父さん、浮気してンだって、七十にもなって、……あんた、幾つよ、ガンばってよ！　ねえ……ねえ」（四三六頁）とやるせない気持ちを口にする。この台詞からは陣内への励まし以上に、もう一度夫の温かい胸に抱かれたいという彼女の切なる思いが聞こえてくる。特に〈ねえ……ねえ〉の言葉には、独り寝の寂しさがにじみ出ている。

脅迫の電話

ゆきずりの男と一夜の関係を持ったことで、咲子は『阿修羅のごとく』のなかでただ一人、浮気をされ、浮気をする人物となる。母親や姉たちとは違い、咲子の性に対する考えはかなり大らかなのかもしれない。陣内が女性を自宅へ連れ込み、ラーメンを食べたことがわかったとき、彼女は減量を怠ったことでは夫を厳しく責めても、浮気に対しては寛容であった。同様に自分の行動に対しても、あまり深刻な罪悪感を懐いていない。のちに咲子はあの夜の心境をふり返りながら、「あたし、ワルいことしてンのよ。それでもいいの、って言いたかったのかもしれない」四七三頁と滝子に告白している。

悩みを打ち明け、寂しさを情事で埋めたことで、咲子はむしろ憑《つ》き物《もの》が落ちたかのように、少し元気を取り戻す。その好例が平仮名を使った文字遊びである。恒太郎、綱子、それに巻子が病室に入ってくると、咲子は足の裏の「へのへのもへじ」で三人をびっくりさせる。このような思いつきは、多少なりとも心に余裕ができた時にこそ、浮かんでくるものである。

恒太郎が励ましの意味で咲子の肩をそっと叩くと、彼女は「頑張んなさいよ、お父さん。男もこうなっちゃ、おしまいだから――。(小さく) 滝ちゃん、なんか言っても気にすることないって」四五四頁と逆に発破をかけている。咲子は二人の姉のいる前で、はっきりと父親の浮気を許したのである。寝たきりで浮気すらできない夫を見ていると、彼女には浮気をしてもいいから元気でいてくれた方がはるかに良いことのように思えた。

咲子は宅間との関係を、一回限りの後腐れのない浮気と思っていた。ところが紳士面した男が突如本性をあらわす。かつて巻子は万引きの件で、スーパーの店員から脅されるのではないかと絶えず恐れていた。だがそれは単なる杞憂《きゆう》に終わった。咲子は脅迫などまったく予期していなかった。けれども深夜に宅間から電話があり、百万円を都合してほしいと要求される。彼は肉体関係の持続ではなく、もっぱら金銭を強要した。いわゆる強請《ゆすり》をかけてきたのである。

咲子は宅間の脅しにおびえた。金は底をついていたし、自力で恐喝を撃退するほどの気力も失せていた。彼女は巻子に相談したかった。次女は姉たちのなかで最も頼りになり、今までも親身な世話をしてくれたからである。次のシーンは夜更けの里見家で、巻子は食卓にうつ伏《ぶ》してうたた寝をしている。突然電話が鳴る。読者（視聴者）は当然、咲子がかけてきたと思う。しかしそれは綱子の隣家[7]からであった。向田邦子は長女のガス事故という大きな事件を挿入することで、私たちが期待していたものを巧みにはぐらかし、上手に焦《じ》らせている。

その後、ガス中毒の顚末《てんまつ》がかなりのスペースでつづられる。やっと里見家の描写に戻ると、夫婦は事後処理のため不在であった。来訪した滝子はガス事故の話を聞いて驚く。留守番をしていた宏男は要領をえない返答で、大したことはないと言い、「用がありゃ向うからかけるから、電話すンなって」[四七一頁]と伝えた。そのすぐあとに電話がかかってくる。滝子はもちろん〈用があ〉って〈向うからかけ〉てきたと思う。息子の台詞から、彼女だけでなく読者も、綱子に関する電話だと確信する。ところが電話の主は咲子であった。

宅間の強請に、咲子は自分一人ではどうにも対処できず、巻子に助けを求めた。次女だけは信頼していたので、今の自分の状況を正直に話そうと思った。しかし受話器をとったのは、咲子が最も嫌っていたすぐ上の姉だった。滝子は食べ物を口に入れた直後に電話がかかってきたので、そのままの状態で受話器をとった。彼女は巻子の名字である「里見」[四七一頁]と言いかけて、のどを詰まらせてしまう。咲子はてっきり次女だと思い、事の次第を話し始めた。

このような電話での誤解は、すでにパートIの「虞美人草」のなかにもあった。鷹男は愛人に昼食を誘ったつもりだったが、間違えて自宅へ電話をかけてしまう。そのとき電話に出た巻子は、りんごを頬張っていたので即座に応答できなかった。向田邦子はなぜ同じドラマのなかで二度も類似した設定を用いたのだろうか。その理由は、二九四頁の注（2）で記述した事柄と関連していると思われる。向田は鷹男が錯覚を起こした要因を、巻子の口の中にあったりんごに置き、この果実に大きな役割を与えた。しかし演出家の和田勉はシナリオに手を加え、巻子がコードに足をとられて声が出なかった、と改変したのである。作家はこの演出に不満だった。そこで再度、重要な場面において食べ物を口に入れ、応答できないという状況[8]を設定したと考えられる。この電話での行き違いによって、滝子と咲子の和解は実現の可能性を帯びることになる。

ねたみ、そねみを乗り越えて

滝子は咲子の苦境を知って、いち早くマンションへ駆けつけた。今回は巻子にも相談せず、すぐに行動をとる。何としても自分が四女を助けたいと思ったからである。滝子の心境に、突然大きな変化が生じたわけではない。勝又との結婚生活を送るうち、徐々に咲子の気持ちも理解出来るようになっていたのである。

陣内の再入院の知らせが入ったとき、滝子は勝又の勧めにもかかわらず、「お父さん、行くからいいって」四一四頁と言い、病院へ行かなかった。彼女はとっさに、咲子のいる所へなど行きたくないと思ったのである。だがそのあと縁側へ行き、激しい自己嫌悪に陥ってしまった。

最初の入院のとき、「陣内さん、どうかなりゃいい、うんと惨めなことになって、咲子ペチャンコになりゃいい《四一四頁》」と滝子は思っていた。ところが現実に陣内が最悪の病状になってみると、彼女は咲子の不幸を願ったことで、自分を厳しく責める。慰めてくれる勝又に、「きょうだいって、へんなもんね。ねたみ、そねみも、すごく強いの。そのくせ、きょうだいが不幸になると、やっぱり、たまんない――《四一五頁》」、と自分の気持ちの変化を正直に打ち明ける。咲子に対して〈ねたみ、そねみ〉が〈すごく強〉かっただけに、四女が〈不幸になると〉その分だけ彼女がいとおしくなる。姉妹のなかで咲子のことを最も心配していたのは、おそらく滝子だったのだろう。

滝子の変化は浮気に対する考えにまで及んでいる。今までの彼女であれば、この不実な行為を決して許しはしなかった。けれども現在の滝子は綱子の浮気を聞かされても、頭から否定などしない。長女を非難するどころか同情している。

同様に、咲子が浮気をし、脅迫されていると知っても、滝子は四女を許す気持ちになった。「夜、街歩いてて、感じのいい人が、腕に手かけたら、あたしだって、あたしだって、ついてくわ《四七五頁》」と明言し、妹の過ちを受け入れる。これは人間の持つ弱さや哀しさに理解を示し、その人の立場に身を置いて発した言葉である。

咲子がドアを開けると、巻子ではなく滝子が目の前に立っていた。四女は一瞬戸惑うが、心から案じてくれている姉の様子を見ると、事の顛末《てんまつ》を正直に話す気になった。沈んだ声でポツリポツリと打ち明ける咲子を不憫《ふびん》に思い、滝子は話を中断させ、「あたし、やる《四七三頁》」、「咲ちゃん、出ない方がいいよ《四七三頁》」と強い口調で言う。彼女の胸中には、恐喝する男と渡り合う怖さもあったが、それ以上に、ようやく咲子に姉らしいことをしてやれる喜びの方が強かった。

滝子は宅間をベッドのそばに来させ、陣内のダランとした手を触れさせる。宅間は病人の手を振り払い、小さな叫び声を上げて逃げようとした。すかさず滝子は「何もこわいことないのよ。前はチャンピオンだったけど、今は生ける屍だもの」四七四頁と言い、「『ゆすりたかり』にしちゃ、イクジがないじゃないの」四七四頁と凄みを利かす。宅間に対し、滝子は次々と鋭い言葉を投げつけ、結局悪党にひと言も喋らせなかった。そして足の裏に書かれた「へのへのもへじ」を見せる。宅間はそれを目にして、またもや声を上げる。場違いなものを突然見せられて、すっかり怖気づいてしまったのである。ここでは、「いたずら書き」四七四頁が恐怖心をあおる役割を果たした。

宅間を追い返したあと、滝子はその場にくずおれてしまった。自分の持つ力をすっかり出し切った姿である。咲子が物陰から飛び出し、「滝ちゃん――」四七六頁と言いながら姉を支えた。この〈滝ちゃん〉のなかには、咲子の様々な思いが込められている。今まで姉には散々突っかかってきたので、滝子がここまで自分を護《まも》ってくれたことに大きな驚きを覚えた。その一方で、咲子の内面には嬉しい気持ち、感謝したい気持ち、また謝りたい気持ちが渾然《こんぜん》とまじりあっていた。

この出来事を契機に、いがみ合っていた滝子と咲子の仲は少しずつ好転していく。これからも多少の対立は起こるかもしれない。けれども二人は互いに相手を思いやる気持ちをすでに持っている。この気持ちさえあれば、たいていの諍《いさか》いは解決するだろう。幾つかの試練を経て得た絆は、姉妹を強く結び付け、一寸《ちょっと》やそっとのもめ事では切れたりしないものになっていく。

3　道ならぬ恋——綱子と貞治の悲喜劇

向田邦子の性描写

綱子はパートⅠの終わりで、愛人の貞治と別れる決心をした。彼の妻豊子が自宅へ乗り込んできたとき、貞治があまりにふがいない行動をとったからである。彼に不信の念を懐き、絶交宣言を下した。しかしそれからほぼ一年が経過したパートⅡにおいて、何もなかったかのように、仲睦《むつ》まじい綱子と貞治が登場する。よりを戻した経緯《いきさつ》は不明であるが、彼らの言動から、交際がかなり以前から復活していたことがわかる。

けれどもこれは、二人の関係において何も珍しいことではない。以前にも同じような例があった。泊りがけの逢引《あいびき》が発覚し、綱子は豊子に料亭の出入りを体よく断られる。これを機に、彼女は貞治と別れる覚悟を決めた。その夜訪れた彼に対し、綱子は玄関の戸を開けようとしない。「あけたら、またズルズルになるわ」二一五頁と言って愛人を追い返した。しかし綱子の決意がいつまで続くかは保証の限りではない。〈またズルズルになる〉とは、何度か別れ話があったけれども、そのつど別れることが出来ず、関係が続いてきたことを指している。

綱子と貞治は、彼らが登場する最初のシーンから、再び深い関係になっていることがわかる。鷹男からの電話に、二人はなかなか出ようとしない。綱子は長じゅばんだけ羽織った恰好で、貞治の方は素っ裸である。彼らは細目に開けた襖《ふすま》(1)から、けたたましくなる電話機をじっと見つめていた。深夜にかかってきた電話だったし、相手が豊子である可能性も考えられる。一つ寝をしていただけに、後ろめたさから受話器をとれなかったのである。

類似した場面はパートIにもあった。夜更けに巻子から、咲子がそっちへ行っていないかという問い合わせの電話がかかってきたときである。綱子も貞治もあわてて寝巻をひっかけ、襖を開けて出てくるが、電話機の前で急に立ち止まり、しばらく出ないでいる。二人は「おびえて、こわばっ」(一八〇頁)た顔つきをしている。豊子からの嫌がらせの電話だと思ったのである。綱子はおそるおそる受話器をとったものの、黙っている。だが巻子の声を聞き、「いっぺんに緊張がゆるむ」(一八〇頁)。

綱子が肩をすくめているのを見て、貞治はさっそく毛布を寝室から引っぱってくる。彼女はその「毛布を天幕のように羽織った中に、貞治を誘い込み、突ついて忍び笑いをしながら、妹の声を二人一緒に聞く形にする」(一八二頁)。二人は電話を聞きながら同衾《どうきん》状態に陥った。電話がかかってくる前に、夜具の中でなされていたことがそれとなく示される。互いに相手を〈突つ〉き、ちょっとした話に〈忍び笑いをし〉ていたのである。二人が毛布にくるまって電話をしている姿は、決して直截《ちょくせつ》な表現ではないのに、読者をドキッとさせるほど艶《なま》めいている。

同じ色事に関連した描写であっても、「女正月」の綱子と貞治は少しグロテスクにみえる。巻子が父親の浮気について相談しようと、姉の家を訪れたときのことである。情事が終わったあとらしく、湯上りの貞治は「腰をバスタオルでおおっただけ」四三頁で、綱子は「赤い長じゅばん姿で衿《えり》をはだけ」四三頁ていた。この姿で二人は巻子と顔を合わせた。次女が一瞬息をのみ、格子戸を反射的にバシャンと閉めた。長女は今日巻子が来ることを、すっかり忘れていたのである。

　綱子と貞治は玄関に巻子が立っていたので、「アッと凍りつ」四三頁いた。だが次女でなく、鰻屋《うなぎや》の出前持ちであったならば平気だったのだろうか。巻子が来なければ、彼らは淫《みだ》らな姿のまま、人の往来のある玄関先で、しかも「昼下り」四二頁に鰻重を受け取っていたことになる。このシーンは前述した場面と同様に、読者をうろたえさせるほどに色めいてみえる。けれども大きな違いがある。ここでは隠すべき秘め事を、何の躊躇《ちゅうちょ》もなく人前にさらけ出している。この点に私はある種の違和感を覚えるが、向田邦子にしては珍しい、むき出しな表現であった。

　しかし綱子と貞治が裸で絡み合うシーンは描かれていない。これは『阿修羅のごとく』に限らず、すべての向田作品にいえることである。女の性を正面から採りあげているにもかかわらず、直接的な描写が皆無なのである。その大きな理由として、当時のテレビには性描写に大きな制約があったことが考えられる。誰でも容易に観ることの出来るテレビは、映画以上に厳しい規制があった。

　気骨のある作家は、タブーを逆手にとって、セックスシーン以上にエロティックで生々しい表現を得ようとする。そこに創作者の醍醐味があった。但し向田邦子は、現在のように自由な表現が許されていても、おそらく裸のシーンは描かなかったと思われる。向田は読者の想像力に絶大な信頼を寄せていた。まともに描けば場面は固定されるが、暗示にとどめれば想像の翼は大きく広がり、今出来上がったばかりの新鮮なイメージが可能になるのである。

濡れ事のあとの匂い

向田邦子は綱子と巻子の会話のなかで、自分の性描写の指針をほのめかしている。恒太郎と省司が会っている写真を見て、綱子が「あたしたち（綱子と貞治）だったら、どんな写真とられてるだろうって思ってさ[四二五頁]」と妹にたずね、「やっぱりあの人が、あたしのうちに入るところかな[四二五頁]」と自分で答えている。それに対し巻子は、「帰るところも撮るんじゃない。顔、違うでしょ、くる時と帰るときじゃ[四二五頁]」と応じている。このやりとりのなかに、向田の性描写の秘密が隠されている。二人が見ていたスナップは、現場を押さえた証拠写真である。けれども綱子と貞治の情事は、そのような無粋な場面がなくても、前後を描くことで十分伝わってくる。微妙な変化を的確に示せば、読者は隠して見せなかった部分を容易に推測することが出来るのである。

その好例は、綱子が貞治と伊豆での逢瀬《おうせ》を楽しんで帰宅したときの様子である。玄関前で隣家の主婦に見つかってしまい、綱子は「ちょっと実家《さと》の方に[八五頁]」と嘘をつく。しかし相手は目ざとく魚の籠《かご》を見て、「お実家、たしか国立[八五頁]」と衝《つ》いてくる。返答に窮した綱子は、家で電話が鳴っているのを幸いに、逃げるように自宅へ入った。

巻子の電話を受けながら、ガス・ストーブを点火しようとして、綱子は「手が匂うのに気がつく[八六頁]」。自分の〈手〉が「生臭い[八六頁]」のである。彼女の目は自然と「ひっくりかえっている干ものの籠[八六頁]」へ向かう。〈匂う〉の要因を〈干もの〉のせいにしたかったのである。だがそれだけではなかった。むしろ昨夜の貞治との情事を思い返し、綱子は〈生臭〉さを感じたのである。

この推測は、向田邦子との二つの対話が確証してくれる。一つは『キネマ旬報』に掲載された和田誠との映画対談である。アンリ・ヴェルヌイユ監督の『ヘッドライト』が話題にのぼった。ジャン・ギャバン演じるトラック運転手がドライブインのウェイトレスと浮気をして家へ帰ってくると、娘がチーズのコマーシャルに出るのだとはしゃいでいる。その様子を見て、彼はいきなりぶん殴ってしまった。向田はこの映画を二十代前半に観たとき、父親がなぜ嫌な顔をして自分の子どもをぶったのかわからなかった。その後二十年ぶりにテレビで観て、納得する。娘がコマーシャルに出演すると聞いて怒ったのではなく、彼はチーズの「ある種言い難い[2]」匂いが、情事の記憶をよみがえらせたので殴ってしまったのである。

濡れ事のあとの匂いは、向田邦子にとって新鮮な発見であった。和田勉演出で、有吉佐和子原作の『針女』を脚色するとき、向田は演出家が驚くようなディテールを書き加えた。このシナリオの執筆[3]は、彼女が満四十二歳の時なので、おそらく『ヘッドライト』を二度目に観たあとだったと思われる。向田は映画の一シーンをヒントに、秘め事を終えたあとの女性のしぐさとして、匂いを取り入れたのである。

これは戦時中の話である。夫が戦地へ赴く前夜、夫婦は酒を飲みかわした。深夜、妻は喉《のど》に渇きを覚え目をさます。台所に行き、水をひと口飲む。そのとき彼女は静かに自分の爪の匂いを嗅いだ。最後のシーンに関連して、和田勉はなぜ爪の匂いを嗅ぐのかとたずねた。向田邦子は即座に「男と女の肉体関係の証である匂いは、爪に残るものよ[4]」と答えたという。和田は彼女の説明に対し、「これにはちょっと打たれましたね。どういうところで向田さんが知ったのかわからないが、大変なディテールだと思いました。彼女の凄さを、ひしひしと感じました(5)」と驚嘆している。

生理現象もドラマに取り入れる

向田邦子は裸を一切見せずに、それ以上のエロスを表現した。その性描写と同様に、テレビで忌避されがちだった人間の生理現象をもドラマに取り入れた。例えば同じ爪を例に挙げれば、咲子が病床にある陣内の爪を切るシーンがある。そのとき彼女は、夫は生ける屍《しかばね》と化しても、「ひげは伸びるし、爪なんて皆よか伸びが早いくらいだもの」四三三頁と言う。人間の意識とは関係なく、身体に内在する器官が働いている限り、〈ひげ〉や〈爪〉は〈伸び〉続けるのである。

食べ物にまつわる生理現象を二つ紹介する。一つは勝又が恒太郎の家で、初めて夕食を一緒にとった場面である。彼は極度に緊張し、ものも喉《のど》を通らない様子である。そのうち不意に大きくむせてしまった。滝子が背中を叩いてやるけれど、勝又は身をよじり、息が出来ない。「ハナをたらし、たたみを引っかいて苦し」三〇三頁んだ。もう一つは「じゃらん」冒頭のシーンである。滝子は蕎麦《そば》をかっこんで病院へやってきたので、しゃっくりが急に出てきた。病室に入ってみると、そこはもぬけの殻《から》で、彼女はてっきり陣内が死んでしまったと思う。と同時にしつこいしゃっくりも止まってしまった。けれども強引に退院したことを看護師から聞いたとたん、安堵と一緒にしゃっくりも戻ってくる。結局、巻子が突然大声をあげ、滝子の背中を強く叩くことで治ったのである。

生理現象のなかで最も異彩を放つのは、トイレにまつわる描写である。向田邦子はまず「花いくさ」で、巻子の娘洋子と赤木啓子に用を足す場の呼称について議論させた。赤木は「トイレっていうと、水洗だけど、お便所っていうと、汲取式《くみとりしき》みたいでしょ」(二六九頁)と区別する。前者は清潔で明るいイメージがある。一方後者は暗くてじめじめした印象がぬぐえない。向田がエッセイのなかで、しばしば「ご不浄」という単語を用いたが、この言葉も後者の系列に属し、文字どおり〈不浄〉なニュアンスがつきまとっている。彼女も実家を飛び出すまでは、もっぱら後者の厄介になっていたのである。

「じゃらん」において、向田邦子は生理現象を言葉の段階ではなく、実際に演じさせている。里見夫婦がせっかくお膳立てをしたお見合いの席で、綱子は何も告げずに中座し、帰ってしまった。腹を立てた巻子は姉の家まで押しかけ、激しく責める。綱子は妹が金切り声をあげるので、仕方なく「顔が出るだけ、戸をあけ」(四一一頁)応戦する。そのうちに巻子が急に胴ぶるいし出し、声の調子まで変わってしまう。「お手洗い――薪能《たきぎのう》で冷えちゃった――。ねえ――お手洗い」(四一二頁)と頼み込む。しかしさんざん非を責められた綱子は「駅ゆきゃ、あるわよ」(四一二頁)ととりあわない。我慢が出来なくなった妹は、「お姉ちゃん！」(四一二頁)と哀願するような声で呼ぶ。彼女は姉を通常「お姉さん」と呼び、〈ちゃん〉付けはこの箇所だけである。読者も驚いたが、綱子もびっくりし、戸を押さえていた手を少し緩めてしまった。その隙に巻子は強引に中へ飛び込んだ。

玄関へ入ると、貞治が立っていた。口喧嘩をしていたので、彼にまったく気づかなかったのである。次女は貞治が存在しないかのように、彼を「完全に無視」[四一二頁]する。それは貞治が綱子の見合いをぶちこわした張本人だからではない。自分の生理的な理由からである。巻子は〈お手洗い〉に行く姿を男性に見られるのも嫌だったし、その中のことを想像されるのにも耐えられなかった。彼女は平静さをつくろい、静かに廊下を歩く。だが角を曲がると、もう限界だった。脱兎のごとくかけこみ、せわしなく戸をバタンと閉めた。日頃はおっとりした巻子も、尿意を催す[6]となりふりかまわぬ有様であった。

恋愛を享受する綱子

鷹男が滝子にノオが多いと忠告をしたとき、巻子は姉に「綱子姉さん、イエスが多いもの。それで、昔からモテたのかしら」[三二四頁]とちゃかしている。三女はガードが固く、男性を寄せつけなかったのに対し、長女にはつけ入る隙があり、男性は容易に近づくことが出来た。別な表現を使えば、前者は人生や結婚にある種の理想を懐き、それから逸《そ》れたものには目もくれなかった。一方後者は、それほど強固な信念など持ち合わせていない代わりに、相手にうまく合わせ、人生を楽しむ術《すべ》を心得ていた。この姉妹は対照的な性格の持ち主だったのである。

綱子は夫の死後、華道の師匠をして何とか暮らしを立ててきた。もともと人との交際が好きな性分だったので、心の中は言い知れぬ孤独にさいなまれていた。また年齢が更年期にさしかかり、女性としての大きな節目を迎えようとしていた。気持ちは女であり続けたいのに、身体の方は確実に女を失いつつある現実が綱子を不安にさせていたのである。そのような時期に、彼女は仕事先で貞治と知り合った。当時の綱子の心境を、滝子は「ずうっとひとりだったら平気なのよ。さびしいの、当り前だから。でも、一度誰かに寄っかかること、覚えたら――あたしでも、同じことするかも知れない――四一三頁」と推測している。

しかしこの台詞は、滝子がかなり自分に引き寄せて述べたものである。〈ずうっとひとりだったら平気なのよ〉は彼女自身に該当する。綱子は結婚していたし、独身の時もボーイフレンドは多かっただろう。相手がずっとあったのに、それが途切れてしまったから〈さびしい〉のである。次の〈でも、一度誰かに寄っかかること、覚えたら〉も、自分の体験を基にした発想である。〈イエスが多い〉姉は常に男性の気を引き、その繋《つな》がりにおいて、女性としての喜びや人生の妙味を堪能してきたのである。

綱子は貞治と浮気をすることで、暮らしに新たな張りができる。男性の存在が、空虚な生活を送ってきた彼女を多忙にする。化粧や髪のセット、衣類の支度に時間をかけ、言葉づかいや挙措《きよそ》にも磨きをかけることになった。このように美しく装うのは、すべて愛する男性のためである。女性にとっては、相手が喜び、自分をほめてくれるのが何よりの生き甲斐なのである。

けれども綱子と貞治の仲には、緊張感が常に存在する。その最大のものは、後述する貞治の妻豊子の嫉妬である。もう一つは、二人の関係には何も保証がないことである。彼らは婚姻関係にないので、法律上の規定に縛られない。また綱子は貞治から金銭上の支援を受けていないので、彼におもねる必要がない。つまり二人は主従ではなく、対等な関係にある。彼らをつなぐ絆は愛情だけである。どちらかが相手を嫌いになった場合、二人はいつでも別れることになるのである。

実際、彼らの間には別れ話が四度も持ち上がった。

この適度の緊張感は、夫婦間にありがちな惰性を排除する。綱子と貞治はお互いが新鮮な気持ちでいられるようにいつも気を配っている。時には相手の歓心を買うため趣向を凝らす。例えば伊豆へ旅行に出かけたり、障子に赤ワインをまき散らし、憂さを晴らしている。二人の逢引《あいびき》は、現実から少し逸脱し、虚の世界で遊ぶことなのである。その世界はあっけらかんとしているけれども、邪悪な印象を与えない。二人は嬉々としてしばしの逢瀬を楽しんでいる。

浮気は相手の男性だけでなく、彼の妻のことも考えなければならない。綱子が貞治と親密になる前、彼女も当然、豊子の立場に思いをめぐらした。そして浮気をする、しないの選択を自ら迫ったはずである。しかし人を好きになると、理性だけではもはや制御できない。豊子を傷つけることを承知の上で、貞治との仲を深めていったのである。

この事例の場合、綱子も豊子も敵対する相手をよく知っていた。巻子の場合のように、夫の浮気相手が判然としないのではない。二人はそれぞれの気性や暮らし向き、それに住んでいる場所まで知り抜いている。このような状況では、陰湿な闘いが当然起こりそうに思える。例えば豊子が水鉄砲をもって綱子の家に乗り込んでくる場面や、真夜中の電話に綱子と貞治が怖気《おじけ》づくシーンがそれに当たる。だが前者には、どこか遊びの要素が混じっていて、憤怒《ふんぬ》だけの行動ではなかった。また後者では、二人は豊子からの電話を恐れたが、彼女からは一度もかかってこなかった。逆に豊子は、相手を熟知していたので、過激な行動に出る必要がないと思ったのではないか。綱子が貞治を奪い、結婚まで踏み込んでくるとは到底考えられなかった。『あ・うん』の水田、たみ、門倉の三角関係同様、歪《いびつ》ではあっても自然な流れに任すより手がなかったのである。綱子は好き勝手な恋愛を享受し、その報いとして、豊子の悋気《りんき》に時々触れることになる。それにもかかわらず、彼女の関心事はもっぱら貞治との浮気であった。その結果、実家や姉妹のもめ事に気が回らなくなる。問題解決はほとんど巻子任せで、竹沢家の厄介ごとを自宅へ持ち込むことは決してなかった。彼女には身内のトラブルにつきあう時間的余裕もなかったし、また貞治との逢引以外に興味もなかったのである。その点において著者向田邦子とは大きく違い、綱子は長女らしからぬ女性だったといえる。

実家との距離の取り方は、近所との付き合い方にも踏襲される。彼らとの間に真の交流はなく、綱子は除《の》け者であり、好奇の対象でしかない。伊豆から朝帰りしたとき、彼女は隣りの主婦に目ざとく見つけられ、嘘の弁明をしなければならなかった。このように密会を重ねる彼女は、周りの人たちとの間に溝をつくり、世間を徐々に狭くすることになる。それに伴って、二人の絆はますます強固なものになっていった。

未亡人の綱子は生身の女として、性の渇きを覚え、貞治と逢瀬を繰り返す。しかし彼女を単に性欲の強い、性にとらわれた女性であるとみなすならば、重要な点を見落としたことになるだろう。人間の性には大きく分けて二つの側面があるように思う。一つは動物と同様に、生理的な欲求によるものである。もう一つは、肉体を通して互いのありのままの姿を受け入れようとする全人格的なコミュニケーションである。綱子はセックスをするだけでは満足がいかない。性を突破口として、貞治の心底を知り、また自分の心の内をも知ってもらいたいと願ったのである。

巻子が綱子と貞治の関係を勝手に想像していると、長女は「ナマナマしいこと、おっしゃってるようだけど……そんなもんじゃないのよ。フラッと寄って、お茶いっぱいのんで、ビンのフタ固くてあかないの、あけてもらったりして——それだけで帰ることもあるのよ」《四二五頁》と反論している。信頼関係がすでに築かれているので、会うたびに性行為へ走る必要などない。貞治は綱子の顔を見に立ち寄り、元気で何の心配もなさそうだと安心する。そして頼まれた仕事をさっさと済ませ、〈それだけで帰ることもあ〉ったのである。

浮気する女と浮気される女

綱子と巻子は仲の良い姉妹である。二人は歳が近いこともあり、他の妹たちよりもお互いをよく知っていた。だが浮気に関しては、それぞれの境遇から意見を異にする。長女が女性として、貞治との浮気に大きな喜びを見出したのに対し、次女は主婦として、鷹男の浮気に悩み、家族の幸せを願っている。立場の相違が鮮明になるのは、四人姉妹が父親の浮気で会合を持った翌日であった。上の二人でじっくり考えようと、巻子が綱子の家へ来てみると、相談相手である当人が浮気をしていたのである。目撃者となった次女はこれ以降、夫の問題だけでなく、姉の浮気にも気をもむことになる。

文楽を観劇したあと、姉妹が実家に立ち寄る。何を取り寄せるかの話になったとき、巻子は真っ先に「うな重」《六六頁》と言う。それを打ち消すように綱子はすぐに「おすし！」《六六頁》と絶叫する。長女が浮気をした日、〈うな重〉が出前で届けられた。次女は姉への警告として、この店屋物の名を挙げた。しかし本当はお寿司が食べたかったので、あとで「にっこり」[六六頁]笑って前言をひるがえしている。

これも同じく実家での出来事である。綱子と巻子はふじの白菜漬けを一緒に手伝っている。長女も家で漬けていると聞き、次女はまず「一人暮しでよくやるわねえ、なんて」[一八九頁]と一応ほめる。但し〈一人暮しで〉に皮肉をきかせ、〈なんて〉と付け加えることで、前文をいよいよ疑わしいものにする。次に巻子は「誰か、食べさせるかたでもいらっしゃるんですか」[一八九頁]とずばり痛いところを衝いてくる。すでに重々知っていることを、母親のいる前でわざわざたずねたのである。これは明らかに姉を懲らしめるための台詞である。けれども綱子は動ずる様子をまったく見せない。いけしゃあしゃあと、「いいえ。一人さびしくお茶漬ですよ」[一八九頁]と言ってのける。巻子は「本当かなあ」[一八九頁]となおも絡み、姉はしつこい妹に腹を立て、「本当よォ」[一八九頁]とつい大声をあげてしまった。

綱子は巻子を前にして、「きょうだいって、一番の味方かと思うと、一番の敵なんだなあ」[三二四頁]と述べている。この場合の〈きょうだい〉は当然妹のことを指している。だが巻子の意地悪にはどことなく可愛げがあって憎めない。これ以上言ってはいけない限度を知っているからである。たとえ二人がぶつかり合っても、彼女は致命傷となる言葉を投げつけたりしない。これは向田邦子の作劇法とも関連しているように思う。向田は二人の対決を議論ではなく、あくまでも感情レベルに留めておく。理詰めでやると、白黒をつけざるをえなくなる。しかし気持ちや心理の対立であれば、隙が多分にあり、それによって逃げ道も用意できるからである。

巻子の浮気非難に対して、綱子はそれがどうしたという態度で応じる。彼女はこのドラマにおいて二度、自分の気持ちを明かしている。一度目は、恒太郎がボヤを苦に自殺するのではないか、と妹たちが大騒ぎする場面においてである。綱子は「人間なんて厚かましいもんなんだから、ずい分、恥かいたって、けっこうケロッと忘れてやってくんだから」二四七頁と平然と言い切った。〈人間〉と一般論を装ってはいるが、まずは父親に関する言及と読みとることが出来る。だがこれはまた、彼女が自分自身に言い聞かせている言葉とも考えられる。人の夫を〈厚かまし〉くも奪ってしまったので、世間の指弾を受け〈恥かい〉ても、私は〈けっこうケロッと忘れて〉楽しく〈やってくんだ〉と宣言しているのである。

二度目も巻子と口喧嘩しているときである。綱子は実家で、恒太郎が省司と電話をしているところを目撃したことがあった。彼女は急にそのことを思い出し、「みんなひとつやふたつうしろめたいとこ、持ってるんじゃないの。お父さんだって、あの人とまたヨリがもどったらしいし」四一一頁と暴露する。〈お父さんだって、あの人とまたヨリがもどったらしいし〉は綱子の邪推である。すでに述べたように、父親が会っていたのは、友子の息子であって友子本人ではない。どちらにせよ、綱子にとって、それは確認する必要のない事柄であった。

ここで彼女が強調するのは、自分が貞治との浮気を復活させたように、父も同様に友子との浮気を再び始めたことである。この後半の文が例証となっているので、前半の文〈みんなひとつやふたつうしろめたいとこ、持ってるんじゃないの〉が強い主張となっている。誰でもやましい問題を抱えているのだから、自分の行為も許されてよいはずだし、「大目にみろ」四一一頁という理屈である。しかし綱子の言い分は、他人から見ると、公正さを欠いた自己弁明としか思えない。

巻子がそれとなく当てこすりを言っても、綱子にはまったく効き目がない。逆に開き直った態度をとられてしまう。結局姉の浮気を阻止する最大の策は、後述することになるが、妹が強引に仕掛けたお見合いであった。けれども向田邦子は綱子の浮気を、その間野放しにしていたわけではない。巻子自身には自覚がなくとも、彼女の行為が姉の浮気を牽制していたのである。巻子が綱子の家を突然訪れることで、長女と貞治の逢引は時々中断された。また夜中の電話は、一つ寝の二人を震え上がらせた。豊子の仕業と思わせておきながら、向田は水を差すような行為をいつも巻子にさせていたのである。

母としての顔

綱子の息子正樹が仙台から東京に戻る情報は、読者にまったくと言ってよいほど知らされていなかった。突如、正樹の転勤の話が持ち上がったのである。恒太郎に「綱子のとこの、正樹、仙台から転勤だってな。あのうちも、これで落着くだろ二九七頁」と言わせ、次の場面では綱子が息子を待ち受けるシーンになっている。あわただしい筋の設定ではあるが、ドラマが進行している時期を考えると、ある程度納得がいく。一月下旬から二月にかけては、人事異動の話がそろそろ出始める頃だからである。

一五九頁で既述したように、向田邦子は正樹が恋人と一緒に実家へ帰るエピソードを、滝子と勝又の二人と対比させるために挿入した。しかし書いていくうちに、綱子の今までとは別の側面を表現できることがわかった。孤独なあまり男なしではいられない生身の「女」としての綱子ではなく、かいがいしく息子の面倒をみる「母親」としての彼女を読者に示した。綱子は正樹との同居を機に、いずれ「息子にヨメもらって、孫抱いて煩悩《ぼんのう》を絶って静かに老いてゆ[三一〇頁]」く貞淑な未亡人を演じようと夢見る。父親が推測したように、この〈うちも、これで落着くだろ〉うと思われた。

　正樹が帰ってくる夜、綱子は「すきやき[二九七頁]」を用意し、「二人前[二九七頁]」の皿小鉢をテーブルの上に置いた。久しぶりに帰宅する息子に店屋物を出すわけにはいかない。自分の手が多少なりとも加わり、しかも親子の情を温められる料理として〈すきやき〉を選んだ。鍋の中をつつきながら、〈二人〉だけの世界を楽しむつもりだった。準備が整うと、彼女は鏡台に向かい、今までの生活のなごりである「強すぎる口紅を拭[二九七頁]」った。

　玄関の戸を開けるや否や、綱子は「マアちゃん[二九八頁]」と息子の名を呼び、自分を「お母さん[二九八頁]」と言って親愛の気持ちを言葉で示す。だが喋っているうちに、息子の背後に女性がいることに気がついた。親子水入らずの食卓を思い描いていただけに、母親は少し気落ちする。正樹は落胆の表情を見てとると、手短に恋人の紹介をすませ、寒さを口実にして、陽子を強引に玄関の中へ押し込んだ。この行為には、照れくささを隠すだけでなく、反対はさせないぞ、という意思表示が込められていた。その際陽子に「爪先をしたたかにふまれ[二九八頁]」、綱子は思わず「アイタタ……[二九八頁]」と叫ぶ。しかし肉体の痛さよりも、精神的な痛さの方がはるかに大きかった。

　綱子は明るく振舞ってはいるけれども、将来息子の嫁になるかもしれない女性のことが気にかかって仕方ない。「なに年――[二九九頁]」、と少しぼかしたたずね方で、陽子に年齢を聞く。この時の彼女は、まだ母親の気持ちを持ち続けていた。ところが正樹はこれをはぐらかそうと、「ラクダ」二九九頁と素《す》っ頓狂《とんきょう》な返事をする。恋人が自分より年上であることを、息子は母親に明かしたくなかったのである。

　そのうち陽子が今晩どこに宿泊するかが問題となる。正樹は自分の家へ泊まるように勧め、母親に同意を求めた。綱子は二人のペースにうまくはめられ、それを承認しただけでなく、最後には二人が同じ部屋で寝ることまで許してしまう。だが彼女の心中は息子の言動に苛立った。「恥じらいってものがないのよ。……最初の晩ぐらいは、一人だけ、ここに泊るとか、泊るんだったら別の部屋にするとか」三一〇頁、と不満をもらす。平然と浮気をしてきた綱子が口にすると、この台詞は少し奇妙で滑稽にも感じられる。自分のことは棚に上げ、子供にはきちんとけじめをつけてほしかったのである。

　正樹と陽子の甘えた含み笑いを耳にしながら、綱子は寝る前にガスの元栓を閉め、隠してあった貞治のローションを流しにあけようとした。けれども途中でやめてしまう。そのとき彼女の心に何か落下する音がした。正樹と一緒の静かな生活を思い描いていたが、息子はすでに別の世界を持っていたのである。彼女はかなわぬ想いを、単に夢想していただけだった。何とも言いようのない寂しさが綱子の心を襲ってきた。彼女は二人が帰るとその日のうちに、貞治に来てくれるように頼んだ。

　湯上りの貞治が、昨夜綱子が空にしようとして思いとどまったローションをつけている。この化粧品の使用は、危うかった二人の関係が元に戻ったことを示している。気落ちしている綱子は、昨夜のことを洗いざらい愛人に話すけれども、やはり気が晴れない。そのうえ立ちくらみまで起こしてしまう。貞治は赤ぶどう酒をグラスにつぎ、手に持たせた。だが綱子はぶどう酒を飲むよりも、それを白い障子に叩きつけたかった。失望や怒りなど一切合切を拭い去りたい衝動にかられたのである。そのようなとき、貞治は彼女の気持ちを優しく受け止め、後始末を快く買って出た。

奇妙な同盟

赤いぶどう酒が障子にぶちまかれた日、巻子が綱子の家を訪れた。正樹の虫のいい話を伝えるためである。母親に再婚を勧めてもらい、自分たちが実家へ入るという魂胆であった。巻子は見え透いた御為倒《おためごか》しには反撥を覚えたが、姉の結婚には賛成であった。浮気防止にはこれが最良の策と考えていたからである。

ところがベルを鳴らしても、いっこうに戸があく気配がない。曇りガラスの向こうに人影が映っているのに、綱子は出てこなかった。巻子は仕方なくガラス戸を激しく揺さぶってみたが、やはり駄目だった。居留守を使っているのである。家の中では、貞治が慣れぬ手つきでのんびりと障子張りをしていた。この場面のコントラストが何とも軽妙で面白い。

巻子があきらめて帰りかけたとき、豊子に突然呼び止められた。彼女は愛人宅に夫がいることを知り、押しかけて来たのである。しかし巻子の様子から、今日は玄関が開きそうもないことを察知したのである。二人は初めこそぎこちなかったが、しだいに打ち解けてくる。浮気をされている女と浮気をする女の妹との間に奇妙な友情が芽生えはじめる。これはまさに居留守を使った綱子への強烈なしっぺい返しだった。

ここで綱子に敵対する豊子について若干触れておきたい。彼女は脇役にもかかわらず、個性的な人物として描かれている。長女の相手役である貞治以上の魅力を備えている。これも『阿修羅のごとく』が女性のドラマであることと関連があるのだろう。

豊子は巻子と同様に、浮気をする夫に対し皮肉を言う。但し豊子の方が数段上手である。一例を挙げてみる。綱子がふじの形見の着物に導かれ、貞治へ電話をかけたときである。あいにく豊子が出たので、彼女はすぐに電話を切った。けれども豊子はまだ通話中であるかのように、夫に受話器を手渡す。切れてはいたが、貞治は誰からかかってきたのか推測でき、急にそわそわしだした。その様子を見て、豊子はおもむろに経営上の話を持ち出す。彼は一層苛《いら》ついてくる。そこで豊子は十円玉をひとつかみして、「細かいのがいるんじゃないですか」二六五頁と切り込む。夫は「――年のせいかねえ。ポケットに十円玉、入れてると、肩が凝るんだ」二六五頁と応じて、なんとか刃《やいば》をかわした。

このようにパートⅡにおいて豊子は巧みな皮肉を飛ばすけれども、圧巻はパートⅠの「三度豆」における当てこすりである。花を活けている綱子のそばを、貞治が儀礼的な挨拶をして通り過ぎようとする。すると豊子が「なんですよ、そっけない。先生が、せっかく、みごとにいけて下すってるのに、見もしないで――」九〇頁とかみつく。詮索《せんさく》されたくない夫は黙っている。見かねて綱子が「――お忙しいから」九一頁と助け船を出す。豊子はその言葉を待っていたかのように、「どっちの方にお忙しいんですか……」[九一頁]と嫌みたっぷりの言葉を返す。綱子と貞治は言葉につまり、表情をこわばらせる。

二人の困惑を見てとると、豊子は攻撃の矛先を今度は綱子へ向ける。これは巻子では考えられない言動だった。彼女の場合、鷹男の愛人がはっきりわからないこともあって、浮気相手に直接皮肉を浴びせたことがない。豊子には攻撃目標がはっきり定まっていた。まずは、「いつもおみごとだけど、今日のはとりわけいいわ。なんていうんでしょう、花に色気があるわ」[九一頁]とほめそやす。但し後半の言い回しには含みがある。讃辞しているようにみせて、文字どおりの意味で揶揄《やゆ》したのである。

綱子も〈花に色気があるわ〉に引っかかりを覚え、どのように応じればいいのか躊躇《ちゅうちょ》する。料亭の玄関で、これ以上いやらしい露骨な言葉など出ないだろうと高をくくっていた。「そんな……、キチッとし過ぎて面白味がないって、いつも先生に叱《しか》られてましたのに」[九一頁]と当たりさわりのない返答をする。しかし豊子の悋気《りんき》は、相手のいなした言葉でさらにエスカレートし、「とんでもない。帯しろ裸で坐ってるように見えるわ」[九一頁]と突っ込んできた。女が「細帯を巻いただけのだらしない姿」[7]であると見立てている。これは自分の夫と寝た綱子を嘲弄《ちょうろう》しているのである。妻に同意を求められた貞治は、「花は不調法だから」[九一頁]と逃れるように立ち去った。

綱子は豊子のきつい言葉にも動じることなく、ハサミを鳴らして花を活け続けている。そこに帳場へ来るようにと連絡が入る。豊子からの第二弾の攻勢である。彼女は綱子にクビを告げるが、その原因が浮気にあるとはひと言も言わない。女としてのプライドが許さないからである。その代わりひと手間かけて、綱子に恥をかかせようとする。
いつもは生け花の謝礼を豊子自らが手渡していた。ところが今日に限って、彼女は「小抽斗《こひきだし》から封筒に入ったものを出して、貞治に手渡す」（九二頁）。それを夫は愛人である綱子へ差し出した。彼女は封筒の中の金を、てっきり手切れ金だと思い、「とんでもございません、こういうことしていただくいわれは」（九二頁）と述べると、豊子はすかさず「あら、今月の材料代と、決まりの分ですよ」（九二頁）とすました顔で言う。綱子が屈辱を感じて立ち上がろうとすると、彼女は「あいにく、気の利いたものがなくて」（九三頁）とにこやかな顔をしながら、干物の籠を差し出した。豊子には、貞治が綱子にもこの干物を買ってやったことは容易に想像がついた。懲らしめとして、その浮気の証拠品を彼女に持ち帰らせたのである。

ここで巻子と豊子の出会いに戻ることにする。次女は豊子が浮気相手の妻だと知り驚く。彼女の切迫した表情から、誘いを無下に断れず、二人は近くの和風喫茶へ入った。巻子は初め綱子を弁護するため、独り身の寂しさを物語った。しかし豊子が「そりゃ一人はさびしいでしょうよ。でも、二人でいると思ったら、一人ぼっちだったって方がもっとさびしいわ」（三一三頁）と告白すると、巻子はもはや何も言えなくなる。それは彼女の胸の奥深くに突き刺さる言葉だった。まさに巻子自身の想いを直截《ちょくせつ》に語ってくれたのである。

〈二人でいると思ったら、一人ぼっちだったって方がもっとさびしいわ〉は、豊子がその場の思いつきで述べた言葉ではない。彼女が一貫して心に秘めていた主張なのである。例えば水鉄砲事件のとき、綱子が未亡人である境遇の悲しさを述べたのに対し、豊子は「生きてるのに、気持が、そっぽ向いてる方が、もっとさびしいわ」（二〇一頁）と反論している。この台詞も主旨は同じで、連れ合いがいるのに、心が通わないつらさは、独り者が味わう孤独の比ではないと訴えているのである。

　黙っている巻子に対して、豊子は「お幸せなかたには判らないかも知れないわね」（三一三頁）と述べる。巻子はそれを即座に否定し、「いえ判ります。うちの主人も、浮気してますから」（三一三頁）と驚くべきことを口にする。半信半疑の豊子に、「主人だけじゃないわ。父も、実家の父にも、そういうことがありまして」（三一三頁）と告白した。巻子はかつて赤の他人に夫の浮気をもらしたことがあった。万引き事件のとき、頭の混乱した彼女は、内密の事柄を述べることで窮地から逃れた。悩みを吐き出したい気持ちと同時に、店員の同情を引きたい気持ちも働いていた。しかしここでの巻子は、豊子の言葉に共感し、自ら進んで身の上話をしたのである。

　父親の浮気話のなかで、巻子は母が愛人のアパートの前で倒れ、結局意識が戻らず死んだと語った。豊子は一瞬息をのみ、「――おどかされてるみたいねえ」（三一四頁）とつぶやく。彼女は巻子と出会わなければ、今日綱子の家へ乗り込み、ひと騒動を起こしてでも決着をつけるつもりでいた。けれどもふじの不幸な出来事を聞き、嫉妬に取りつかれた女のなれの果てを知った。豊子は思わず、「おたがい体だけは大切に――死んだらつまらないわよ」（三一四頁）と言ってしまう。ふじの死に大きなショックを受け、夫を奪われたまま死んでいった彼女に心から同情したのである。また〈おたがい〉という言葉からは、巻子と豊子の間に不思議な連帯感が芽生えていることを窺《うかが》わせる。

　やがて勘定をする段になって、二人はレシートをつかみ合う。互いに心許せる友を得て、お汁粉代を自分が支払いたいのである。思わず失笑した豊子は「二人で摑《つか》み合いするこたァないわねえ」[三一五頁]と言い、巻子も「相手がちがいますよねえ」[三一五頁]と応じた。この段階で、両者は暗黙のうちに盟約を結んだことになる。その証《あかし》が「ワリカン」[三一五頁]で、二人はいっせいに硬貨を伝票の上に置き、声をそろえて「三百五十円！」[三一五頁]と叫んで笑った。

「ひとりで溜息つく」人生

豊子と別れたその足で、巻子は鷹男が一日ドッグに入っているクリニックへ向かう。そこで彼女は、夫が秘書の赤木啓子と親密な関係にあるのを目にし、ショックを受ける。あとの世話は私がしますからと言って、秘書をすぐに帰した。巻子は豊子の話が思い出され、自分もやはり彼女と同じ立場にあるのだろうかと不安な気持ちになった。

気を落ち着かせ、巻子は豊子とばったり会った経緯《いきさつ》を夫に話した。そして自分が心を大きく揺さぶられた台詞を繰り返す。「裏切られるのは、さびしいって、もともと一人でいるよか、二人だと思ってたら、ひとりだって方がもっとさびしいって」[三二〇頁]と述べ、さらに「聞いてて、辛かった」[三二〇頁]と感想をも付け加える。この一節には、先ほどの光景を見ただけに、巻子の心情も付与されていた。但しここでは私情より、使命感が優先する。〈聞いてて、辛かった〉のは、豊子を苦しめている相手が自分の姉だったからである。綱子の浮気をやめさせなければならない。巻子は自然と「綱子姉さん、再婚した方がいいな」[三二〇頁]と口にしていた。

綱子の再婚を最初に言い出したのは息子の正樹であった。けれども彼の言葉には明らかに打算があった。巻子が姉の結婚を本気で考えるようになったのは、豊子と出会ってからである。浮気をされている女性の苦しさ、哀しさが我がことのように身にしみたのである。彼女は何としても綱子の浮気を阻止するため、鷹男に良縁を探すように頼む。そしてその日のうちに姉に来てもらい、再婚を熱心に勧めた。

縁談話は出足こそ好調であったが、途中かなり長い中断ができてしまった。その要因は二つある。一つは姉妹の周囲に次々と大きな出来事が起こったことである。滝子と勝又が結婚し、同じ日に陣内が緊急入院した。ところがしばらくして、その陣内がまだ完治していないのに退院した。さらに巻子のまわりでは、再び赤木啓子の影が次第に濃くなってきた。

もう一つの要因は、巻子が姉の結婚を、「あなた、おねがいしますね」三二頁と鷹男に任せきりにしたことである。恒太郎の浮気が発覚したときも、彼女は「おねがいしますね」四一頁と言って、解決策を夫にゆだねた。難しい問題になると、巻子は鷹男に押し付けるけれども、彼がいつも思わくどおり動いてくれるわけではない。また彼女も忙しさにかまけて催促しなかった。

巻子が見合いの話を再び持ち出したのは、自分が留守の間に、家族が赤木の映った八ミリフィルムを観ていた夜だった。鷹男、宏男、洋子の三人は、赤木のテニス姿を食い入るような目つきで見つめている。彼女は夫の愛人に激しく嫉妬した。浮気の火の粉が巻子にも再度ふりかかってきたのである。彼女は赤木を妬ましく思うと同時に、自分と同じように悋気《りんき》する豊子に深い共感を寄せた。そして姉の綱子を結婚させることで、巻子はともかく身近にある浮気の一つでも解消させ、貞治を豊子に帰したいと思った。

鷹男が見つけてきた見合いの写真を、巻子は綱子へ速達で送った。しかし姉が縁談に乗り気でないことは、電話での応対からわかる。貞治への未練がまだ強いのである。そもそもこの縁談は彼女が頼んだのでなく、巻子が勝手に進めた話である。あくまでも妹の一方的な考えであり、姉の気持ちは無視されていた。断ろうと思えば今ここで断ることもできた。けれども綱子にとって、後述することになる「爆笑劇」が身にこたえていた。勝又が豊子から浮気調査を依頼され、次に貞治からそのもみ消しを懇願された話である。勝又が自分の浮気を知るところとなり、それはいずれ潔癖症の滝子にも伝わるであろう。綱子には、貞治から身を引き、これからの身のふりかたを考える時期に来ているようにも思えた。

見合いをすべきかどうか、綱子は踏ん切りがつかない。そこで恒太郎に相談しようと出かけた。だが父親も即答できない。言葉に窮し、娘に年齢をたずねてくる。綱子は「子供のように、パッと片手をひろげてみせる」三九六頁。このしぐさから、自分の年齢を口にしたくないことがわかる。実年齢は四十六歳であるが、一歳でも若く見られたいと思ったのだろう。綱子は鯖《さば》をよんでいる。

恒太郎は「あと三十年、ひとりで溜息《ためいき》ついてても、つまらんだろ」三九六頁と言う。〈ひとりで溜息つ〉くとは、独り身の寂しさを指している。〈あと三十年〉の長い人生に、話し相手ばかりか、喧嘩をする相手も傍にいない生活は〈つまらんだろ〉と示唆した。綱子は同じやもめ暮らしの父親に、「お父さんは、どうなの」三九六頁と聞き返す。恒太郎は少しためらってから、「――男は、ため息はつかないよ」三九六頁と答えた。男の場合、〈ため息〉を〈つかない〉ための場と機会を容易に持てると言っているのである。

女性である綱子は、当然「ずるいな」三九六頁ともらす。それを受けて父親は、「そりゃズルイさ。男の方がずうっとズルイさ、そう思ってた方が、ケガがすくないよ」[三九六頁]と注意する。ここで恒太郎は、自分だけでなく男性全般について述べている。浮気の場合、男性は妻と愛人との間で優柔不断な言動をとり続け、〈ズル〉く立ち回る。泣きを見るのはいつも女性なのである。特に〈そう思ってた方が、ケガがすくないよ〉の件《くだり》は、貞治と浮気をしている綱子への遠まわしに示された忠告でもあった。

　二人の会話が途切れたとき、生け垣の向こうからラッパの音が聞こえてくる。綱子が「あ、おとうふ屋さん、この辺、まだくるのね」[三九六頁]と懐かしそうに言う。彼女の住む地域では、流して回る豆腐屋がもはや存在しないのである。恒太郎は「あのじいさんで、おしまいだろ」[三九六頁]と応じた。綱子には急速な時代の流れが感じられた。同時にまた、冬の夕暮れの早さにも気づかされた。彼女は思わず「いま時分が一番やだな」[三九六頁]と口にする。この黄昏時《たそがれどき》は自分の人生の曲がり角を強く意識させたからである。

　綱子が〈いま時分が一番やだな〉とつぶやいた理由がもう一つある。それは主婦が夕食のために買物へ出かける時間帯だからである。彼女にも夫と息子の三人で楽しく暮らした時期があった。今は失ってしまった昔が無性に懐かしかった。その幸福だった記憶を、豆腐屋のラッパが呼び覚ましたのである。

　向田邦子はこのドラマのなかで、綱子の苦悩を詳《つまび》らかにしていない。だが『家族熱』の恒子に、独り暮らしの寂しさを切々と語らせている。

昼間はいいのよ。夕方がいけないの。日が暮れて、あたりが暗くなって、昔だったら、豆腐屋さんのラッパが聞こえてくるあの時間が、買物かごさげた主婦で八百屋や魚屋のごったがえすあの時間が、一番アブないのよ。(8)

綱子にも同じ想いがあったので、彼女は「逢ってみりゃ、いいじゃないか」[三九七頁]という恒太郎の勧めに同意してしまう。

埋められぬ「さびしさ」の正体

見合いの当日、巻子は自分の縁談でもないのに、心がウキウキと弾んでいる。一方綱子の方は承諾したものの、貞治となかなか別れられない。現にその日の夜に見合いがあるにもかかわらず、愛人を家に引き入れてしまった。彼女は自分の生業《なりわい》を用いて、何とか未練を断ち切ろうとする。貞治の見ている前で、「花バサミを鋭く鳴らして」[三九九頁]、梅もどきの枝を次々と切り落としていく。綱子は心の中を形で示そうとしていた。彼もようやく彼女の意図に気づき、「いきなり、うしろから、羽交《はが》いじめにする」[三九九頁]。綱子はなおも切ろうとするが、結局「抗し切れず、ハサミを持ったまま、たたみに崩れる」[三九九頁]。その時、たわわについた赤い実が一気にこぼれ落ちた。この場面は、離れがたい二人の胸中が、部屋に響く花鋏《はなばさみ》の音と無言の所作で表現されている。

貞治との別れを、綱子はなぜ花を活けることで告げようとしたのか。またそもそも向田邦子は、なぜ彼女を生け花の師匠に設定したのだろうか。向田はあるエッセイのなかで、「花をいけるということは、やさしそうにみえて、とても残酷なことだ。花を切り、捕われびとにして、命を縮め、葬ることとなのだから。……花をいけることは、花たちの美しい葬式でもある[9]」と書いている。綱子は自分たちの愛を〈葬る〉ために、貞治をも参列させ、〈美しい葬式〉を執り行ったのである。

もう一つの疑問を考えてみたい。綱子は生け花の師匠として生計を立てている。この職種には華やかさがつきまとう。師匠は優雅な着物を身につけて中央に座し、周りには妙齢の婦人が、これも美しいたたずまいで正座している。そして彼女たちは、師匠の端正な挙措《きょそ》を食い入るように見つめている。この華麗な儀式が成り立つには、主宰する人間が「人を酔わせるごく少量の毒[10]」を持つことが必要である。弟子を心酔させるものを天性として授かっていなければならない。まさしくそれが綱子には具わっていた。その〈毒〉は弟子だけでなく、貞治にも及び、彼を〈捕われびと〉にしている。美しく着飾った綱子は蛇を隠し持つ。向田邦子が中国の諺から引用した「花底蛇《かていのじゃ》[11]」が潜んでいるのである。

見合いの席は薪能の観劇であった。しかし冬の寒空の中で、能の鑑賞が本当に出来たのだろうか。薪能[12]は確かにもともと陰暦の二月六日から十二日までの期間、興福寺の南大門前で行われた。けれどもこれは神事能であり、しかも現在では五月十一日、十二日になされている。他の寺社の薪能は神事と関係なく、通例あたたかい季節に催される。なぜ向田邦子は見合いの席を、厳冬期の能観劇にしたのだろう。その理由はあまりわからない。強いて挙げれば、パートⅠで文楽を用いたので、パートⅡでは能の舞台を採用したとか、あるいは当時心酔していた小津安二郎へのリスペクトとして、『晩春』の能鑑賞を再現したとも考えられる。

薪能の演目について、向田邦子は何も記していない。向田は文楽の場合と同様、演出家に委ねるつもりであった。映像では『班女《はんじょ》』[13]が演じられている。この作品は狂女物の一つで、少将に捨てられた遊女が彼を恋い焦《こ》がれるあまり狂気に陥る話である。去っていった男を慕う心情が純粋に、そして濃艶に描かれている。

客席の綱子は見合いの男に何か話しかけられると、「よそゆきの顔で、つつましく答えるが[四〇七頁]」、すぐに正面へ向き直り、舞台をじっと見つめている。遊女の恋慕の情が乗り移ってくるようで、何度か貞治の顔が目に浮かび、彼をとても恋しく思った。大切なものを無くしたような気がした。隣りの男がまた話しかけようとすると、綱子はそれを遮《さえぎ》るように、すっくと立ち上がり、席を離れた。

自宅へ逃げ帰った綱子は、「その人とならんで坐ってたら、さびしくてたまらなくなったの。死ぬまでの二十年だか三十年、この人に、どんなによくしてもらっても、このさびしさはどうにもならない――って[四〇九頁]」と貞治に胸の内を打ち明ける。今日会った男性にこれから先〈どんなによくしてもらっても〉、心の中の空洞は埋まらない。彼女はいつも傍らにいる愛人がいないことの〈さびしさ〉を、見合いの席で痛切に感じたのである。

貞治は綱子の告白を天にも昇る心地で聞き、いきなり「女房と別れる。結婚しよう[四〇九頁]」と言い出す。けれども彼女は、意気地のない愛人が豊子とそう簡単には別れられないだろうし、また妻の方も夫をすんなりと手放したりしないことを知っていた。二人の背後には、誰も立ち入ることの出来ない夫婦だけの長い年月があったからである。たとえ強引に結婚したとしても、自分の幸せのために豊子を不幸へ陥れたという、自責の念に伴う〈さびしさ〉がつきまとってくる。綱子は「――やっぱり、さびしい、と思う[四〇九頁]」と応じている。

これまでは〈さびしさ〉について、綱子の心中を推し測って解釈した。しかし彼女がここでもらした〈さびしさ〉は、もっと深い内容を含んでいるように思われる。気の進まぬ見合いをしているうちに、綱子は人生の真の孤独を知ってしまったのかもしれない。理屈がどうのこうのでなく、人間が生まれながらに抱える、胸の奥深いところにある暗闇を垣間見たのではないか。この〈さびしさ〉は、「どうすりゃいいんだ[四〇九頁]」と問われても、「判らない――[四〇九頁]」としか答えようがなかった。

コメディー・リリーフの役割

『阿修羅のごとく』は浮気騒動が作品を貫く中心テーマであり、さらに姉妹間の確執や老人問題、それに植物人間の問題など、重いテーマが次々に現われる。けれどもジメジメした作品には決してなっていない。多くの場合、深刻な事態にコメディーが突然紛れ込んでくる。悲しい出来事が姉妹の屈託のないおしゃべりのなかで、いつの間にか笑いへと変質してしまう。その笑劇で主役を演じるのが綱子なのである。

向田邦子は綱子に「コメディー・リリーフ」的な役割を与えている。リリーフとは息抜きの意味で、緊張した場面のあとにちょっとした喜劇的な要素が挿入され、気分転換が図られるのである。すでに論述した例でいえば、父親の浮気の証拠写真を皆が見ようとした瞬間、揚げ餅《もち》を食べていた綱子が差し歯を折ってしまう場面があった。これなどは緊迫した状況に喜劇的な内容が加えられ、典型的な「コメディー・リリーフ」となっている。

その他の例を幾つか挙げてみる。「三度豆」で鷹男が滝子のために、見合いに準じた席を用意する。綱子は場の緊張をほぐそうと、勝又に自分を紹介するとき「横綱のツナ」《九八頁》とおどけて言う。相撲の洒落《しゃれ》は「お多福」でも用いられる。綱子、巻子、滝子の三姉妹が初めて陣内の病室を訪れたとき、長女は開口一番「三役揃い踏み！」《四三一頁》と叫び、場を和らげる。この台詞に呼応するように、咲子は見舞いの金を、「手刀《てがたな》を切って受取」《四三三頁》った。

誰が新聞に投書したのか、姉妹が詮議立てしている場面がある。とげとげしい言葉が行き交うなかで、綱子は字の上手な人が投稿するのであって、「お前のは字じゃなくて『ハジ』だって、いつもうちのに言われてたんだから」《一二二頁》と弁明し、笑いを誘った。またそのすぐ後、ちゃんちゃんこを探すという口実で、ふじに聞かせてはならない話を巻子としている。すると当人が突然、「判ったかい、ちゃんちゃんこ」《一二四頁》と声をかける。そこで綱子は「チャンと判ったちゃんちゃんこよ」《一二四頁》と言い、巻子と大笑いした。

次に綱子が見合いを中途ですっぽかした場面を見てみる。ここでは彼女の台詞ではなく、行動が読者を笑わせる。綱子は公衆電話へすっ飛んで行く。ちょうど電話を終えた学生に、アルバイトをしないかと持ちかける。十秒で千円、と好条件を出し、「プレイ・ゴルフ編集部ですが」《四〇八頁》と言うように頼んだ。豊子が電話に出るのを見越していたのである。貞治に代わると、綱子は「あたし。いますぐ逢いたい」《四〇九頁》と苦しい胸の内を訴えた。学生が好奇の目で見ていても気にならない様子である。彼女のせつない気持ちはよくわかるけれども、娘のように恋に狂う姿には思わず苦笑してしまう。

向田邦子は綱子に、駄洒落的な言葉遊びだけでなく、ストーリー性のある笑いをも演じさせている。相方との掛け合いが読者に笑いをもたらし、それによってシナリオの筋を紡いでいく「シチュエーション・コメディー」においても、彼女は重宝な人物だったのである。このコメディーの好例は、二二一頁で紹介した綱子と豊子の厳しい台詞のやりとりである。そこでは前者が料亭への出入りを禁じられる件《くだり》まで述べた。しかし綱子のコメディーは、相手を代えてなおも続く。クビを宣告されたあと、綱子は水屋で薄端《うすばた》を洗っている。腹立ちをぶつけるように、激しく水を出し、しぶきをあたりに飛び散らす。やがて人の気配を感じ、彼女はそれがてっきり貞治だと思い、怒りを爆発させる。ところがそこに立っていたのは鷹男だった。義弟がここにいるのは、巻子が浮気の告げ口をし、それを諌《いさ》めるためにわざわざやってきたと邪推する。そして今度は彼に向かって当たり散らす。そこへ豊子がにこやかな顔をして挨拶に現われた。綱子は鷹男にこの料亭を使ってくれと頼んだことなどすっかり忘れていたのである。彼女は二度も早とちりしてしまった。

このように上質な「シチュエーション・コメディー」が『阿修羅のごとく』にはまだ幾つか盛り込まれている。だが本節では、綱子と貞治に関係する二つのエピソードに絞って論述したい。一つは興信所勤めの勝又が重要な役目をする出来事、もう一つはガス事故に関連した騒動である。

姉妹の絶妙な掛け合い

客の接待を受け、勝又が料亭「枡川《ますかわ》」にやってきた。女将《おかみ》の豊子は彼の顔を覚えていて、今では綱子が勝又の義姉になっていることを聞き知る。彼女は勝又が興信所に勤めていることに興味を示し、名刺を受け取った。その様子を貞治が背後からこっそり見ている。豊子にとって勝又の出現は願ってもないことであった。身内の人間を探るのだから、当然詳しい報告が届くであろうし、何よりも義弟である勝又が調査することで、綱子に強い圧力をかけることが出来ると彼女は考えた。

勝又が会食をすませると、豊子は喫茶店へ彼を呼び出して、亭主の浮気を調べてほしいと依頼した。そして正規の料金とは別に、五万円の入った白い封筒を彼の手に握らせた。上乗せの五万円は、調査の過程で勝又が事情を知り、手を引いたりしないための金である。しかし彼女の帰ったすぐあとに、今度は貞治が血相を変えてやって来た。彼は深々と頭を下げ、妻の調査依頼を反《ほ》故《こ》にしてほしいと頼み、十万円を差し出した。勝又は相手の口説きにほだされて、結局この金も受け取ってしまう。この時点において、彼は貞治の浮気相手が綱子であることなど露も知らなかった。

舞台は姉妹の実家へ移る。綱子と巻子が勝又夫婦の新婚家庭を見ようと遊びに来ていた。よもやま話をするなかで、滝子が夫の「日本語、メチャクチャなのよ」三七五頁、「話す順序が人とちがうのよ」三七五頁と愚痴った。滝子は図書館勤めで、姉妹のうち最も言葉に敏感な女性なのである。一方勝又は吃音《きつおん》があり、筋道を立てて話すことが苦手な男性である。この二人が夫婦になれば、当然出てくるような話題だった。そしてこれからの「シチュエーション・コメディー」にとっても、彼の〈話す順序が人とちがう〉ことがとても重要になってくる。

興信所の給料は安いとぼやく滝子に対して、綱子が「職業柄、誘惑あるんじゃないの」三七八頁と聞いてくる。すると勝又が「――どうすっかな」三七八頁とためらいながらも、前述した枡川夫婦の話をぽつりぽつりと喋り出した。夫婦のどちら側につくかで、姉妹三人は盛り上がる。綱子は初め「女の五万て大変よ」三八〇頁と言い、女性に肩を持つ。未亡人の彼女は、女が〈五万〉円を捻出するのに、どれほど苦労するのかよく知っていたからである。巻子も一も二もなく賛成する。

姉妹の意見は一致したかのようにみえた。ところが綱子が「そうなるかなあ……」三八〇頁とまだしっくりこない様子である。浮気に走った人間の心情もよくわかるし、またそれが発覚したあとの修羅場を考えると、他人事《ひとごと》とは思えなかったのである。巻子は姉の煮え切らない物言いに、「女の五万て大変だって、言ったばっかしじゃない」三八〇頁と難癖をつける。浮気で苦労する次女にとって、それを阻止することは社会正義なのである。綱子は形勢不利と知ると、少しおどけたジェスチャーで、例のごとく「手刀《てがたな》切って、ポケットに入れるまねして」三八〇頁、五万円を滝子へ渡し、十万円は返すように指示した。ここで二人はやっと意見の一致をみて、同時に「決定！」三八一頁と大声で叫んだ。

勝又にはまだ言いそびれていたことがあった。姉妹の早い口舌についていけなかったからである。彼はやっと「それから」三八一頁、「あの、義姉さんによろしくって」三八一頁と言いかけた。綱子は驚いて、「あたし？」三八一頁、「誰が？」三八一頁と立て続けにたずねた。勝又はそれまで、どこの誰が依頼したのか一切言っていなかった、否、職業上言えなかったのである。長女は枡川の女将だと聞いて、絶句してしまう。

事情を知っている巻子だけは、おかしくて笑いが止まらない。つい「世の中、狭い。日本は狭い」《三八二頁》と軽口をたたいた。綱子の浮気などまったく知らぬ滝子は、姉がその料亭で生け花のアルバイトをしていたことを思い出し、「お世話になったわけでしょ。そりゃ調べて上げなきゃワルいわよ」《三八二頁》と口をはさむ。これを聞いた巻子は図に乗り、「ワルいわよォ、ねぇ」《三八二頁》と言いながら笑いころげた。

綱子は不都合な流れを断ち切るため、いきなり滝子に酒を持ってくるように言う。酒はまだあると言われると、今度は「アツカン」《三八三頁》と叫び、さらに「あのさ、南天のついたお銚子、あれでのみたいな」《三八三頁》と要求をエスカレートさせる。滝子は「急にそんなこといったって出ないわよ」《三八三頁》と口をとがらせ、巻子も「いいじゃない、お銚子なんかどれだって」《三八三頁》と妹に加勢する。彼女は姉の意図が読めたので、少し困らせてやろうと思ったのである。しかし綱子は「南天！　上の戸棚に入っていたわよ、早く！」《三八三頁》と大声をあげ、せきたてる。三女はしぶしぶ立ち上がり、台所へ引っ込んだ。長女はどうしても滝子をこの場から遠ざけたかったのである。

向田邦子は「眠り人形」という単発ドラマで、この状況と類似した設定を用いている。仲の悪い姉妹（三輪子、真佐子）がそれぞれ事情を抱え、兄周一の住む実家へ来ている。三輪子は妹のいないところで兄と話がしたいので、突然「うず巻きのお皿、どこだっけ[14]」と言い出す。三輪子は驚く周一と真佐子に、「あれ、水ようかんにうつりがいいのよ[15]」と喋りながら兄を台所へ引っぱっていく。

三輪子はそこで、相談事があるので妹を帰してよ、と頼んでいる。

綱子は台所の様子を窺《うかが》いながら、電光石火のごとく、そこに置いてあった五万円を払いのけ、十万円を勝又のポケットに押し込む。そして彼に、浮気相手は自分であると白状し、五万円の人には「そういう人はいたらしいけど、もう切れてます」三八三頁と報告するように懇願した。そして「滝子には（内緒）よ。あの子、固いから――」三八四頁と口止めする。巻子もそれには「興信所だもの、ヒミツ守るわよね」三八四頁と同調した。だがこの場を好機ととらえ、彼女はさらに「五万の――奥さんにね、その人は近々、再婚のはなしがもち上ってますって、そういっといて」三八四頁と付け加える。自分が進める見合いの話を勝又に、そして何よりも豊子に伝えることで、姉が〈再婚のはなし〉から逃れられない状況にしておきたかったのである。

この悲喜劇は、巻子が「勝又さん、物いう順序、ワルいわよ。どして、名前から先にいわないの」三八三頁と述べているように、勝又の〈物いう順序〉に起因していた。但しこの話はその前提となる彼の職業、興信所がなければ成立しないエピソードである。ここでは少し横道に入り、ドラマのなかで興信所の果たす役割について考えてみたい。

興信所というスパイス

『阿修羅のごとく』は全体を通して浮気が主題になっている。浮気をする人間もいれば、される人間もいる。このテーマを考えた場合、勝又の職業は筋を展開させていくうえで、実に好都合な職種だといえる。すでに検討したように、滝子が勝又と知り合うきっかけは、父親の浮気調査だった。このことが二人の恋愛をはぐくみ、またあるときは障害となり、幾つかの面白いエピソードを生むことになった。

カメラは興信所の人間が用いる主要な武器である。パートIの勝又は、恒太郎と友子母子が並んで歩いているところをカメラで撮った。その写真は撮った本人と同様に少しピンボケであったが、決定的な証拠となり、筋を大きく動かすことになる。パートIIにおいても、勝又の写真が重要な役割を果たす。彼は喫茶店に恒太郎と友子の息子が一緒にいるところをカメラに収めた。しかしこの写真は依頼を受けて撮ったのではない。勝又の身についた職業意識から、彼は自主的に義父の行動を調査していたのである。恒太郎は同じ家に興信所の人間が住む不運を嘆かざるをえない。

興信所はある意味で忌み嫌われる職種である。巻子が「探偵」（四二〇頁）と失言したように、人の秘密を尾行や盗撮によって暴き出すことを主な仕事としているからである。『阿修羅のごとく』から二つの例を取り出してみる。一つは陣内の浮気を見つけ、巻子が咲子を自宅へ連れ帰ったあとのシーンである。次女は陣内に不信の念を懐き、「あの人、これ（ボクシング）見込みあるかどうか、素行とか、いろんなこと」（一五九頁）を勝又に調べてもらったらと提案する。それに対し、咲子は烈火のごとく怒る。彼女は浮気をされても、陣内を深く愛していた。その好きな人を調査することなど、咲子にはもってのほかであった。調べることで、二人の信頼関係が壊れることをとても恐れたのである。

逆に、咲子が巻子に調べてもらうよう勧める場面がある。四女が滝子と大喧嘩をし、その不満をぶつけに次女の家へやって来たときである。三女には欲求不満があると咲子は言う。そして自分は人の顔を見ただけで、その人が女性として満たされているかどうかわかると自慢した。そこで巻子が私はどうとたずねた。すると四女は、一日に二人も喧嘩するのは御免だと逃げ、「興信所のかたに、調べてもらった方がいいんじゃないの」二九五頁と要《い》らぬ忠告をする。次女は鷹男の浮気に触れられたことに苛立ち、さらには〈興信所〉にまで言及されたことに腹が立った。「見ぬことキヨシ」四六頁の巻子が、夫の素行を〈興信所〉に頼むことなど、ありえなかったのである。

興信所という職業は脅しの道具としても使われる。咲子の浮気相手宅間は、彼女の夫がチャンピオンであることをネタに、百万円を要求した。この強請《ゆすり》を、日頃は仲の悪かった滝子が撃退する。そのとき彼女は二つのものを活用した。一つはすでに述べたように、病人の足裏に書かれた「へのへのもへじ」である。宅間は思いがけないものを見せられ、「小さな叫びをもらす」四七四頁。そして止めを刺したのが勝又の職業である。滝子は夫が興信所に勤めていることを述べ、すでに証拠の写真は撮ってあると言い放つ。次に宅間の身元を調べて、「住んでる社会で、顔上げて生きてくことが出来ないようにしてみせるわよ」四七五頁とすごんだ。彼女はどちらが脅迫者かわからぬような強い口調で攻撃する。立場が逆になった宅間は怯えた目をして、黙って病室を出るより仕方がなかった。

最後に、追い詰められたときの捨て台詞として、興信所が使われた二つの例を見てみる。巻子が見合いを勝手に中座した綱子を、相手に何と言って詫びればよいかと責め立てる。そのとき長女は、「興信所で、身許をお調べ下さいっていったらどう？　姉妹のことでも、これだけは判りませんからって、勝又さん、紹介してあげなさいよ」四二一頁と強く出る。彼女は自分の無作法を謝りもせず、〈身許〉調査の不備を失態の口実に使えと自暴《やけ》気味に述べている。

もう一つの例は、巻子が鷹男に浮気を問いただした場面である。いつもは淡白な巻子が、ここではかなりしつこく夫に食い下がる。鷹男はうんざりして、「ウソだと思ったら、勝又君でも何でもたのんで、調べたらいいだろ」四八四頁と吐き捨てるように言った。この台詞は魔法の呪文であった。これを聞くと、巻子の追及の手が急に弛《ゆる》み、詰問は沙汰止《さたや》みになってしまう。彼女にとって興信所への依頼は、離婚にまで波及する大きな決断だったのである。

エロティックな記号になる「へのへのもへじ」

本筋へ戻り、もう一つの「シチュエーション・コメディー」を紹介する。ここではガス中毒の顛末《てんまつ》を述べていく。この場のコメディーにおいても、綱子と貞治が直接に言葉を交わす場面はない。それはこのドラマが、竹沢家の姉妹を中心に展開しているからであろう。二人は担架で病院へ運ばれたあと、顔を合わせることがなかった。綱子と貞治はそれぞれ別の場所で喜劇を演じることになる。

深夜の電話に、寝ぼけ眼の巻子が出ると、慌てふためいた中年女性の声が「お、お姉さん、心中なんですけど」四五八頁と叫んでいる。声の主は隣りの主婦で、「ガスです、ガス——。いつも来る人と一緒に——」四五八頁と続けた。これを聞いて、巻子も読者も〈ガス心中〉だと思ってしまう。ところが後になって、ガス管がはずれただけだとわかった。

隣りの女性の知らせには、少しばかり意地悪さが感じられる。綱子に対して、決して好意など持っていない。彼女と貞治の関係は、近所でも噂となり、陰口をたたかれていたに違いない。電話の女性は真っ先に〈心中〉と口走り、次に〈いつも来る人と一緒に〉と明らかに悪意のある言い方をする。その言葉には当然、女性特有の嫉妬心が見え隠れしている。

病室で巻子の注意を最も引きつけたのは、足の裏に書かれた「へのへのもへじ」であった。しかもこの文字絵は、綱子と貞治のどちらの足にも書かれていたのである。巻子が問いただすと、綱子は「咲子のとこで見たもんで、――実験しちゃった[四六二頁]」と笑いながらごまかした。そこには当然「居たたまれない恥かしさ、バツの悪さ[四六一頁]」があったはずである。咲子の場合は、夫に生の兆候が現われないかと、すがるような思いで「へのへのもへじ」を書いた。それに対し、綱子は愛の戯れのなかで、面白い趣向として真似たのである。この落差はとても大きい。同一のモチーフが、一方では悲劇性を深め、他方ではエロティックな遊びとして、苦笑を誘う。

綱子は頭がまだぼんやりとしていて、いたずら書きをしたことなど覚えていなかった。自分がこんな状態だから、貞治もおそらく文字遊びのことを忘れているだろうと思い、彼が家に帰るとき文字絵を消すようにと巻子に言づてを頼んだ。だが次女は貞治の病室へ行ったものの、故意に落書きのことは伝えなかった。浮気をする綱子を懲らしめたいと思ったのか、あるいは姉妹であっても女として許せなかったのか、はたまた豊子と交わした盟約を、ここで果たすべきだと決心してのことだろうか。いずれにしろ、巻子の裏切りによって、貞治は手痛い罰を受けることになる。

帰宅した貞治は、まだ中毒症状が抜けきれないのか、部屋へ入るなりよろめき、無様《ぶざま》に転んでしまった。手を貸そうとした豊子は、片方の靴下が裏返しになっていることに気づく。貞治は当時流行だったリバーシブルの靴下をはいていた。柄の違いから、靴下の裏表が目についたのである。妻はなぜ、またどこで脱いだのか知りたくなり、夫の靴下をはぎとってしまう。そのとたん「へのへのもへじ」の顔が飛び出してきた。豊子は貞治のへたな言い訳を聞くまでもなく、夫が誰のところで何をしてきたのかとっさに覚《さと》ったのである。

翌朝、豊子は「華道教授・三田村綱子」の看板に、赤マジックで「へのへのもへじ」を書きなぐった。これは昔、悪童が板塀《いたべい》にこっそり落書きをした情景を思い出させる。彼女はなぐり書きをしたことで一矢を報い、気分が晴れ晴れとした。しばらくして、綱子が巻子に付き添われて帰ってくる。玄関を入ろうとして、大きく書かれた「へのへのもへじ」に気がついた。「二人顔を見合わせ、次の瞬間、そむけ合う四六七頁」。綱子と巻子はいたずら書きを目にし、驚いて〈顔を見合わせ〉る。しかし〈次の瞬間〉、長女は次女の裏切りに怒り、次女は長女の憤慨を恐れ、それぞれ顔を〈そむけ合〉った。

家の中では鷹男と綱子の息子正樹が待っていた。正樹は二人分の皿や箸置きにチラチラと目をやりながら、「なんかあったとき、まずいよ四六九頁」と言い、自分たちとの同居を勧めた。〈なんかあったとき、まずいよ〉とは、綱子が病気になったり、あるいは今回のような事故を起こしたとき、母親一人では心配だと言っているのである。鷹男も「親孝行してもらった方がいいんじゃないかな四六九頁」と助け船を出す。だがこれは真意ではない。綱子の行動を監視し、そして彼女の浮気をやめさせるため、一緒に住むことを提案したのである。見え透いた嘘なので、提案した方も、また返答を求められた方も、気まずい雰囲気にのまれ、次の言葉が出てこなかった。

重苦しい沈黙を綱子が破った。「気持はうれしいけど——十年先にしてよ《四六九頁》」とはねつける。さらにまだ四十半ばを過ぎたばかりなのに、もう「おばあさん扱いされンの、さびしい《四七〇頁》」とも言う。彼女は身内の顔色を窺いながら、「当分ひとりで暮したいな。自分ひとりの分ぐらい、まだ働けるし——『人』ともつきあって《四七〇頁》」と希望を述べた。確かに綱子は〈自分ひとりの分ぐらい、まだ働〉いて稼ぐことができた。経済上は何の心配もない。問題は、言いにくそうに付け足した〈『人』ともつきあって〉である。彼女は事故を起こした手前、「貞治」とも「あの人」とも言えず、〈人〉とぼかした表現を用いている。けれども綱子がここで強く言いたかったのは、貞治との交際はこれからも続けたいということであった。周りの人間もそのことを察知したので、綱子に「いけないかな《四七〇頁》」としきりに促されても、すぐには首肯できなかった。そこで彼女は無理やり幕引きをはかって、「ストーブ、電気にするわよ《四七〇頁》」と突拍子もないことを言う。呆気にとられている皆を尻目に、綱子は浮気の問題を強引にガス事故とすり替え、是が非でもこの場を収めようとしたのである。

4　尽きない疑惑——巻子と鷹男の闘い

一枚のスナップ写真

巻子と鷹男における最も重要な問題は、彼女の実家と同様に浮気である。但しパートⅠでは、浮気相手がまだ判明しておらず、したがってこの問題が大きく取り上げられることはなかった。ところがパートⅡでは、冒頭から浮気に起因した万引き事件が起きている。夫の心を奪った女性の名前を知ってから、巻子は普段の生活のなかでも浮気を考えるようになる。やがて彼女の頭の中は、その赤木啓子の名前と石臼《いしうす》をひく音が鳴り響く。この二つの音に駆り立てられて、ある夜彼女は無意識のうちに商品を買い物袋へ入れてしまう。浮気問題が彼女を窮地に追いやったのである。この危機の最中《さなか》に、恒太郎がボヤを出したという連絡が入る。巻子は自分のことはうっちゃって、実家へ駆けつけた。これで鷹男の浮気問題は一時棚上げになった。

ボヤの後片付けは大変な仕事ではあったが、巻子が心の中に隠し持つ悩みを少しだけ忘れさせてくれた。だが翌朝、食事をすませて一息つくと、またもや浮気のことが頭をもたげてきた。但し今回は悲観的ではなく、夫婦仲を何とか修復できるのではないかという楽観的な気持ちの方が大きく働いていた。巻子は鷹男が会社へ行く前に、ボヤの様子を見に来てくれることを期待する。それが自分への愛情表現であり、災難にあったとき、一緒に助け合うのが夫婦の務めだと思っていたからである。浮気の疑惑もこれできれいに消し去ることが出来ると考えていた。玄関の外に男の影が映ったとき、巻子は少女のように弾んだ足取りで鍵を開け、科《しな》を作って鷹男を迎え入れようとする。しかし立っていたのは、夫ではなく勝又だった。

落胆した巻子は、せめて言い訳でも聞きたいと思い、自宅へ電話を入れる。けれども受話器をとったのは子供たちで、肝心の鷹男とは話が出来なかった。それどころか夫との仲を一層こじらせる要因となる、娘洋子の会社訪問を安易に許してしまう。巻子は最後になって「お母さん、怒ってますって――。そう言っといて」二五四頁と腹立ちまぎれの伝言を頼んだ。だがその怒りの言づてすら鷹男に伝わらなかった。居間に入ってきた彼は、妻からの電話と知りながら、子供たちに用件を聞こうともしないし、自分から電話をすることもなかった。

夕方、実家から帰ってきた巻子が一人でスナップ写真を見ている。いつもはまとわりつく洋子も、今日は夫の会社を訪問しているので家にはいない。写真は宴会の席らしく、鷹男を中心に女子社員が揃いのどてらを着て写っている。これはごくありふれた社員旅行でのスナップ・ショットである。巻子は夫の手が赤木の肩にかかっていることが気になるらしく、何度もその箇所に目を落としている。パートⅡに入ってから、彼女は鷹男の浮気相手が赤木啓子という名前であることをまず知り、次にこの写真で、彼女の姿を初めて目にしたのである。

巻子はこの写真をどこから入手したのだろうか。酒の入った席とはいえ、女性の肩に触れているような写真を、鷹男が妻に見せたりすることは決してないだろう。彼女が偶然手に入れたのかもしれない。スナップ写真なので、夫は気にもとめず、コート（あるいは背広）のポケットに入れたまま忘れてしまった。巻子がブラシをかけるとき、ポケットからハンカチなどと一緒に写真も出てきたのではないか。パートⅠでふじが恒太郎のコートのポケットからミニ・カーを見つけた場面を思い浮かべていただきたい。専業主婦が家事万端にたずさわる家庭では、このような秘密の露見は特に珍しい光景ではなかったと思われる。

自分を罰したいという気持ち

赤木の写真を見たほんの一、二時間後に、巻子は洋子からの電話を受ける。夫の会社にいる娘が、秘書の赤木と夕食を一緒にするという内容であった。彼女は胸の動悸《どうき》を何とか抑えながら、洋子が食事に誘ってもらうことへのお礼を秘書に述べた。その後、巻子はしばらくじっとしている、動けないのである。頭の中では、例によって石臼がゴロゴロ廻る音がする。ところが今回はそればかりか、石臼を廻《まわ》すふじの姿もはっきりと浮かんできた。浮気相手の写真を見て、さらにその声を聞いたことで、巻子は母親ふじと同じ心境へ追い込まれてしまった。

帰宅した洋子は、プレゼントのブローチを母親に見せながら、興奮した口調で赤木との食事の様子を話す。彼女にとっては夢のような楽しいひとときだった。赤木の仕事である秘書は、もともと洋子のあこがれの職種であったし、何よりも比喩《ひゆ》を巧みに交えた彼女の話が面白かった。二人は「おでこをくっつけんばかりにして笑」二七〇頁い、すっかり意気投合したのである。巻子は少し心配になって、どんな話をしたのとたずねた。洋子は母親の気持ちを逆撫《さかな》でするように、「お母さんのことも聞いてたから二七一頁」と答える。巻子は赤木も自分のことを探っているように思え、不安で暗い気持ちになった。

最後に、「ステキだな、あの人。足なんかすごく細くてスーとしてね二七一頁」と洋子は口にした。巻子は娘の口から、浮気相手を賛美する言葉を聞かされたのである。すぐに「若い時はみんなスーとしてンのよ二七一頁」と言い返したが、心は寂しかった。このとき巻子は、パートⅠで老母ふじと恒太郎の若い愛人とを比較し、「時って、不公平なのよ四一頁」と愚痴ったことを思い出した。今ではふじの役回りが自分にふりかかってきたのである。

洋子が台所の方へ行くと、石臼の音が再びゴロゴロと響いてきた。娘が赤木に心酔してほめちぎるのを我慢して聞き、自分の憤りを押さえ込んでいたため、今夜の石臼は一段と凶暴であった。彼女は突然、テーブルの上のブローチを取り上げ、そのピン先で手の甲を突く。赤い血がプクッと盛り上がった。この唐突な行為は何に起因しているのだろうか。それは赤木への悋気《りんき》である。巻子は夫のみならず娘まで虜《とりこ》にした彼女への嫉妬心を、どこかにぶつけたい衝動にかられた。だがその矛先《ほこさき》は外へ向かうのではなく、内へ向かってしまう。相手に激しい憎悪を持ちながらも、最終的に自分を責めた。嫉妬する自分に醜さを覚え、自分を罰したいという気持ちが、自虐へと向かってしまったのである。

その夜、巻子は赤木のことを鷹男に聞いてみようと思った。真相を知るのは怖かったけれど、ひとりで悩んでいるだけでは何も解決しないと思ったからである。けれども彼女が「赤木さんて人ねえ、秘書の」二七二頁と言いかけると、夫は言葉をさえぎり、「見馴れないの、着てると思ったらお母さんのか」二七三頁と話題を変えてしまった。それを聞いて、巻子は話を続けることが出来なくなる。ぼんやりした意識のなかで、彼女の耳に、ふじの「そうだよ。女はね、言ったら、負け」一九四頁の声が聞こえてきた。

しかしこのまま引き下がるわけにはいかない。巻子は浮気相手への対抗策を事前に用意していた。そもそも巻子が夜になって着物に着替えたのには理由があった。赤木に張り合って、女としての自分を夫に再認識させるためである。〈見馴れない〉着物は、普段にない新鮮さを醸《かも》し出し、鷹男の気持ちを取り戻すにはうってつけであった。その夜、二人は久しぶりに結ばれた。

夜中の一時、巻子は夫の帰りを待ちながら、物思いにふけっている。主婦業がつくづくいやになった。無意味で価値のない仕事に思えてきた。朝起きてから寝るまで、食事の支度や掃除、洗濯と、毎日ほとんど同じことの繰り返しである。このルーティン化した仕事は単調でつまらなく、苦痛でしかなかった。家事はきちんと出来て当たり前、主婦は誰からも感謝されたりほめられたりしない。だが家事をこなすことは、専業主婦の務めとしてまだ我慢ができた。巻子が一番嫌なのは、鷹男が帰宅するまでの深夜の時間帯である。いつ帰ってくるのかわからぬ夫を、漫然と待っているのはつらかった。今夜も殻つきの南京豆を食べながら、ひとり寂しく座っていた。

この空虚な時間を過ごしていると、同じ妄想がきまって紛れ込んできた。鷹男が赤木と抱き合っているシーンである。夫は残業や付き合いを口実にしているが、会社が退《ひ》けた後、秘書と密会しているに違いない。想像するだけで、巻子は息苦しくなった。しかしこの苦悩を打ち明けられる人間が一人もいない。パートIでは同じ悩みを隠し持つふじが、彼女の難儀の聞き役になってくれた。今では自分ひとりでこの懊悩《おうのう》に耐えなければならなかった。

巻子は戸棚のガラスに映る自分の顔を見たとき、咲子が満たされた人間とそうでない人間とを判別できると言ったことを思い出した。「あたしは、どう」（二九五頁）とたずねると、妹は言わずもがなと、即座に答えを拒否した。その性的に満たされない顔が戸棚に映っていた。巻子は手に持っていた南京豆を、ガラスの自分へ向け、ポンと投げつける。ここでも攻撃の対象は自分自身であった。

いつもと違って見える「家族の顔」

一日ドックに入った鷹男の気分が悪いと電話で聞いていたけれど、巻子の気持ちは久方ぶりに晴れやかだった。先ほど豊子と、浮気をされている者同士、悩みを打ち明け、親交を結ぶことが出来たからである。今日は夫にも優しくしてあげられると思い、巻子は勢い込んで病室へ入った。ところがその室内の様子に驚いて、「失礼しました！」（三一六頁）と言うなりドアを閉めてしまった。

巻子は何にびっくりしたのだろうか。鷹男が心細そうに一人でいると思っていたのに、病室にいるはずのない赤木がいて気が動転したのである。彼女が釈明に用いた「部屋間違えたのかと思っちゃった——」（三一六頁）の台詞も、この考えを裏付けてくれる。しかし前述の〈失礼しました！〉は、何か見てはならぬ状況を目にし、とっさに発した言葉ではないだろうか。巻子はこのとき、介護の立場を超えた二人の関係を感知し、本能的にドアを閉めてしまったように思われる。

ここで巻子は赤木と初めて対面した。そして二人は一人の男性のために、サービス合戦を展開する。巻子が水を、赤木がたばこを勧め、鷹男は後者をとる。そこで巻子が立ち上がり、ハンガーにかかっている背広のポケットを素早くさぐる。だがそこにはたばこがない。赤木がおもむろにマイルドセブンを取り出す。鷹男が「切らしてたから、たのんだ」《三一八頁》と弁明した。今度は巻子が自信を持って、たばこの銘柄が違っていることを指摘するが、「部長、三月前から、マイルドセブンです」《三一八頁》と言われてしまう。次に赤木の口から知人の名前が出たので、巻子が口をはさむと、「その菊村じゃないよ」《三一八頁》と夫によって無下に否定されてしまった。この場の対話はテンポがよく、しかもスリリングな展開で面白い。しかし巻子の善意はことごとく退けられ、彼女の完敗であった。巻子は屈辱を感じ、「あと、わたくし（やりますから）」《三一九頁》と言って赤木を追い出した。

その後、滝子と勝又の結婚式や陣内の入退院などがあり、巻子は多忙な毎日だったので、夫との間で浮気問題が話題にのぼることはなかった。彼女は今日も陣内の見舞いに行き、くたくたになって帰ってきた。リビングでは家族の笑い声が聞こえ、八ミリの画像が白い壁いっぱいに映っていた。洋子と赤木がテニスに興じている。闖入者《ちんにゅうしゃ》が割り込んだかのように、「誰がうつしたの、これ？」《三六一頁》と巻子は声高にたずねた。映像に見入っていた皆は突然の大声にびっくりし、フィルムもプツンと切れてしまった。

巻子はなおも誰が撮ったのか問い詰めた。洋子が友達の映した八ミリだと言っても、まだ信じられない様子で、「フーン。あたし、お父さんがうつしたのかと思ったわ」《三六二頁》と不機嫌に言う。そのとき彼女には「家族の顔、……いつもと違った奇妙な表情に見える」《三六二頁》。それは映写機からの明かりのせいだけではなかった。巻子の知らないところで、娘を通して里見家と赤木との親交が深まっていき、自分だけが家族から仲間はずれにされたように思えたからである。

八ミリが直り、再び洋子と赤木の姿が映り始めた。誰も巻子の憂いなど頓着していない。娘が「スッテキでしょ。赤木さん」三六二頁と夫の愛人をほめそやす。兄宏男は「キエ！　カッコイイ！」三六三頁と喚声を上げる。弾き出された巻子には、〈家族の顔〉だけでなく、今いる部屋もが異質な空間に見えてくる。彼女は二度までも「ガタンと何かにつまず」三六二頁いてしまった。それが弾みとなったのか、母親や妻としての自制がきかなくなり、女としての醜い顔をのぞかせる。巻子は悪しざまに「ストリップみたい――」三六三頁、「こんな短いスカートはかなきゃ、テニス出来ないのかしらねえ」三六三頁と批判した。彼女の口から信じられない言葉が飛び出し、三人は一瞬声を呑んだ。それと呼応するかのように、フィルムが再び切れ、カラカラと回り続ける。

気まずい雰囲気を変えようと、鷹男が陣内の容体をたずねた。その話題に触れられ、巻子は一層苛立った。病状は少しも良くなっていないのに、惨めな姿を見せまいと、咲子が無理に連れ帰ったからである。陣内家の将来を悲観的に話していると、彼女は宏男の前にビールのグラスがあるのに気がついた。母親がいないことをいいことに、未成年の分際で酒を飲んだ息子にすかさず雷を落とす。

この状況を見かねて、鷹男が台所へ入った妻に向かい、「四人も姉妹《きょうだい》がありゃ、いろいろあるだろうさ。それ、いちいち、うちへもちこむなよ」三六五頁と釘をさした。さらに「八つ当りはよせって言ってるんだ」三六五頁と念を押す。巻子は一瞬、夫の言っている意味がわからなかった。自分は姉妹のことで〈八つ当り〉しているのではない、あなたの愛人のことで腹を立てているのだと言い返してやりたかった。しかしこちらを見ている洋子や宏男に気づいて、彼女はわざと子供にも聞こえるような大声で、「咲子見てたら、やり切れなくなったのよ(三六五頁)」と弁明した。

離婚についての意見の違い

その夜の夫婦の会話も「八ミリ事件」が尾を引く。最初、二人は陣内家の難しい状況について話し合っていた。巻子は問題解決のため、鷹男に一肌脱いでもらいたいと考えている。そうなれば、夫の浮気も少しは遠のくのではと思ったのである。けれども夫は恒太郎に相談に乗ってもらった方がいいと主張した。そこで巻子は「ほかはみんな、フラフラしてるものねえ――(三六八頁)」と皮肉をとばす。〈フラフラしてる〉とは、ここでは浮気を意味する。また〈ほかはみんな〉は父親以外の男性をさすが、病人の陣内と新婚の勝又を除くと、身内では鷹男だけになってしまう。彼は当然反論するけれども、妻に「さあ、どうでしょう(三六八頁)」と軽くいなされてしまった。

従来の巻子であれば、浮気を匂わせながらも、深くは追及しなかった。だがこの夜は話題を変え、さらに攻勢をかけてくる。突然、綱子の縁談が見つかったかどうかたずねてきた。そしてまずは姉の身になって、何年待っても結婚できず、一生日陰者でいるのは寂しいだろうと述べる。ところが次に相手夫婦の立場に立って、彼らだって「二十年、三十年の歴史があるわけでしょ。そうそうカンタンに離婚(三六九頁)」しますってことにはならないと説明した。ここでの彼らとは、当然枡川夫婦を指している。けれども巻子の真意は、この問題を自分たち夫婦に置き換えたいのである。赤木が割り込んできても、私は〈そうカンタンに離婚〉しませんよと暗に述べている。

巻子には鷹男と〈離婚〉するという考えはない。これはパートIで咲子に述べた発言とはまったく逆である。四女が勤め先で倒れたとき、次女は妹に「――別れたほうが――」《一五三頁》、「あたしねえ、やっぱり別れたほうが」《一五四頁》としきりに勧めた。しかし自分の場合、別れという選択肢は一切ないのである。この強固な信念があるため、浮気の当事者双方への対応に相違が生じる。巻子は鷹男の不実を責めるのではなく、夫の心を奪った赤木を非難する。主人をチクチクと揶揄《やゆ》することはあっても、彼に怒りを爆発させることはない。自分が愛しているもの、未練のあるものには刃《やいば》を向けたりしない。浮気相手が身を退《ひ》くのが道理、これが巻子の考えであった。

自説を長々と述べたあと、巻子は最後に「そう思わない」《三六九頁》と鷹男に同意を求めた。だが夫は案に相違して、「一般論としちゃ、そうだろうな」《三六九頁》と返答する。全面的に賛成した訳でなく、含みを持たせた表現なのである。彼の返事からすると、〈一般論〉ではない個別のケース、例えば自分たち夫婦の場合は、〈離婚〉することもありうるとも読み取れる。その可能性を否定するかのように、巻子は「綱子姉さん、いまのままじゃ絶対いけないわよ」《三六九頁》と大声で叫んだ。〈綱子姉さん〉が浮気を続けてはならないように、赤木も〈いまのままじゃ絶対いけない〉と言いたいのである。

鷹男はここらで話を打ち切りたいと思った。話の矛先《ほこさき》が誰に向かっていくのか読めたからである。巻子の話には確かに大きなぶれがあった。喋っているうちに、話がどんどん横道へ逸れていく。否、むしろ本心へ向かったというべきだろう。咲子から綱子へ、さらに豊子から赤木へと変わろうとした。鷹男は愛人の名前があがる前に、歯止めをかけたかったに違いない。「お前、どっちのはなししてんだ[三六九頁]」、「咲ちゃんとこの心配してンじゃないのか[三六九頁]」と指摘する。彼はこの話を、あくまでも咲子と綱子の二人に留めておこうとした。

白い壁に映る忌わしい映像

「八ミリ事件」がいかに大きな衝撃を巻子に与えたか、卜書を丹念にたどることで明らかになる。パートⅡの冒頭からこの事件の前まで、彼女が嫉妬に駆られるたびに、ふじの廻す石臼の音が頭の中に鳴り響いた。ところが八ミリのなかで、赤木がテニスをする姿を目にして以降、石臼の音は聞こえなくなる。その代わり、〈ストリップみたい〉な服装でプレイする赤木の姿が居間の白い壁に映る。この交代の要因は、巻子の嫉妬をよびさますのに、もはや母親の阿修羅の姿を借りる必要がなくなったことにある。若さや性的魅力を存分にアピールする赤木の映像は、それだけで巻子の妬心を煽《あお》るのに十分なインパクトを持っていたのである。

煩瑣《はんさ》になるが、八ミリ映像に関連する卜書を列挙する。

① 「八ミリのうつっていた壁のあたりを眺める。もう何もうつっていない[三六五頁]」。鷹男に八つ当りはよせと言われた後、巻子が台所からリビングへ戻ってきたとき。

② 「巻子、白い壁をみつめる[三六八頁]」。鷹男が俺はフラフラしていないと弁明したのに対し、巻子がどうでしょうとトゲのある物言いをしたとき。

③「巻子には、鷹男のうしろの白い壁に赤木啓子のテニス姿がうつったようにみえる」三六九頁。鷹男が一般論では是認しながら、個別の場合は別であると暗示したとき。

④「白い壁にいつかの八ミリの赤木啓子の姿がうすく見えてくる」三九二頁。洋子が例の八ミリを赤木に見せなきゃと言って外出したとき。

⑤「うしろの白壁にテニスをする赤木啓子のイメージ」四〇二頁。巻子が赤木の居場所を聞き出すため、会社に電話をかけたとき。

この五つのト書から、八ミリのなかの赤木が巻子の脳裏から消し去ることの出来ぬ存在になっていることがわかる。しかも徐々に鮮明な映像へと変化している。①と②は赤木の姿はまだ映っていない。しかし③になると、彼女のテニス姿が〈うつったようにみえる〉。④では、赤木の姿が〈うすく見えてくる〉。そして⑤では、彼女がテニスをしている姿がはっきり〈イメージ〉出来るまでになってくる。またこの推移は、巻子が徐々に阿修羅へと変貌を遂げる過程でもある。⑤はその頂点に達する「神楽坂」場面の直前のシーンであった。

ふじと重なる巻子の姿

八ミリ映写会でショックを受けた人物が、巻子以外にもう一人いる。それは彼女の娘洋子である。但し前者は映像に衝撃を受けたのに対し、後者は母親の映像に対する反応に驚いている。巻子がヒステリックに〈ストリップみたい〉と叫んだとき、「洋子が巻子の顔をじっとみつめ三六三頁」ていた。巻子の赤木への過剰な反応に、洋子は自分の知らない母親の姿を垣間見て、その異様さにびっくりしたのである。

洋子はもともと敏感な子供である。滝子が結婚の意思を伝えに里見家へ来たとき、彼女は真っ先に叔母の意図を見抜いた。そのとき巻子は、「あたしがぼんやりして気がつかないことでもあの子、気がついてたりすンのよ三三九頁」と自分の娘を評していた。洋子は赤木が好きだっただけに複雑な心境である。そこで彼女は、親を苦しめている人物が本当に赤木なのか試してみようと考えた。

ラケットを持った洋子は、赤木と今日テニスをすると言って、巻子の顔色を窺《うかが》う。困惑した母親に、「出来るわけないでしょ。彼女おつとめあるから、土日しかあいてないもン三九二頁」と言って安心させる。巻子は心の動揺を隠すため、「目上の人、彼女って、よばないの三九二頁」と注意する。娘は母親の不安などお構いなしに、単刀直入に「お母さん、彼女――赤木さんみたい人、きらい？三九二頁」とたずねた。巻子は好きだと答えたが、その口調がぎこちなかったのか、洋子にそっくり口真似されてしまう。さらに娘は母親の反応を見きわめようと、彼女が最も嫌がる台詞、「こないだの八ミリ、彼女にみせなきゃ三九二頁」を口にした。案の定、巻子からは何の言葉もなかった。そこで洋子は母親が本来言うであろう台詞、「彼女じゃなくて赤木啓子さん」三九二頁を自ら言って外に出た。
洋子は巻子とのやりとりから、母親の本心を探ろうとした。そして巻子が赤木を嫌っていると確信する。またその要因が鷹男の浮気であることにも、うすうす気がついていた。実際のところ、洋子の赤木に対する熱気は、この対話の前からすでに薄れていた。洋子は赤木啓子を〈赤木さん〉ではなく、〈彼女〉と四回呼んでいる。母親は〈目上の人〉への礼儀として、人称代名詞で呼ぶことを禁じた。それでも娘は〈彼女〉を使い続けている。これは洋子が大好きだった赤木から、意図的に距離を置こうとした現われであろう。したがって彼女が〈こないだの八ミリ〉を見せると言ったのも、赤木との仲を深めるためでなく、赤木の真意を探るための口実であった。

綱子の見合い当日、巻子はこれで身内の浮気を一つ消すことが出来ると喜んでいた。ところが一緒に行くはずの鷹男から、急に行けない旨の電話が入る。会計検査が明日あるので、今夜は旅館に泊り込むということであった。弾んでいた巻子の心が急速にしぼんだ。彼女は初め今晩の見合いのことを心配する。だがそのうちに、これは赤木と密会する言い訳ではないかと疑い始める。白い壁にテニスをする赤木の姿が浮かんできた。むらむらと嫉妬心がわき起こる。阿修羅と化した巻子は会社に電話をかけた。彼女は悪魔的な知恵を働かせ、夫の居場所ではなく、浮気相手の外出先をたくみに聞き出した。誰にも自分の嫉妬を覚《さと》られてはならないからである。

見合いは夜であったが、巻子は夕方少し早めに家を出た。鷹男の密会場所へ向かうためである。そこへ行ってどうするのか、彼女自身何も考えていなかった。浮気の現場を取り押さえるというより、心配が先に立ち、気が気でなく出かけたのだろう。しかしいずれにせよ、これは足が自然と神楽坂へ向かったのでなく、行き先の定まった意識的な行動だった。けれども旅館「よしだ」の前に立つと、巻子は中へ入るどころか、すっかり「放心」（四〇三頁）状態に陥ってしまった。

巻子は夫と赤木をめぐる様々な妄想にとらわれて、そこに呆然と立ち尽くしていた。突然「お母さん——」（四〇三頁）と洋子に呼ばれ、我に返る。このとき巻子は二つのショックを受けた。一つは場違いな所にいる自分を娘に見られてしまったこと、もう一つは自分が母親ふじと同じ行動をとったことへの驚きである。詳しい考察は後に回し、ここでは二人の出会いについて触れたい。

この遭遇は向田邦子によって周到に準備されていた。巻子は赤木のいる場所を電話で確認し、神楽坂へ出向いている。一方洋子は赤木に八ミリを見せることを、母親に事前に話していた。そして彼女も巻子と同様に会社に電話を入れ、旅館「よしだ」へ来るように指示された。したがって二人が旅館の前で出くわす可能性は高く、話の辻褄《つじつま》も合っている。パートIにおけるふじと巻子の場合は、無意識状態での鉢合わせであった。これに対し巻子と洋子の場合は、作者が十分な根拠付けをした上での出会いだったのである。

「オヨメさん」から「お手伝いさん」に

神楽坂での出会い以降、洋子は巻子の立場に同情を寄せ、彼女を苦しめる鷹男につらく当たった。ある日勝又が、恒太郎と友子の息子が一緒にいるスナップ写真を持って里見家へやって来る。夫婦は父親が愛人とよりを戻そうとしていると疑い、勝又に改めて正式な調査を頼んだ。そのとき話を盗み聞きしていた洋子が、唐突に「あたし、頼もうかな」（四二一頁）と口をはさむ。「お前、なに調べるんだ」四二一頁と聞く父親を、彼女はなじるような目つきでじっと見た。

洋子は勝又に再び聞かれて、浮気と答えた。里見家の事情を知らぬ彼は、興信所を馬鹿にされたと思い、「まじめに聞いてると、ソンするな」四二二頁と言う。臑《すね》に疵《きず》持つ鷹男は、話の打ち切りを狙って「十年、いやあ、二十年早いよ」四二二頁と口にした。しかし巻子だけは洋子の狙いを察知し、このチャンスを無駄にするまいと、たとえ話を始めた。幼稚園に通っている近所の男の子が二人の女の子を好きになり、一人はお嫁さんにし、もう一人はお手伝いさんにするという内容である。

爆笑する男二人に、巻子は「小さくても男ね。――男の本当の気持だなって」四二三頁と話を続ける。彼女は恒太郎夫婦を引き合いに出し、ふじも「はじめは、オヨメさんよ、でも、だんだん、女房になって、掃除、洗濯、ごはんの支度だけのお手伝いさんになっ」四二三頁たと語った。母親の話が終わると、娘はすぐさま〈お手伝いさん〉の料金を確認する。そして父親をにらみつけながら「お母さんも、もらったら、お父さんに――」四二三頁と叫んで二階へ上がっていった。

鷹男はこのところよく夜更けに帰ることがある。洋子は父親の帰宅が遅いことをしきりに気にしている。巻子も同じように心配ではあるが、娘の手前、冷静なふりをしている。洋子に「お母さんの『お』は、おとぼけのお」四四一頁とからかわれた。そのうち娘はそばにある新聞を丸めて、遠メガネを作る。そして父親の様子を、「お父さん誰かと一緒にいる――」四四二頁、「男の人じゃないみたい」四四二頁、「あたしの知ってる人みたい」四四二頁と次々に報告した。洋子は、浮気を知っていても平静を装っている母親がはがゆくて、挑発しているのである。巻子はきつい声で娘を黙らせた。子供のたわいない話と、もはや聞き流すことが出来なかった。洋子の話は自分の妄想をぴったり言い当てていたからである。

子供が立ち去ると、巻子は無意識に新聞の筒の中を覗《のぞ》いた。鷹男が赤木と抱き合っているシーンがすぐに現われる。これまでは彼女が白い壁に目を向けると、テニスをする赤木の姿が浮かんできた。だが今夜は彼女一人ではなく、鷹男も一緒だった。夫と愛人のラブシーンが新聞ののぞきメガネを通し、鮮明な映像となって巻子の目へ飛び込んできた。彼女はとっさに顔を離したものの、もう一度おそるおそる筒を覗いてみた。

けたたましい電話のベルが巻子を現実へ引き戻した。受話器をとると、電話は「あ、オレだ、あのなあ……《四四三頁》」と言って切れてしまった。都合三回かかってくるが、いずれもすぐに切れた。電話をかけたのは鷹男である。それは〈あ、オレだ〉の表現からわかる。パートⅠで彼が自宅へ間違い電話をかけたときも、最初に「あ、オレだ《一八六頁》」と呼びかけている。彼は身近な人間に対し、いつもこのように名告《なの》っていたのである。

ここは電話を受け取る巻子のシーンなので、鷹男の状況は一切記述されていない。しかしほぼ推測がつく。彼はおそらく浮気相手のアパートにいるのだろう。長居をしてしまったので、自宅へ言い訳の電話をかけようとした。ところが横にいた女性が本妻に焼餅をやき、そのつど邪魔をする。鷹男は結局根負けし、巻子への連絡を断念した。

この場面を想定したとき、向田邦子は前述した間違い電話と対にしたいと考えたのかもしれない。鷹男はパートⅠでは愛人のアパートへこれから行くことを告げようとし、パートⅡのこのシーンではそろそろ自宅へ帰ることを知らせようとした。つまり電話によって、浮気の最初と最後が暗示されている。しかもその連絡は鷹男を罰するかのように、どちらも不首尾に終わってしまったのである。

深夜に帰宅した鷹男は水を飲みながら、「ああ、うちの水はうまい」（四四四頁）とほめる。(1)これは巻子に気を使っての愛情表現である。帰宅の遅れた弁明をあれこれする代わりに、我が家にあるものは、たとえ水道の水であっても一番だとリップ・サービスをしている。けれども今夜の巻子は口先だけの世辞では簡単に御せられない。新聞の遠メガネで妄想を懐き、変な電話でそれを一層かき立てられた直後なのである。彼女は「どことくらべてちがうの」（四四四頁）としつこく絡んでくる。さすがの鷹男もたじたじの態《てい》であった。

巻子は鷹男の右手の指をさわりながら、さらに追い討ちをかけた。彼女は爪を会社で切っているのかとたずねた。この頃は夫が自宅で爪を切る姿を見かけないし、彼は作者と同様に右手の指の爪をかむ癖(2)があったからである。「前は——右手、ギザギザになってたのに、——キレいだから」（四四五頁）と巻子は言う。従来の彼女であれば、ここで話は終わりとなる。例えば「花いくさ」の玄関の場面で、夫の入浴しないという返答に対し、巻子は浮気相手の家で風呂に入ったのか、とは決して聞かなかった。ところが今夜は「どなたか切って下さる方がおいでになるんじゃないんですか」（四四五頁）と詰め寄ってくる。鷹男はメロドラマの見すぎだと反論し、早々に床へ入る。彼女は大きく溜息をつき、そのまま居間に残った。

「縦の絆」というテーマ

里見家はしばらくの間平穏そうにみえた。しかし浮気問題が水面下では深刻化し、そのしわ寄せは最も弱い成員に突如として現われた。洋子が本を万引きしたのである。巻子は急いで本屋へ駆けつけ、店主に平身低頭してあやまる。主人は洋子が常習犯でないことはわかっており、表沙汰にしないと約束してくれた。ただ母親に対して、「お宅、なんかもめてンじゃないの」[四七八頁]、「一番いけないいんだよねぇ、子供には」[四七八頁]と注意する。万引きの背後には両親の不和が潜んでいると暗に述べたのである。この指摘が図星だったので、巻子は返す言葉もなかった。

洋子は家庭の影響をもろに受けた。彼女は鈍感な兄と違い、夫婦間における言動の微妙な齟齬《そご》を鋭敏に感じ取り、一人で思い悩んでいた。両親の潜在的な葛藤を、距離を置いて眺めることが出来ない。特に孤独な主婦の巻子に深い同情を寄せた。洋子は同じ女性として、母親との一体感を強く持ち、彼女の感情を肩代わりするようになる。巻子が心の中に抑え込んだ感情を、初めは言葉（「お父さん、おそいね」[四四〇頁]、「会議ってさ、そんなにおそくまで」[四四一頁]）にして表現する。だがそのフラストレーションが極限に達したとき、予期せぬ行動へと走り、万引き事件[3]を起こしてしまった。

向田邦子はこの万引き事件にみられるように、特異な行動パターンを異なった人物、異なった場面で再現する。この繰り返しは、人物の境遇や心理状態が酷似していることを示している。しかも一度観た映像に新たな像がかぶさることで、観る側のイメージが増幅される。それは単なる加算ではなく、掛け算ほどのインパクトを生むことになった。けれども向田は類似したシーンを、技法上の効果だけから用いたのではなく、一つの明確な主題、「縦の絆」を提示するため反復したのである。

パートⅠにおいて、向田邦子はふじの阿修羅となる姿を中心に据え、その母親に振り回されながらも独自の生き方を模索する四人姉妹を描いた。ふじを失ったパートⅡでは、姉妹各々の生き様が前面に出てくる。歳の差があるものの、彼女たちの間では遠慮のない付き合いがなされていた。姉妹は互いに競い合い、意見し、また励まし助け合う。つまり強力な「横の絆」が存在した。ところがドラマの終盤になって、向田はふじから巻子、巻子から洋子へと連なる親子関係、すなわち「縦の絆」をも重視するようになったのである。

ここで用いた「絆」は、プラス・マイナスの両面を合わせ持つ。この言葉は家族に限って使うと、通常、成員の間に自然に生じる愛着や恩愛を意味する。しかしこの語は本来、動物をつなぎとめる綱の意から派生しており、自分の意思とは無関係に従わざるをえない、断つことの出来ない結び付きの意味合いをも持つ。俗な言い方をすれば、「血の繋《つな》がり」というものであろう。これを前述した「縦の絆」からみた場合、「心理的遺産」(4)と呼べるのではないか。それぞれの家族は、その家族特有の心理的問題を無意識のうちに子孫へ伝え、その結果、メンバーの性癖や病癖を生むことになる。親のようにはならないと思っていながら、結局同じ轍《てつ》を踏み、負の連鎖が生じてしまうことがある。

竹沢家の負の遺産として、例えば父親恒太郎と娘綱子の繋がりが考えられる。両者にどのような経緯《いきさつ》があったのか不明であるが、ドラマが始まった時点で、両者はそれぞれすでに浮気の深みにはまっていた。そしてパートⅠの終わりで、父と娘は個々の事情から浮気相手と別れた。ところがパートⅡで、腐れ縁というべきか、再び同じ相手との浮気が始まる。父親は少年と喜んで待ち合わせするものの、母親とはさすがに躊躇《ちゅうちょ》して、会おうとしない。

けれども綱子は何度か貞治との逢瀬を重ねていた。その浮気を阻止するために、里見夫婦が彼女に見合いの話を持ち込んできた。綱子は愛人への未練がある一方で、倫理的な負い目からそろそろ身を固めなければとも思う。決心のつかない彼女は、自分の心情を最も察することのできる父親へ相談に行く。恒太郎と綱子が二人っきりで話し合った唯一のシーンである。父親は娘に浮気を続けなさいとは言えない。当然のことながら見合いをするように勧めた。しかし綱子は会う直前、恒太郎が少年と電話をしているのを聞いてしまう。そして父が浮気相手とよりを戻したと確信した。これは見合いにも影響する。席にはつくものの、彼女には逃げ道が用意されていた。隣りの男と一緒にいても寂しさが消えなければ、父親と同様、愛人の元へ戻るつもりだったのである。

恒太郎と綱子の場合、似たような性向をたまたま持っていたといえるのかもしれない。両者はその結果として浮気をし、縁を切り、そして再燃しただけで、個々の経過はまったく違っていた。だがふじと巻子、及び巻子と洋子の関係は、同性であることも大いに影響してか、ほぼ同一の行動をとっており、まさに負の「心理的遺産」を継承したのである。ここではまずふじから巻子への「遺産」の受け継ぎを検証し、その後、巻子から洋子への「遺産」をも考察する。

継承される親子の行動

ふじが恒太郎の愛人宅の前で放心していたように、巻子も鷹男と赤木がいる旅館の前で呆然と立っていた。ふじも巻子も腸《はらわた》が煮えくり返っていたけれど、表情は虚ろで能面のようだった。悪しきイメージに心を奪われてしまっていたのである。巻子はこのとき、自分が母と同じ立場にあることにまだ気づいていない。洋子に呼びかけられ、彼女はやっと現実に戻った。

我に返った巻子は、「かなしいような、きまりがわるいような顔で、娘に笑いかける」(四〇三頁)。このときの表情を、彼女は「あたし、お母さんと同じ顔してた――。あの時のお母さんと、同じ顔してた……」(四〇六頁)と回想する。ふじの表情は「哀しいような、恥かしそうな、何ともいえない顔で少し笑う」(一九八頁)と描写されていた。二人は同じ表情を浮かべていたのである。ここで向田邦子はフラッシュ・バックを用いる。倒れるふじ、そして彼女の顔の大写しを挿入する。今進行している場面に過去の出来事を照射し、現在のシーンに深い陰影を与えようとしたのである。

洋子に秘めていたものを見られ、巻子は一気に緊張の糸が切れた。彼女は〈娘に笑いかける〉しか手立てがなかった。これはふじが巻子を見て〈少し笑う〉心理と同じであろう。両者はその場に不似合いな笑顔を作った。巻子の心に羞恥の念が起こる。日頃娘に示していた自分とのギャップに、〈かなしいような、きまりがわるいような〉居心地の悪さを感じたのである。

巻子は笑顔を装いながら、「お父さん、ここで徹夜で仕事だから、ワ、ワイシャツや下着持ってきたのよ」(四〇三頁)と説明した。これはふじが巻子の顔を見て、「何か言いかける」(一九八頁)姿と同じである。

母親は娘に言い訳をしたかったに違いない。だがとっさの弁明を思いつく前に、ふじは失神してしまったのである。

　巻子の理由付けは、すぐにぼろが出てしまう。洋子は母が小さなバッグ以外何も持っていないことに気づき、「ワイシャツ、もうとどけたの《四〇四頁》」といぶかしそうにたずねた。その質問に不意を衝かれ、巻子は返答に窮してしまう。見え透いた嘘はすぐにばれてしまった。娘はなぜ母親が旅館の前に立っていたのか、その理由が一瞬にしてわかった。女としての巻子、赤木に嫉妬する巻子を目撃してしまったのである。洋子は母親の心中を察し、深い悲しみに襲われる。しかしその胸中をうまく表現する術《すべ》をまだ知らない。洋子は甲高い声で笑い、その場から走り去る以外に選択の余地がなかった。

　次に巻子から洋子への負の繋縛《けいばく》について述べる。万引きをした娘は、母親と同様に、店主の温情で許してもらうことができた。それはどちらも悪心からの犯罪でなく、彼女たちでは制御できない、何ものかに突き動かされての結果だったからである。鷹男の浮気という同一の要因で、巻子はパートⅡの冒頭で万引きをし、洋子もその終幕において同じ過ちを犯してしまった。

　本屋からの帰り、巻子が重い口を開いた。彼女はここで初めて、鷹男が浮気をしていること、その相手が秘書の赤木であることを打ち明ける。母親の口から出たのは初めてであるが、洋子はこの秘密をすでに知っていた。事情を知っていたからこそ胸を痛め、犯罪にまで及んだのである。巻子が「どして、こんな真似したの《四七九頁》」と責めても無駄である。娘は「風邪と同じよ。理由なんて判んないわ《四七九頁》」としか答えられなかった。書籍と彼女の取得欲との間には何の関連もない。魔的な力に仕向けられ、いつの間にか本をカバンに入れていたのである。

巻子は洋子の返答を聞いて、これ以上問い詰めることが出来なかった。自分が万引きをしたときと同じ状況なのである。彼女は親の問題で娘を傷つけてしまったことを後悔する。ただこの時点では、自分も同じ罪を犯したと娘に言えなかった。洋子が「お兄ちゃんやお父さんには言わないで」四七九頁と強く頼んだとき、巻子は娘がいじらしくて、守ってやりたい気持ちでいっぱいになった。大丈夫と保証しながら、自分もかつて過ちを必死に隠そうとしたことを思い出した。

ゴミ捨て場を通りかかったとき、巻子はあの日と同様に、手にした本の包みを投げ捨てた。だが洋子の心情からすれば、母親によってではなく、自分が罪の証である本を捨てたかっただろう。巻子が以前スーパーの紙袋を投げつけたように、娘の洋子も自分自身で処理したかったはずである。無意識のうちに犯した事件だけに、嫌な思いを断ち切るため、投棄ぐらいは自分の手で行いたかった。

ドラマの様相を一変させる爆弾発言

向田邦子は親子二人の万引きで、読者を大いに驚かせた。その二人が帰宅すると、向田はさらに大きなびっくり箱を用意する。鷹男の浮気相手と目されていた赤木啓子が待ち受けていて、三月に結婚する予定であると開口一番切り出したのである。突然の話で驚く巻子に、赤木はあろうことか、里見夫婦に仲人を頼むという。巻子がこの話を主人も知っているのかとたずねると、赤木は「まだ話してませんけど、このことは――」四八〇頁と答えた。彼女が仲人を依頼した目的は、自分が鷹男の愛人であるという巻子の疑いを払拭することにあった。「うたがわれたままで、コソコソやめてくの、なんだか口惜し」[四八一頁]かったのである。そのため赤木は鷹男よりも先に、巻子に直接結婚の話をしたいと考えたのだろう。

巻子は綱子の浮気を封じるには再婚させるのが最良と考え、見合いの席を用意した。同じように、赤木は自分の潔白を証明するには結婚し、仲人を巻子夫婦に頼むのが一番良いと思ったのである。巻子はある時は仕掛ける側に、またある時はそれに応ずる側に立つが、浮気の解決方法はいずれの場合も結婚であった。

赤木の結婚宣言を、巻子はなかなか信じられない。彼女の疑り深い態度に対し、赤木は「それも、疑ってるんですか」[四八一頁]とほとほと呆れている。けれども疑念を懐いているのは巻子だけでなく、読者も同じである。彼女が鷹男の浮気をほのめかすたびに、その言葉が読者の頭に自然と刷り込まれていく。しかも夫は疑惑を一掃するほどの激しい反論をしなかった。読者は心情として、巻子に徐々に加担し、彼女の目線で筋を追うようになる。したがって赤木の発言をにわかには信用できないのである。

この機会に、鷹男の浮気についてもう一度詳しく検証する。赤木の爆弾発言が、ドラマ全体の再点検を迫っているように思えるからである。まず初めに、彼が浮気をしているのかどうかを考える。次にもしそうであるならば、その相手は本当に赤木だったのか確かめてみたい。

巻子との対話の最後で、赤木は「本当にそういう人、いるのかしら」[四八二頁]と口にする。〈そういう人〉とは浮気相手のことで、ご主人は浮気などしていませんよと言いたげである。但しこれは額面通りに受け取れない。彼をかばって嘘をついている可能性もある。その証拠に、赤木は少し前で「私、奥さんに疑われてたこと、知ってました。こちらから、あたしじゃありません、て言うのも変だし[四八一頁]」と述べている。〈あたしじゃありません〉の台詞は、私以外の誰かと浮気をしているという意味にもとれるのである。

　洋子と食事をしたときも、赤木は返答に窮することがあった。洋子が両親の浮気についてもらしたとき、彼女は強い興味を示し、「どっちの？　お父さん？　お母さん？[二七〇頁]」と問う。これは赤木が単に好奇心から発した言葉だったかもしれない。だがもし彼女が鷹男の愛人であるならば、自分たちの情事をどのように見られているか探りたかったのではないか。さらに〈お父さん？　お母さん？〉の並置は、カムフラージュの意味合いがあったと思われる。それはともかく、彼女の異様な関心に引っぱられて、洋子は真顔で「お父さん、してるんですか[二七〇頁]」とたずねてくる。赤木はこの問いに正面から答えるのを避け、一般論を述べるより仕様がなかった。

　そもそも鷹男は、浮気に対して罪の意識がほとんどなかったと思われる。勝又に「でもねえ、女は、男の浮気を泥棒と同じに考えてるなあ[五一頁]」とぼやいていた。単なる欲求の発露を、明らかな犯罪と同等にみなされては理屈に合わぬと述べている。おそらく彼は、浮気を軽い気持ちでしていたのだろう。恒太郎の浮気を大仰に言い立てる巻子に、「つまんない憶測しないでさ、おっとりかまえてる――男としちゃ、これが一番[七六頁]」理想の女房と力説する。ところが言い終わる前に、「男に都合のいいリクツよ[七六頁]」と反論されてしまった。

　鷹男の浮気を決定付けるものは、パートⅠとパートⅡのなかで巻子が受け取った電話である。

後者は深夜にかかってきて、名告《なの》っただけで切れてしまう。その後も二度ベルだけは鳴るが、受話器をとると切れてしまった。したがってこれだけでは明証とはなりえない。けれども帰宅後の夫の様子から勘案して、電話のそばに愛人もいて、通話の邪魔をしていたと推測できる。

パートIでの電話は、浮気の確かな証拠になった。鷹男は大阪への出張(5)の朝、愛人にかけるつもりの電話を、うっかり自宅へ入れてしまう。周囲がやかましかったため、「昼メシ、一緒に食おう。これからアパート、いくわ」（一八六頁）と一方的に喋った。すぐに間違えたと気づいたが、彼は言い逃れの言葉がとっさに思い浮かばず、うっちゃらかしておいた。

午後になって、鷹男はやっと自宅へ電話をかけた。だが巻子は実家へ行って留守だった。応対した洋子に、「別に用じゃないから」（一九六頁）連絡しなくてもいいと伝え、電話を切った。浮気は彼にとってこの程度の罪だったのである。しかし同じ頃、巻子はふじに今朝の出来事を話している。そもそも彼女が国立へ行った理由は、夫の浮気を母親に打ち明けたかったからである。巻子がふじの忠告「女はね、言ったら、負け」（一九四頁）に従って追及しないことをいいことに、鷹男は結局電話のことは何も釈明しなかった。

大阪出張の件で、もう一つ明らかになった事柄がある。それはこの時点において、赤木は鷹男の愛人ではないことである。平日には当然出社して働いているので、彼女が〈アパート〉にいるとは考えられない。別の女性が彼の浮気相手だったことになる。勝手な想像であるが、この人物はおそらく夜に勤めを持つ、例えば水商売の女性だったのではないだろうか。『隣りの女』の峰子のように、昼間は自分の家にいて、しかも男が自由に出入りできる女性のように思える。

赤木はパートⅠにおいて、鷹男の浮気相手ではありえなかったし、そもそも彼女の名前はそこでは一度も出てこなかった。ところがパートⅡに入ると、冒頭から巻子に夫の愛人として名指しされる。向田邦子は、巻子が何をきっかけに赤木を夫の浮気相手とみなすようになったのか書いていない。その代わり、彼女が「アカギ、ケイコ」二一二頁という名前にうなされながら、ギリギリまで追い詰められていく姿を克明に描写した。

いかようにも解釈できる状況証拠

作者は浮気の物的証拠をあえて示さない。したがって読者は、巻子がなぜ赤木に疑惑を懐いているのかを、状況証拠の積み重ねで明かしていかなければならない。まず彼女の職種である。赤木自身も述べているように、「秘書って聞いただけで、なんか、あやしいって」二六九頁思う人が多いのも事実であろう。自分が仕える上役に忠実であればあるほど、〈あやしい〉と疑われてしまう。職業だけで疑いの目を向けられたのでは、赤木にとってたまったものではない。

次は社員旅行の写真で、鷹男の手が赤木の肩にかかっていた。このスナップ写真については、すでに言及しているので繰り返さない。ただこれは傍証程度のもので、決して証拠写真とはなりえないだろう。現在であればセク・ハラに該当するのかもしれないが、深い愛情までは読み取れない。

ここで問題にしたいのは、写真に見入っている巻子である。彼女が鷹男の浮気を綱子に初めて告白したとき、姉は「証拠、あるの?」四六頁とたずねた。それに対し妹は、「あたし、子供の時から調べもの、嫌いだもの」四六頁と答えている。つまり巻子は自分で、あるいは興信所を使って、確かな〈証拠〉を得ようとしない。裏付けが不十分なまま、特定の人物を夫の浮気相手と決め付け、想像ばかりを膨らませているのである。

クリニックの病室場面は、赤木が鷹男の浮気相手かどうか探るのに恰好な判断材料となる。このシーンで巻子は二人の様子を観察するだけでなく、彼らの会話の中へ割り込もうとする。だが話がなかなかかみ合わない。ここで読者は、鷹男をはさんだ女性二人の葛藤をつぶさに見ることが出来る。

それにしても、秘書の赤木が病院にいるのは奇異の感を拭えない。急ぎの書類を持ってきたと理由付けしているが、職務を逸脱して鷹男の私的な領域にまで入り込んでいる。しかも彼女は、「ハンカチで鷹男の額の汗や、よだれを拭いて」三一六頁いた。後に巻子が汚れたハンカチを洗うと申し出たとき、赤木は笑いながらそれをバッグにしまった。彼女は上司の汗や唾液がまったく気にならないらしい。これを見ると、二人は上司と秘書という関係を超えた繋がりがあったような気がする。

常識で考えたならば、巻子が病室へ入ってきたとき、赤木は仕事の話を早めに終え、速やかに退室すべきだった。ところが彼女は、鷹男のことをどちらがよく知っているか、巻子と張り合っている。巻子の「お水――」三一七頁に対し、赤木の「たばこ――」三一七頁の台詞には、明らかに鷹男の妻への対抗心が見え隠れする。それはさらにたばこの銘柄を言い当てるまでにエスカレートしていった。しかし巻子に対する赤木の態度は多分に出しゃばりすぎである。鷹男との仲を疑われたくないなら、このような振舞いはすべきではない。いやもしかすると、浮気相手ではないので巻子を挑発するような言動がとれるのかもしれない。

次に赤木が着込む皮のコートが問題になる。彼女は自分のコートが巻子のものと同じなのを知っていたので、困惑した様子である。巻子も「あら――似てる」三一九頁とつぶやく。赤木がどう取り繕うべきか考えあぐねていると、鷹男が突然大声で笑い、「悪いことは出来ないな」三一九頁と言う。一瞬、彼が浮気を白状するのかと思いきや、「というほどのことじゃないが」三一九頁と反転した。そこで赤木は部長に購入先を教えたことを話す。鷹男の〈悪いこと〉とは、妻のために皮のコートを自分で探しもせず、安易に秘書のを真似て買ったことを指している。

赤木が部屋を出ると[6]、巻子はすぐにコートを脱ぎ捨てた。浮気相手の女性と同じものだと思うと無性に腹が立った。彼女は鷹男をにらみながら、「あれも、あなたが買ったんじゃないんですか」三二〇頁と詰め寄る。夫は「買うんなら、二人に同じものは買わないよ」三二〇頁と、うんざりした様子で言った。確かに、もし浮気をしているならば、すぐに露見するような同じコートを、妻にわざわざ買ったりはしないだろう。

鷹男は疑念を拭うため、赤木には恋人がいるともらした。巻子の「だあれ」三二〇頁の問いに、「名前までは知らないけどさ」三二〇頁と応じている。この問答は、赤木が結婚を告げた夜のシーンを思い出させる。このときも巻子が「誰と――」四八〇頁とたずね、秘書が「奥さんの御存知ない人間です」四八〇頁と答えている。どうやら赤木には、鷹男や巻子の知らない恋人がいたことは確かなようである。

好奇心をかき立てる「あいまいさ」

浮気を検証するために、次に重要となる場面は、旅館「よしだ」の座敷である。会計監査が明日入るということで、鷹男と彼の部下が書類を調べ直している。そのなかに赤木も無論加わっている。作業の途中で、鷹男が「赤木君はもういいよ。メシ食ったら帰ンなさい、こっちも徹夜ってほどじゃないから――」四〇五頁と声をかけた。これは女性を気遣っての発言と考えられる。赤木はそれに対し、「――部長も、二、三時間、ぬけて――出かけるんじゃないんですか」四〇五頁と言って、フフフと意味ありげに笑っている。この台詞を素直に受け取ると、鷹男には彼女とは別の浮気相手がいるように思われる。けれどもうがった見方をすると、二人は時間差をつけて旅館を抜け出し、別の場所でこっそり逢引するとも考えられる。

しかしこの推察は次の展開で難しくなる。会社が疑われているという話の流れから、赤木が突然「あたしも、疑われてるみたい」四〇五頁とつぶやいた。鷹男との関係を、巻子や洋子に〈疑われてる〉と言いたいのである。部長が視線を向けると、彼女は昨夜辞書で調べた「かくれみの」四〇五頁の講釈を始めた。自分が鷹男の愛人の〈かくれみの〉にされていることへの不満をぶつけているのである。

ここでふり出しに戻って、もう一度赤木の仲人依頼を検討する。既述のとおり、彼女は自ら里見家を訪れ、巻子に直接仲人を頼むことによって浮気の疑いを晴らそうとした。巻子の「主人、おつきあいしてるの、あなただとばっかり思ってたわ、ちがうの」四八一頁という詰問に、赤木は「ちがいます」四八一頁ときっぱり否定する。そして「こういう誤解、なくしたいから、仲人、おねがいするん

です」とも言っていた。四八一頁

赤木の落ち着いた口調からは、浮気の翳《かげ》りがあまり感じられない。それに疑いを晴らすため、疑惑を懐いていた人物に仲人を頼むという行動も、理屈にかなっているとは思えない。これは突飛な憶測かもしれないが、巻子へ仲人を依頼するのは、けじめをつけるためだともとれる。つまり巻子の疑念を軽減するためでなく、むしろ自分の決意を強固にするためだったのではないか。赤木は鷹男の浮気相手であった。但し複数の愛人のうちの一人であったのだろう。彼との関係はかつて熱いものであったが、今は何となくずるずると続いていた。だが結婚を決意したのを機に、きっぱり終止符を打とうと思った。そこで引き留めるであろう当人ではなく、結婚を大歓迎するに違いない巻子へ、先ずは仲人をお願いしたのである。

このような当て推量をせざるをえないのは、確たる浮気の証拠もないし、鷹男が愛人と逢引している場面も描かれていないことにある。読者はもっぱら巻子の台詞から夫の浮気を疑い、また彼女のイメージから愛人との抱擁を思い描いた。言わば巻子の言葉と妄想に先導されてきたのである。しかも彼女が疑いを懐く人物は赤木しかいないので、浮気相手は常に秘書になっていた。ところがその赤木が結婚を宣言し、浮気を否定したことで、巻子だけでなく読者も確信が持てなくなる。向田邦子はそれを見越していたと思われる。向田は鷹男の浮気を肯定も否定もしていない。浮気が事実なのか、あるいは巻子の単なる思い込みなのか、意図的にぼかしている。このあいまいさが読者の好奇心をかき立て、ある意味でパートⅡの筋を推し進めていったといえる。

最後まで闘えない「理想の主婦」

赤木を送り出したあと、巻子は大きな決意を固める。今夜こそ鷹男の浮気をとことん問い詰めようと思った。洋子がこの日、自分たち夫婦の問題で悩み、万引きをしてしまったからである。また赤木が突然訪問し、結婚を宣言したので、巻子は浮気の「真犯人」四八一頁が誰なのかまったくわからなくなってしまった。その彼女を、赤木のひと言「それ（真犯人）は、部長にじかにお聞きになって下さい」四八一頁が強力に後押しした。もはや逃げは許されない、正面から攻勢をかけるより手立てはなかった。

巻子は布団を敷きながら拳闘の真似ごとをする。ここでボクシングが用いられるのは何の不思議もない。これは陣内の職業であったし、また巻子はかつて彼がふじにボクシングの型を教えているのを見たことがあった。したがって拳闘の所作は、これから鷹男と一戦を交える彼女にとって、自分の気持ちを奮い立たせる格好の儀式であった。

帰宅した鷹男に向かって、巻子はすぐさま「今までどこにいらしたの？　女のひとのとこ？」四八三頁とたずねる。これは彼女がふじの戒《いまし》め「女はね、言ったら、負け」一九四頁を破った瞬間であった。今まで絶対に口にしなかった言葉をサラリと言ってのけた。母親の呪縛が解けたのである。驚く鷹男を尻目に、「名前、なんていうの？　どういう人？」四八三頁、「いるんでしょ、そういう人」四八三頁、「名前だけでも、教えてよ」四八三頁と矢継ぎ早に聞いてくる。夫は彼女の尋常でない言動に圧倒され、まともな言葉を発することが出来なかった。

次に巻子は自分の恥部をも明らかにする。「あたしね、気になって気になって――今日、スーパーで、万引しちゃった」四八三頁と告白した。鷹男の愛人が〈気になって気になって〉罪を犯したと白状する。仰天した夫は、「万引、お前がか」四八四頁と聞き返す。けれどもそれには動ぜず、巻子はパートⅡの冒頭に起こった事件を淡々と語った。自分の過失を秘密にしていることに、彼女はずっと気がとがめていた。そこへ親の問題で、子供の洋子までもが万引きしたことに重大な責任を感じるようになる。巻子は汚点を洗いざらい述べることで、自分の過去を清算したかった。また階段で立ち聞きしている娘に、母も同じ過ちを犯したことがあると伝え、罪の意識を軽減させてやりたかったのである。

今まで知らなかった巻子の別の姿を見せられて、鷹男は驚きのあまり切れ切れの言葉しか出てこない。阿修羅になった要因が浮気にあることはわかっていたので、夫は「――そんな人間、いないよ」四八四頁と否定した。だが妻は即座に「嘘――」四八四頁と言ったきり、長い沈黙が続く。鷹男はやっと平常心を取り戻し、「ウソだと思ったら、勝又君でも何でもたのんで、調べたらいいだろ」四八四頁と言い放った。彼の台詞は言い逃れのように聞こえる。しかしこの言葉を聞くや否や、巻子は追及の手を急に緩めてしまった。

なぜ糾弾に急ブレーキがかかったのだろうか。その理由は二つ考えられる。一つは鷹男が勝又に言及したことにある。彼は里見夫婦に浮気問題があることを知らない。枡川夫婦の調査依頼とその取り消しの話が出たとき、大慌ての綱子を横目で見ながら、巻子は高みの見物であった。また勝又が恒太郎と友子の関係の再燃を伝えたときも、彼女は老父の火遊びに手を焼く娘の立場であった。そのとき洋子が両親の不和をにおわす発言をするが、勝又は歯牙にもかけなかった。彼にとって鷹男と巻子は、自分たちのお手本となる夫婦だったのである。そして巻子の方も、彼の前では理想的な家庭の主婦を演じていた。だが勝又に調査を依頼すると、里見家が彼に見せていた美しい虚構が一瞬にして崩れ、赤裸な姿をもろにさらすことになる。しかも勝又は滝子の夫である。当然この事実を彼女に話すことになるだろう。潔癖症の三女がどんなに騒ぎ立てるか目に見えるようであった。

もう一つの理由は、巻子の離婚に対する恐怖である。もし興信所に頼んでしまうと、彼女の意思に関係なく調査がどんどん進み、秘すべき事柄まで知ることになりはしないかと、不安が先に立ってしまう。やがて鷹男の浮気相手ばかりか、妻の知りたくない夫の裏面まで暴かれてしまうだろう。その調べ上げられた冷酷な事実に、彼女はどう対処し、どう行動したらよいのか皆目見当がつかない。当然、夫婦の間にも大きな亀裂が生じるだろう。巻子の側に別れる気がなくとも、離婚という事態にまで進展する恐れは十分にあった。穏健な考えの持ち主である彼女にとって、離婚だけはどうしても回避したかったのである。

巻子は急に論戦を中止する。いくら追及しても鷹男は口を割りそうになかったし、前述の心配事が彼女の頭をかすめたからである。それに親の口喧嘩を洋子に聞かせたくなかった。そこで彼女は夫に歩み寄るため、意味のすり替えをする。質問攻めをする前、巻子は自分を鼓舞しようとボクシングを真似た。その時点においての敵は、鷹男か背後にいる浮気相手のどちらかであったはずである。

しかし次のシーンで、巻子は「本当のテキじゃなくて、ニセモノのシャドー・ボクシング《四八四頁》」をしたと説明する。〈本当のテキ〉である鷹男や愛人ではなく、〈ニセモノ〉の相手を念頭において〈シャドー・ボクシング〉をやったと告白したのである。それを聞いて、夫は我が意を得たりとばかりに、〈ニセモノ〉の意味を「疑心暗鬼《四八四頁》」という成句を用いて解説する。「疑う心があると《四八五頁》」、ありもしない浮気を捏造《ねつぞう》し、「恐ろしい鬼《四八五頁》」を心に宿す。この自己から発した空なるものが、〈ニセモノ〉の正体であると彼は言う。

ところで巻子が拳闘を真似たとき、スタンドの光によって「自分の影《四八二頁》」が壁に大きく映った。この〈影〉に向かってボクシングをしたので、彼女は〈シャドー・ボクシング〉という言葉を思わず口にしたのだろう。また〈影〉は鷹男の説明に従うと、巻子の心に潜む〈鬼〉が出現したものなのである。

劇的な幕切れなどありえない

それにしても、巻子の攻撃は中途半端であった。本来ならしぶとく鷹男に食い下がり、浮気を吐かせるべきだった。だが逆に、彼女は夫を助けるような発言をし、信じてもいない〈疑心暗鬼〉の解釈に同意した。さらには「試験に出るかもしれない。覚えときなさい《四八五頁》」などと洋子に無駄口をたたいている。

この腰砕けの要因は、作中人物というより、むしろ作家の側にあるように思える。向田邦子は後述する信念から、浮気問題をここで一件落着にはしたくなかった。向田はこれまで、鷹男の浮気を常に曖昧なままにしてきた。それを最後まで貫きたいのである。その代わり、このシーンの最後に「笑っている巻子」四八五頁というト書を書き加え、彼女の場にそぐわぬ笑いの裏に、思わぬしっぺい返しが隠されていることを暗示した。

　終結部に入っても、一向に終止符を打つ手立てが見当たらない。人物を取り巻く状況が何ら解決をみていないので、読者（視聴者）はいまいち晴れやかな気持ちになれない。そこで例えば、陣内の死でパートⅡを強引に終えるのはどうであろうか。しかし彼を死なせてしまうと、パートⅠのふじと同様の結末になってしまう。母親の場合には、彼女の死に対する意外性があった。けれども陣内の場合、読者は彼が不治の病であることをすでに知っており、何の衝撃も受けない。

　また向田邦子が「テレビで、人を殺せなくなりましたね」(7)と述べているように、喜怒哀楽をすでに十分味わった老人ならともかく、人生の盛りにある人間をドラマのなかとはいえ無下に殺したくなかったであろう。シナリオの構造において、ふじはパートⅠの四人姉妹を束ねていたので、その死はシリーズを閉じるに十分なインパクトを持ちえた。だが陣内は咲子の夫にすぎない。彼が亡くなっても、全体を締めくくるにふさわしい効果は望めない。向田は人物の死によるドラマの収束を断念せざるをえなかった。

　向田邦子はそもそもラストに大きな意味を置かなかった。ラスト・シーンにすべての挿話を集結させ、一つの主題が鮮明になるような手法をとらない。向田は構成を重んじるテーマ主義のシナリオ作家ではなく、一つの出来事からエピソードを次々と派生させ、そのなかから主題らしきものを徐々に浮かび上がらせていく作家であった。向田ドラマは一つの概念に収斂《しゅうれん》される結末よりも、そのプロセス、そこで繰り広げられる人物の様々な出来事や葛藤に大きな魅力があった。『阿修羅のごとく』においても、四人姉妹の家庭を舞台に、そこで起こる日常の出来事が一つずつ、あるいは併行して取り上げられる。それらのエピソードは何らかの決着をみることもあるが、単に小休止し、のちにぶり返すこともあった。ともかくこの作品では、姉妹それぞれの挿話が幾つも絡み合った多重構成になっていた。

現実の生活に終わりはないのだから、シナリオにも劇的な幕切れなどありえないという思いが向田邦子には強くあった。ドラマは竹沢家の姉妹の一時期を単に活写しただけで、彼女たちの人生はこれから先も長く続いていく。作者にとってラスト・シーンはエンドではなく、受け手側の胸のなかでさらに発展する起点にすぎないのである。

しかしテレビドラマには必ず終わりが来る。視聴者は終わりのあることを知りつつドラマを観て、何らかの決着を期待する。シナリオ作家はその要望をまったく無視するわけにはいかない。そこで向田邦子は幾つものエピソードを貫き、シリーズ全体のなかでかすかに聞き取れる作り手の本音をつぶやいている。そして最後に、それを軽く暗示し、ドラマを終えるのである。

「笑い」に込めたメッセージ

シナリオの最後に書かれた笑いに、このドラマへの向田邦子の思いが込められている。作者はこの結尾で、四人姉妹の笑顔をスケッチ風に描写した。だがこの笑いは明朗快活なものではなく、翳《かげ》りを帯びたものとなっている。しかも姉妹は全員集《つど》って笑うのではない。各々の持ち場で笑顔をみせている。この頃になると、彼女たちは姉妹関係とは別に自分の世界を持ち、重点は自ずとそちらへ移行した。

向田邦子はまず最も多難な人生が予想される咲子を紹介する。陣内の足に例の「へのへのもへじ」を書いたあと、病室[8]の彼女はパンをほおばりながら笑っている。意識がいつ戻るかわからない夫と、小言を言い続けるであろう姑と、それにまだ小さな子供を抱えて、咲子は生きていかなければならない。

綱子は三、四人の弟子と一緒に花を活けながら笑っている。襖の陰では貞治[9]が「栓抜き」（四八七頁）をしている。二人はこれからも不貞の恋を続け、豊子の目を気にしながら別れたり、よりを戻したりを繰り返すことだろう。

出産間近な滝子は、腹回りを勝又に計ってもらって笑っている。一見とても幸せそうにみえる。けれども同居する恒太郎は放心顔で、また浮気の虫が頭をもたげてきそうなあやしい気配である。平和な家庭がいつまで続くか保証の限りではない。

最後に巻子が紹介される。彼女はよりによって赤木の結婚式場で、鷹男に向かって、浮気をしていないなんて「あたし、本当は信じてないのよ」（四八六頁）と本心を明かす。愛人とみなしていた女性のハレの場で、巻子は夫に宣戦布告をしたのである。彼は改めて女の猜疑心《さいぎしん》や執念深さを思い知らされる。そしてにこやかな顔をしながら恐ろしいことを言ってのける、妻の阿修羅な姿に驚きを隠せなかった。うろたえた鷹男には構わず、彼女は「ひときわ面白そうに笑っている」（四八七頁）。

四人姉妹の笑顔をどのように解釈すればよいのだろうか。彼女たちは程度の差こそあれ、それぞれに人生の重荷を背負《しょ》っている。咲子などはかなりシビアな状況に置かれている。それでも姉妹は生きてゆかねばならない。笑わなきゃ前へ進んでいけないのである。この笑顔は、どんな困難に直面してもそれを乗り越えようとする、彼女たちのふてぶてしいまでのたくましさを表現している。

向田邦子のメッセージはとても控え目である。読者（視聴者）が主人公たちの笑いに違和感を覚え、なぜだろうと疑問を懐いてくれれば十分と考えていた。あとは彼らが持っている情報の蓄積から、自分で引き出してくれると期待したのである。向田は作者の過剰な説明や強引な押し付けを恐れた。特にラストにおいては、読者（視聴者）の想像を奪うのでなく、それが無限に羽ばたくことを願ったのである。

注

第一章　男性に怒りをぶつける女性のドラマ

1　セックスを柱に据えて

(1)「土曜ドラマ」シリーズは、シナリオ作家の文学的地位の向上や、脚本料の増額を促す重要な役割を果たした。詳しくは拙著（高橋行徳『向田邦子「冬の運動会」を読む』鳥影社　二〇一一年　二九頁）を参照。

(2)この「土曜ドラマ」の枠で、向田邦子は後に『蛇蝎《だかつ》のごとく』という作品も提供している。

(3)相庭泰志（構成）『向田邦子をめぐる17の物語』のなかの和田勉「阿修羅」KKベストセラーズ　二〇〇二年　四九頁を参照。

(4)相庭泰志　前掲書　四九頁を参照。

(5)相庭泰志　前掲書　四九頁を参照。

(6)相庭泰志　前掲書　四九頁を参照。

(7)相庭泰志　前掲書　五〇頁を参照。

(8)和田勉「おそろしいドラマの爆弾」（向田邦子『阿修羅のごとく』新潮社　一九九五年の「解説」）四九九頁を参照。

(9)相庭泰志　前掲書　五〇頁を参照。

(10)相庭泰志　前掲書　五一頁を参照。

(11)相庭康志　前掲書　五一頁を参照。

(12)和田勉「おそろしいドラマの爆弾」前掲書　四九九頁から五〇〇頁を参照。ちなみに、ここで用いた「におい」は和田流の表現である。向田邦子は同じニュアンスで「感性」という言葉を用いた。妹の向田和子は、姉が「私あの人の感性好き。きっとよくなると思う」（向田和子『向田邦子の青春』ネスコ／文藝春秋　一九九九年　五四頁を参照）と言って、出演者を演技だけでなく、むしろ感性で選んでいたと回想している。
(13)向田邦子『向田邦子全対談集』世界文化社　一九八二年　五九頁を参照。
(14)向田邦子『向田邦子全対談集』前掲書　五九頁を参照。
(15)和田勉『ドラマ人間テレビ語り』講談社　一九八〇年　一一七頁を参照。
(16)向田邦子『向田邦子全対談集』前掲書　一三六頁を参照。
(17)和田勉『テレビ自叙伝』岩波書店　二〇〇四年　七八頁を参照。なお大路三千緒に関する資料は、岩村麻子助教から入手した、ここに感謝して記す。
(18)小林竜雄『向田邦子　恋のすべて』中央公論新社　二〇〇三年　一六四頁を参照。
(19)久世光彦『久世塾』平凡社　二〇〇七年　二二九頁を参照。
(20)石井源康編『向田邦子テレビドラマ全仕事』東京ニュース通信社　一九九四年　九六頁、和田勉『ドラマ人間テレビ語り』前掲書　五八頁、及び和田勉『テレビ自叙伝』前掲書　一六八頁を参照。
(21)このテキストには、スタッフの箇所で演出に記述もれがある。「土曜ドラマ」の映像から追加・訂正し、ドラマの順に演出家の名前を記しておく。〔パートⅠの演出家〕第一話「女正月」和田勉、第二話「三度豆」高橋康夫、第三話「虞美人草」和田勉。〔パートⅡの演出家〕第一話「花いくさ」和田勉、第二話「裏鬼門」和田勉、第三話「じゃらん」富沢正幸、第四話「お多福」和田勉。

2 向田邦子流のドラマ作り

（1）向田和子『向田邦子の恋文』新潮社　二〇〇二年　一六頁を参照。

第二章　母親が阿修羅になる時――『阿修羅のごとく』パートI

1　父親の浮気

（1）恒太郎の裏切りを、当世風の「不倫」ではなく、「浮気」で表現する。後者の言葉には、昭和という時代が持つ古さと懐かしさが感じられるからである。向田和子が用いている「よそ見」（向田和子『向田邦子の恋文』前掲書　一〇六頁を参照）も好きな言葉であるが、恒太郎が八年間も騙《だま》し続けたことを考えると、借用出来なかった。

（2）このドラマの導入部をどこまでとするか、幾つかの意見があると思う。本論では、滝子が今晩の集まりを咲子に伝え、勝又から写真を受け取る二一頁までを導入部と考えている。

（3）向田邦子『向田邦子全対談集』前掲書　四七頁を参照。

（4）佐藤正弥編『データ・バンク　にっぽん人』現代書林　一九八二年　一八七頁を参照。向田邦子は同書のなかで、〈あとは、むしろテレビを見ながら書いたほうがいい〉理由として、「テレビ観ている方がはずみがつくんです」と答えている。但しその番組は「ドラマではなく、スポーツ、音楽、紀行番組」でなければならないと限定している。

（5）この図書館の情景は、向田邦子が学生時代によく通った上野の図書館からイメージされているのではないだろうか。向田は「宰相」という随筆のなかで、「あのころの学生は、陰気だった。暗い服を着た暗い顔の行列が、朝早くから暗い建物の前に並んでいた。……大きな部屋で自分の名前が呼ばれるのを待つのである。この部屋も薄暗かった」（向田邦子『眠る盃』講談社　一九八

一年　三九頁参照）と記述している。

(6)類似した設定を、向田邦子は『家族熱』でも用いている。朝の洗面所で、謙造が重光の老いらくの恋を諌《いさ》めたのに対し、父親は息子が離縁したはずの先妻とよりを戻そうとしているではないかと非難する。そして重光は、「湯気で曇った鏡に、『恒子』と指で書く」（向田邦子『家族熱』大和書房　一九八二年　九頁を参照）。後妻の朋子を気づかって、名前を声に出さず、鏡に書いたのである。そこへ朋子が通りかかると、二人はあわててその名前を消した。

(7)これは向田邦子の好きなモチーフの一つである。『寺内貫太郎一家』の第十五話（向田邦子『寺内貫太郎一家』岩波書店　二〇〇九年　一六七頁及び一七四頁以降を参照）において、周平は母親の里子が英語に弱いことにつけ込んで、すでに所持している英語の本のタイトルをまくし立て、再び金をせしめようとした。里見家の宏男は、金を受け取るとき、「手刀を切」る。これも向田がよく描くモチーフで、『冬の運動会』の公一と菊男も金を受け取るときに、やはり手刀を切っている。向田邦子『冬の運動会』岩波書店　二〇〇九年　三〇頁及び三三頁を参照。

(8)パートⅡの「じゃらん」では、綱子も電話口でかなりの時間待たされてしまう。巻子が編物をしていて、キリのいいところまですませようと姉を待たせたのである。綱子は苛立って、「あたしの縁談よか、編物の方が大事ですか」と嫌みを言っている。

(9)向田邦子は三田村家のキチンと片づいた茶の間をト書で詳しく描写している。これは綱子が浮気の深みに陥り、徐々に家事をおろそかにする状況との対比を意図して書いたと思われる。しかし映像では、綱子がカーテンを引く場面だけで終わっている。

(10)国立を選んだ理由として、小林竜雄は向田邦子と親交の深かった山口瞳が住んでいた土地であったことを挙げている。本ドラマが書かれたのは直木賞受賞以前であるが、小林は二人の出会いがこの執筆の四年前にさかのぼること、また山口瞳の私小説「人殺し」が恒太郎の状況と似ていることを根拠としている。小林竜雄『向田邦子の全ドラマ』徳間書店　一九九六年　二九七頁を参照。

(11)久世光彦『触れもせで』講談社　一九九二年　三八頁を参照。

(12)久世光彦『触れもせで』前掲書　三八頁を参照。

(13)論者はこれまで、このドラマの受容者を「視聴者」と記述した。しかし本書のサブタイトルに合わせ、通常は「読者」と呼ばせてもらう。但し映像が重要な場合には、「視聴者」をも併用する。

(14)ふじは六十五歳と紹介されているので、この台詞から推測すると、彼女は十五、六歳で恒太郎の妻になったことがわかる。旧民法では、両親の同意を得れば、女性は満十五歳で結婚できた。戦前にはふじのような例は幾つもあったと思われるが、それにしても早婚であった。ところがパートⅡの「花いくさ」において、向田邦子はふじが「十九でオヨメに来て」と書いている。これは向田が「女正月」に書いた台詞をすでに忘れてしまったのか、あるいは嫁ぐ年齢が早すぎると考えて十九歳に修正したのか、どちらかであろう。いずれにしろ彼女は、「ハコ書き」を作らなかったように、自由な想像を縛るとして、人物用の「履歴書」をも書かなかったようである。

(15)久世光彦『触れもせで』前掲書　六九頁を参照。久世が「左義長」を知らなかったのは当然である。この行事は東京では行なわれていない。「明暦の大火」以降、徳川幕府が大火事を恐れて、市中各所でいっせいに物を燃やすことを禁じたからである。加太こうじ『東京の原像』講談社　一九八〇年　九八頁を参照。

(16)坂本太郎監修『風俗辞典』東京堂　一九五八年　九九頁を参照。

(17)坂本太郎監修『風俗辞典』前掲書　九九頁を参照。

(18)この鏡開きは、おそらく向田家で毎年行なわれていたのだろう。向田邦子は『森繁の重役読本』においても同じモチーフを用いている。重役は揚げたてのかき餅《もち》を口にして、ことのほかご満悦の体である。向田邦子『六つのひきだし――「森繁の重役読本」より――』ネスコ／文藝春秋　一九九三年　一五頁以降を参照。

(19)ひび割れた鏡餅から女性の踵《かかと》への連想を、向田邦子はすでにラジオ時代の台本に載せている。向田邦子『森繁のふんわり博物館』向田邦子研究会（編集・発行）二〇一一年　一九二頁を参照。

(20)向田邦子はこのアクシデントを、姉妹が食べたかき餅から連想したのだろう。本文で触れたように、かき餅は鏡餅を〈槌《つち》を用いて、手で打欠いて〉揚げたもので、漢字では「欠餅」と書く。向田は〈欠〉という字から、綱子が差し歯を欠くことを考えついたように思う。

2　阿修羅とは何か

(1)向田邦子にとって、この設定はとても魅力的なものであったに違いない。翌年（昭和五十五年）二月の『小説新潮』に掲載された短編小説「りんごの皮」でも同様のモチーフが使われている。時子が自宅の玄関先で、ガウン姿の愛人と痴話ばなしをしていると、ドアのチャイムが鳴る。注文しておいた鰻《うなぎ》屋の出前が来たと思い、笑いながらドアを開けると、弟の菊男が立っていた。向田邦子『思い出トランプ』新潮社　一九八〇年　一四三頁を参照。

(2)映像では、綱子が鰻重をもろにかぶるような場面はない。巻子が鰻重を手で払いのけ、それが湯呑みに当る。その湯呑みが大きく揺れる際に発する異様な音が、衝撃の大きさを上手に表現している。

(3)向田邦子『六つのひきだし――「森重の重役読本」より――』前掲書　二六頁を参照。

（4）向田邦子『六つのひきだし』前掲書　二六頁を参照。
（5）向田邦子『六つのひきだし』前掲書　二七頁を参照。

3　子供たちの善後策

（1）向田邦子『霊長類ヒト科動物図鑑』文藝春秋　一九八一年　四八頁以降を参照。
（2）難問にぶつかると、男はうかつに口を開くことができなくなる。鷹男はこのあと浮気問題を解消するため、当の恒太郎に意見を求めた。しかし義父は唸るばかりで、自分の考えをなかなか述べようとはしなかった。更なる好例を、向田邦子は「花嫁」のなかで使っている。「ウーン」と唸ったまま発言しない夫良一に対し、妻雪子は「この間から、うなってばっかりいるんだから」と不満を述べる。向田邦子『一話完結傑作選』岩波書店　二〇〇九年　一二三頁を参照。
（3）佐分利信は戦前、松竹三羽烏の一人として人気を博した大スターであり、戦後も渋い演技で称賛された性格俳優であった。さらに戦後の一時期、彼は監督業にも手を広げて成功をおさめている。自分の長いキャリアと実績から、それ相応に遇してほしかったのである。プロデューサー&ディレクターの堀川とんこうも『ずっとドラマを作ってきた』（新潮社　一九九八年　一二九頁以降を参照）のなかで、佐分利との出演交渉に難渋したこと、またあるシーンの演出を彼が勝手に変えてしまったことを、思い出として語っている。『阿修羅のごとく』における経緯《いきさつ》は、小林竜雄『向田邦子　恋のすべて』前掲書の一六五頁以降を参照してほしい。なお恒太郎がかぶっているベレー帽について少し言及したい。小林は前述の著書のなかで、この帽子は「佐分利なりの向田脚本への抵抗であった」（一六六頁）と述べている。この説明は正鵠《せいこく》を得ていると思われる。恒太郎愛用のベレー帽は「バスクベレー」とも呼ばれ、前世紀初頭にフランス山岳隊の軍帽として使用された。日本でも戦前は左翼シンパの間で流行した。つまりこの帽子には「戦闘」や「抵抗」の意味合いが含まれていたのである。一方で、ベレー帽は画家や文学者など、戦前のモダニストによって好んでかぶられた。それは昭和モダニズムを謳歌した人たちの象徴でもあった。佐分利は後者の意味合いをもこめて、役作りの一環としてベレー帽をかぶったのではないだろうか。向田は帽子について何の指示も出していない。けれども彼は恒太郎のダンディズム、年の離れた女性にも慕われる男性像を示すために、ベレー帽が必要と考えたのだろう。ベレー帽に関する情報は、朝倉治彦／安藤菊二／樋口秀雄／丸山信共編『事物起源辞典　衣食住編』東京堂出版　一九八六年　三五一頁、及び山内浩司「サザエさんをさがして　ベレー帽」（二〇一三年二月九日付け「朝日新聞」）から得た。

（4）平原日出夫『向田邦子のこころと仕事――父を恋ふる』小学館　一九九三年　二一四頁を参照。

（5）向田邦子「胡桃の部屋」（『隣りの女』文藝春秋　一九八一年に収録）一六二頁を参照。

（6）向田邦子「胡桃の部屋」前掲書　一六二頁を参照。

4 「三度豆」に込めた意図

（1）向田邦子は類似したモチーフを『寺内貫太郎一家』の第三十六話で用いている。きんは自分の文章が新聞に載るのが夢で、「読者の広場」へ投稿する。しかし実際にはタメが投函を忘れてしまったため、夢は実現しなかった。詳しくはＤＶＤ『寺内貫太郎一家』ＴＢＳ／ＫＡＮＯＸ　第三十六回を参照。

（2）向田邦子はテレビ作家としてまだ駆け出しの頃、女性が畳に落ちていた爪を踏む場面をすでに描いている。しかしこの場面は長すぎるという理由でカットされ、向田はディレクターと言い争ったことがあった。詳しくは向田邦子『夜中の薔薇』講談社　一九八二年　二一一頁を参照。

(3)DVD『寺内貫太郎一家』前掲盤　第十二話より採取。

(4)巻子と同じような夢を、『寺内貫太郎一家』の周平が第二十四話で見ている。西郷隆盛に扮する貫太郎が城山で自刃しようとするのを、息子の周平が夢のなかで必死に止めようとする。詳しくは向田邦子『寺内貫太郎一家』前掲書　三二六頁以降を参照。

(5)深夜になって咲子が、夕方に恒太郎からお金をもらったことを思い出した。その時、父は札入れごと自分に渡してくれたと付け加えた。それを聞いた綱子は、巻子の心配が現実になったと思い、「やっぱり死ぬ気なんだ」と口をすべらせた。財布に関連するシーンが本作品の「花いくさ」でもう一度出てくる。実家がボヤを出したとき、鷹男は外出する巻子に自分の紙入れを手渡している。どちらの場合も、何かとお金が入り用だと考えての行為である。だがこのドラマの男二人は、現金だけでなく、財布ごと渡している。これは自分が身につけているものをそっくり渡すことで、相手への誠意を示したかったのだろう。

(6)この寝支度は向田家に由来する。向田邦子はエッセイ「子供たちの夜」のなかで、「こういう時の子供たちのいでたちというのが全員パジャマの上に毛糸の腹巻なのである」と回想している。向田邦子『父の詫び状』文藝春秋　一九七八年　六九頁を参照。

(7)向田邦子『父の詫び状』前掲書　二八頁を参照。

(8)川本三郎は自著のなかで、向田邦子が昭和のはじめに生を授かった人間として、「おにぎり」ではなく、あくまでも「おむすび」と書いていることを指摘している。川本三郎『向田邦子と昭和の東京』新潮社　二〇〇八年　五五頁を参照。

(9)このエピソードは向田邦子が少女期に観察した母親と祖母のおむすび作りに由来している。前者は「ゆるやかな丸型」だが、後者は「キッチリと結んだ太鼓型」のおむすびであった。詳しくは向田邦子『父の詫び状』前掲書　一一一頁を参照。

(10)向田邦子は咲子がクツベラを見つけた経緯《いきさつ》を書いていない。映像（「三度豆」の演出は高橋康夫が担当した）では、咲子が玄関で転んだ拍子に、目の前にあるクツベラに気づいたことになっている。

(11)カムフラージュとの関連で述べると、ふじは恒太郎が帰宅したとき、すでに眠っていた。だがこの眠りは狸寝入り《たぬき》ではないかと考える。夕食を用意していたのにすっぽかされ、不意の出来事があったとはいえ、深夜まで愛人と一緒にいた夫に笑顔は見せられない。また投書の犯人にしてしまった巻子とは、何としても顔を合わせたくなかったのである。

(12)針箱という小道具は、『冬の運動会』でも用いられた。加代の葬式の日、日出子は菊男の背広のボタンをつけ直そうと針箱を開ける。その中に、健吉の健康を心配して加代が切り抜いた新聞記事が入っていた。女性にとっての針箱は、繕いものをするときの必需品であり、またちょっとした物を保管するのに重宝な容れ物でもある。

(13)この章では、ふじのたくらみを中心に論じているので、他の人物の出来事にはあまり触れていない。「三度豆」のなかには、主要なものだけでも、次のような話が含まれている。綱子が貞治と一泊し、それを知った「枡川《ますかわ》」の女将《おかみ》は、彼女の料亭での仕事を断る。同じ「枡川」で、鷹男が滝子と勝又の仲を取り持とうとするが失敗に終わる。しかし駅ビルで、勝又は自分の気持ちを滝子に伝えることができた。陣内が試合中にノック・アウトされ、咲子との仲もギクシャクしだす。友子の息子が交通事故にあい、たまたま見張っていた勝又が病院へ担ぎ込んだ。そのあと友子、恒太郎、それに鷹男も病院へやってきた。

5　漱石『虞美人草』との共通点と相違点

(1)この漢字は「黄身」と書くべきであろう。しかし本書がテキストにした岩波版も、また新潮文庫版も、それどころか両者の原典となっている大和書房版でも「黄味」と印刷されている。誤植ではなく、向田邦子が意図して用いたと考えられる。

(2)太田光も指摘しているように、和田勉の演出では巻子が〈ムキになって〉りんごを食べるシーンがカットされている。詳しくは太田光／村松友視『私のこだわり人物伝　向田邦子　市川雷蔵』日本放送出版協会　二〇〇五年　二二頁を参照。この場面において、和田は向田邦子のシナリオを改変している。私に言わせれば、改悪している。シナリオでは、りんご一切れを口に入れたまま巻子は電話をとるが、とっさに声が出ない。しかし映像では、りんごはまったく出てこない。巻子は掃除機のコードに足を取られ、受話器をとったものの声が出せなかったことになっている。向田はりんごだけで、巻子が通話中に無言だった理由と、電話後の感情のゆれを上手に表現している。もう一つ、卜書には様々な音が記されているのに、和田は洗濯機の音のみを流している。掃除機のスイッチも巻子に切らせている。彼は一時にたくさんの物音が室内で聞こえるのは不自然と思ったのだろう。むしろ鷹男が赤電話をかけている時に、工事現場や車の音を拾うと考え、外での騒音を背後に使っている。けれども向田は巻子の混乱した心理状態を、彼女の身の回りにある雑多な音で描写したかったのではないだろうか。

(3)巻子の予感どおり、鷹男は浮気の言い訳をするため、自宅へ電話をかけた。しかしそれは彼女が家を出たあとであった。

(4)白菜の漬物について、川本三郎は下記の本の中で事細かに記述している。川本三郎『向田邦子と昭和の東京』前掲書　五六頁以下を参照。

(5)巻子が綱子と別れて友子のアパートまで来る過程を、和田勉はかなり省略している。映像では、次女が代官山で友子にお辞儀をされた場面を回想として挿入している。しかし巻子が買い物もせず盛り場を放心状態で歩く姿や、夫の電話の声が絶えず聞こえてくる場面は描いていない。これらのシーンを欠いた和田の演出では、巻子がなぜ代官山に来てしまったのか、視聴者にはわかりにくいのではないだろうか。

(6)向田邦子『家族熱』前掲書　二二九頁以下を参照。

(7)向田邦子はかなり以前から、割れる卵のイメージを懐いていたようである。『父の詫び状』のなかの「卵とわたし」では次のように書いている。ある女性が交通事故にあい、亡くなった。しかし「買物かごの中の卵はひとつも割れていなかった」。さらに次のパラグラフでは、卵を満載したトレーラーが転倒して、卵は全部こわれたと思われたが、「たった一個だけ、割れないで残った卵があった」と報告している。但しこれらは割れないことに力点を置いた話である。卵が割れる状況を描いたのは、『家族熱』の第四話においてである。オートバイで暴走していた竜二が女性をはねてしまう。そのト書に、向田は「買物かごが宙に舞って、中から卵がとび出す。道路に叩きつけられて割れる」と記述している。ここでは殻から黄身が流れ出す描写はまだない。詳しくは向田邦子『父の詫び状』前掲書　二六八頁、及び向田邦子『家族熱』前掲書　七五頁を参照。

(8)向田ドラマに出てくる人物は、玄関に置かれた履物を巧みに隠ぺいする。『あ・うん』の「青りんご」におけるたみは、禮子が家に来ていることを君子に悟られないように、大急ぎで禮子の草履を後ろにいるさと子に投げ渡す。また『続あ・うん』の「恋」における君子の突然の訪問に際しても、たみは機転を利かして、禮子と子供の履物を下駄箱の中へ放り込んでいる。『冬の運動会』の菊男は日出子の靴を下駄箱に入れていたことで、恋人が家にいることを家族に気づかれなかった。同様に綱子も、あらかじめ貞治の靴を下駄箱にしまっていた。貞治の靴が玄関にないことで、彼女は安心していたのである。けれども不意に押し入った豊子は、「拝見します」と言うなり下駄箱の戸を開けようとした。

(9)小林竜雄『向田邦子　最後の炎』読売新聞社　一九九八年　一三八頁以降を参照。及び向田邦子『蛇蝎のごとく』大和書房　一九八二年　一四〇頁以降を参照。

(10)向田邦子は偽ピストルのモチーフが好きだったようである。『家族熱』においても、酔った朋子が玩具の銃を重光に向けて撃ち、彼が胸を押さえてよろけるふりをする場面がある。向田邦子『家族熱』前掲書　九〇頁を参照。

(11)ト書によれば「夜」、鷹男が酔っ払った恒太郎と一緒に病院へ駆けつけたとあるが、これは時間的にみて矛盾している。自宅へ間違い電話をかけたとき、鷹男は「オレ。今晩、大阪へ出張なんだけどね、宴会に間に合うようにゆけばいいから――」と話している。したがって彼は夕刻に大阪に着き、宴会場へ向かったものと思われる。ちょうどその頃、ふじが友子の家の前で倒れている。巻子がすぐに大阪へ電話を入れたにしても、鷹男が東京へ引き返し、義父の行きそうな飲み屋を探し出して、千鳥足の彼を広尾の病院まで連れてこられるだろうか。ところで巻子の方は、母親に鷹男のことを聞かれたとき、「今日だって、出張だなんていって――出張じゃないのよ」と言っている。この台詞から推し測ると、夫は大阪へは行かず会社にとどまり、夜に愛人宅を訪れることになる。この場合であれば、巻子が会社に緊急の電話を入れ、鷹男が恒太郎を病院へ連れてくることも可能である。つまり後続の筋とうまくかみ合う。しかし巻子の台詞は何の根拠もない。彼女の単なる推測でしかない。それに対し鷹男の電話は、相手を間違えてはいるが、事実を述べている。愛人に嘘を言う必要はないからである。当然こちらの方が真実味がある。だがそうなると、どう考えても一日のうちに話を収めるのは無理であろう。結局二つのエピソードは相いれない。おそらく急かされた執筆のなかで、向田邦子が前の挿話を十分に考慮せず、興のおもむくまま書き進めた結果生じたと考えられる。

(12)平原日出夫『向田邦子のこころと仕事――父を恋ふる』前掲書　二二五頁を参照。

(13)夏目漱石『漱石全集第三巻　虞美人草　坑夫』岩波書店　一九七五年　四二二頁を参照。なお向田邦子は『虞美人草』の脚色をする予定であった。久世光彦が昭和五十七年の正月企画として、この作品を向田に提案している。彼女は少女の頃から漱石全集を読み、特に『虞美人草』には強い関心があったので、シナリオの執筆を快諾した。事故に遭遇する台湾旅行の際にも、向田は執筆準備のため、旅行鞄《かばん》の中に岩波文庫の『虞美人草』をしのばせていた。

(14)夏目漱石『漱石全集第一四巻　書簡集』岩波書店　一九七六年　六〇五頁を参照。

(15)夏目漱石『漱石全集第三巻　虞美人草　坑夫』前掲書　四三〇頁を参照。

(16)夏目漱石『漱石全集第三巻　虞美人草　坑夫』前掲書　四三〇頁を参照。

(17)夏目漱石『漱石全集第三巻　虞美人草　坑夫』前掲書　四三〇頁を参照。

(18)夏目漱石『漱石全集第三巻　虞美人草　坑夫』前掲書　四三〇頁を参照。

(19)夏目漱石『漱石全集第三巻　虞美人草　坑夫』前掲書　四三〇頁を参照。

(20)夏目漱石『漱石全集第三巻　虞美人草　坑夫』前掲書　四三〇頁を参照。

(21)夏目漱石『漱石全集第三巻　虞美人草　坑夫』前掲書　四三〇頁を参照。

(22)夏目漱石『漱石全集第三巻　虞美人草　坑夫』前掲書　四三〇頁を参照。

(23)夏目漱石『漱石全集第三巻　虞美人草　坑夫』前掲書　四三〇頁を参照。

(24)この事態の二面性は、和田勉の証言である程度裏付けられる。向田邦子は勇壮なのになぜかうら悲しい軍楽「メフテル」を、「此所《ここ》では喜劇《きげき》ばかり流行《はや》る」にぴったりの音楽だと称賛した。和田勉「おそろしいドラマの爆弾」前掲書　五〇四頁を参照。

第三章

1　なぜふじを死なせたのか　向田邦子のもくろみ

(1)佐怒賀三夫『向田邦子のかくれんぼ』NHK出版　二〇一一年　二九頁を参照。

(2)パートⅡの「じゃらん」のなかで、姉妹の問題を次々に持ち込んでくる巻子に対し、鷹男はうんざりした様子で「四人も姉妹《きょうだい》がありゃ、いろいろあるだろうさ。それ、いちいち、うちへもちこむなよ」と苦情を述べる。

(3)『阿修羅のごとく』において、夢を見たのは巻子ただ一人である。しかもそれは「三度豆」の冒頭に現われ、かなりのスペースを割いて述べられた。このことは彼女が特別な人物であることを示している。けれども巻子はこの時点で、自分の特権的な立場を生かしきっていない。

(4)あるとき巻子は、ふじの思いがけない発言に「あれ？　お母さんて、時々ドキッとすること、いうなあ」と驚くが、綱子は「昔からよ」と事もなげに言っている。娘たちは母の意想外な言葉を何度か聞いたことがあるらしい。けれどもふじが行動においてもそのような面を発揮するとは、思いつかなかったようである。

2　誰が主役を引き継ぐか

(1)垣井道弘『緒形拳を追いかけて』ぴあ株式会社　二〇〇八年　三二二頁以降を参照。

(2)和田勉「おそろしいドラマの爆弾」前掲書　五〇一頁を参照。
(3)高橋行徳『向田邦子「冬の運動会」を読む』前掲書　六二頁以降を参照。
(4)DVD『寺内貫太郎一家2』TBS／KANOX　第二十二話を参照。
(5)映像では、巻子が家へすぐに入れず、門の表札に頭をつけている場面が省略されている。「花いくさ」はパートⅡの第一話ということもあって、エピソードが多く盛り込まれている。和田勉はおそらく時間の都合からこのシーンをカットしたのだろう。
(6)風呂に入らないのに、ワイシャツの衿《えり》に汚れがない、したがって愛人宅で風呂に入っているのではないのか。この推論を、向田邦子は『冬の運動会』でも使用している。祖父の健吉が風呂に週一回入るかどうかなのに、肌着が全然汚れていないことを怪しみ、囲っている女性がいるのでは、と嫁のあや子が憶測している。詳しくは向田邦子『冬の運動会』前掲書　三三六頁以降を参照。

3　主婦を欠いた家庭

(1)被告人として拘置所から戻った謙造が、翌朝ベッドにいないので朋子はあわてる。彼女は寝巻き姿のまま家の中を探し回り、ついに納戸にたどりつく。もどかしい思いで戸を開けると、梁《はり》からぶら下がっているものがある。悲鳴を上げ、立ちすくむ。だがよく見ると、それは息子のサンド・バッグであった。詳しくは向田邦子『家族熱』前掲書　一九二頁を参照。
(2)鷹男が述べた二つの台詞の間に、和田勉は恒太郎が義理の息子に握手を求めるシーンを挿入している。孤立無援の恒太郎にとって、鷹男の心根がどんなに嬉しかったかを映像化したのである。ところで鷹男はその夜、ボヤのことで巻子と口論になった。彼はボヤの処理を自分たち二人だけでやるべきだったと主張した。妻はそれに対して、「そしたら、お父さん、あたしたちで面倒みることになるわよ」と食ってかかる。鷹男は昼間の提案をすっかり忘れたかのように、「あ、そうか」と呟いている。彼は恒太郎の痛ましい姿を見て、心から義父の世話をしたいと思った。しかし自宅に帰ると、感情におぼれた案は撤回せざるをえなかった。老人を抱え込むことがどんなに負担であるか、すぐに気づいたからである。

4　ふじの置きみやげ

（1）ふじは終戦後、「滋養になるものは、お父さんと子供たち。自分はお雑炊しか食べなかった」ので、踵《かかと》はひび割れ、手もひどいあかぎれになった。恒太郎はそのような妻に魅力を感じず、水商売の女性におぼれた。それでもふじは夫の不実にじっと耐え、決して別れようとはしなかった。このときは時間が問題を解決してくれ、恒太郎は結局ふじのもとに帰ってきた。この成果があったので、友子との浮気においても、彼女は待ちの姿勢を貫いたのである。

（2）向田和子『向田邦子の恋文』前掲書　一〇六頁を参照。

（3）向田邦子はたんすの底から出てきた「極彩色の絵」を、ある箇所では「春画」と記し、またある箇所では「あぶな絵」と書いている。つまり「あぶな絵」を「春画」の言い換えの言葉として用いている。しかし両者には微妙な違いがある。「あぶな絵」は入浴する女性の裸体を描くなど好色な絵ではあるが、性交描写はない。それに対して、「春画」は性の交歓を露骨に描いた秘戯図である。これは「枕絵」とも呼ばれ、綱子や勝又も述べているように、「古くは、……嫁入道具として持って行った」のである。楳垣実編『隠語辞典』東京堂出版　一九七七年　三九七頁を参照。

（4）『寺内貫太郎一家』においても、向田邦子は祖母きんが寺内家に嫁入りするとき、親に春画を持たされた話を挿入している。詳しくはＤＶＤ『寺内貫太郎一家』前掲盤　第二十一話を参照。また「嘘つき卵」の主人公左知子は、いわくのある自分の写真を誰にも見つからないように、下着の抽斗《ひきだし》の底に隠していた。詳しくは向田邦子『男どき女どき』新潮社　一九八二年　九六頁以降を参照。

（5）このト書は映像化されていない。その代わりに、綱子が受話器の上に手を置き、貞治からの電話を今か今かと待つ様子が映されている。

（6）このような見間違いはドラマではよく用いられる手法である。たとえば向田邦子の『家族熱』のなかで、主人公朋子はパジャマ姿で青竹を踏む杉男の後ろ姿を見て、数日前に亡くなった重光と勘違いし、「おじいちゃま、お早うございます！」（向田邦子『家族熱』前掲書　二二一頁の上段を参照）と言ってしまう。しかし『阿修羅のごとく』の場合には、見間違いを起こすまでに十分な手順が踏まれており、しかもこの錯覚は単なるエピソードにとどまらず、筋の展開にも影響を及ぼしている。

第四章　笑う四人姉妹――『阿修羅のごとく』パートⅡ

1　新しい赤いヤカン――滝子と勝又の恋

（1）「花いくさ」において、巻子は父親に、勝又を同居人として置くことを提案し、ゆくゆくは彼が滝子の結婚相手になることを願っていると話す。その際、次女は「そりゃ収入とか学歴は問題あるけど」と述べ、大学を出ていないことを難点の一つにしている。

（2）ここで勝又は、滝子への思いを伝えるぴったりな単語を表示しようと、メモ用紙に三度書き換えを行なった。但し映像では、煩瑣《はんさ》を避けてなのか、「惚」が省略されている。

(3)この図書館は、「女正月」の「見捨てられ、忘れられたオールド・ミス」のイメージを払拭している。すでにヒーターが切られ、明かりも一箇所しか灯っていないが、ここにはあたたかくて優しいものが流れ、何よりも笑い声があった。

(4)勝又はこの夜、三度ポケットから様々なものを取り出した。最初はパンや缶コーヒー、ミカンなどの食品である。次にマッチとベンジンのビンを出す。そして最後には、浮気調査の資料を取り出している。これらの記述を読んで、論者はポケットにこんなに多くのものが入るのかと怪しんだ。しかし映像を観て納得がいった。勝又は初めのものをコートの外ポケットから、二番目のものを背広のポケットから、そして三番目のものはコートの内ポケットから出している。

(5)映像では「三度豆」において、勝又が滝子を追いかけていくとき、通行人とぶつかりメガネを落としてしまう。ひびの入ったメガネをかけたまま、彼は駅ビルで求愛する。このように、演出家は「壊れたメガネ」のモチーフをすでに映像化していたので、「虞美人草」では使用を断念した。しかし「壊れたメガネ」は重要な意味内容を含んでおり、作者としてはこのト書を活かしてもらいたかったと思う。

(6)向田邦子はト書のなかで単に『ロッキー』と記している。しかし正しくは『ロッキー2』である。詳しくは一八一頁で述べることとする。

(7)向田邦子はたくあんを嚙《か》む音だけで、気まずい状況を鮮明に浮かび上がらせている。例えば『冬の運動会』にその好例がある。前の晩、父親に罵倒された菊男が早朝家を飛び出した。心配した家族は朝食の席で、あれこれと思案する。妹直子だけが食事をとり、たくあんを嚙む。その大きな音に大人三人が困惑する。祖父健吉が「若い者は歯がいいんだ。たくあん位、気がねしないでお上り」ととりなした(向田邦子『冬の運動会』前掲書　五九頁を参照)。ところが『阿修羅のごとく』においては、とりなす人間がおらず、勝又はますます緊張することになる。
(8)桃井かおり／向田邦子「おんなが『隣りの女』で確認したもの」(『週刊女性』一九八一年五月号)。本対談は東條律子編『文藝別冊　向田邦子』河出書房新社　二〇一三年　一〇二頁に再録されている。
(9)このドラマでは、主要人物の家族を掘り下げて描くことが主眼なので、勝又家の家族構成などはまったく描写されていない。
(10)和田勉「おそろしいドラマの爆弾」前掲書　四九九頁を参照。
(11)和田勉「おそろしいドラマの爆弾」前掲書　四九八頁から四九九頁を参照。
(12)田中眞澄編『小津安二郎　戦後語録集成』フィルムアート社　一九九三年　三〇二頁を参照。
(13)田中眞澄編『小津安二郎　戦後語録集成』前掲書　三〇二頁を参照。
(14)演出家に関しては、二八五頁の注(21)を参照。
(15)向田邦子は服装に関して、〈地味な和服姿〉と指定し、着物につきもののショールをも記述している。しかし映像では、友子はいつも地味なベージュのレインコート姿で登場する。

2　姉妹の絆――咲子と滝子の和解

(1)なぜ咲子は寿司を五人前注文したのだろうか。食べる可能性のある人物は、滝子、勝又、恒太郎、それに咲子の四人である。あとの一人はいったい誰なのだろうか。それはふじとも考えられる。咲子は実家へ帰ると真っ先に仏壇の前へ行き、母親に挨拶しているので、ふじへのお供え物として注文したのだろうか。あるいは男性が二人なので、一人前余分にとったとも考えられる。いずれにしても、必要以上に注文するところに、咲子の見栄が如実に現われている。

(2)咲子にとって、「貯金」は最も嫌な言葉の一つだったと思う。滝子と口論になったとき、姉は「あたし、なにひがむことあんのよ。ちゃんと仕事だってあるし、貯金だって」と述べ、〈仕事〉と〈貯金〉を自分の幸せの最大の拠り所にしていた。しかし咲子は、堅実ではあってもこのような面白味のない人生観をとても嫌悪した。

(3)〈白タキシード〉と次に書いてあるので、この単語はタキシードを着るときウエストに巻く、幅広い飾り帯であるカマーバンド（cummerbund）の間違いかと疑った。映像の中の陣内も白いカマーバンドを着用していた。しかし綱子のセリフに「チンドン屋じゃあるまいし」とあるので、向田邦子は文面通りチャンピオンが身につける深紅色のベルト、カーマインベルト（carmine belt）を用いるつもりだったと思う。

(4)小林竜雄『向田邦子の全ドラマ』前掲書　一二五頁を参照。

(5)小学校の先生という職種に、向田邦子がある種の信頼を寄せていたことは、エッセイ「職員室」からわかる。但し彼女はその作品の最後に、「先生を偉いと思い、電話口で被《かぶ》りものを取って正座するのは、私たち世代でお仕舞いなのであろう」と記している。向田邦子『霊長類ヒト科動物図鑑』前掲書　三〇五頁を参照。

(6)この推論を、咲子自身の発言が明確に裏付けてくれる。滝子が宅間を病室から退散させた後、咲子は姉に「本当は、気持も体も飢えてたのかもしれない」と述べた。彼女は内奥に秘めていた気持ちをここで正直に告白している。

(7)この場合は良い意味での騙しがあり、とても新鮮である。ただ設定が少し安易だった。恒太郎がボヤを出したときも、今回の「心中事件」も、隣家の女性が電話をかけてきた。連絡手段において、もう一工夫あってもよかったと思う。

(8)このシーンでも和田勉は過ちを犯している。ト書では電話のベルが鳴ったとき、滝子はすでに何か物を食べており、口を動かしながら、電話機に手をのばす。しかし映像では、ベルが鳴ってから食べ物を口に入れ、三女は電話に出ている。常識からしても、また滝子の性格から判断しても、電話に出る前に食べ物を口に入れるとは考えられない。

3 道ならぬ恋――綱子と貞治の悲喜劇

(1)この場面のト書を、向田邦子は「間仕切りの襖《ふすま》が細目に開く。綱子の目がのぞいて、電話機を見つめる。……その上から、枡川貞治の目ものぞく」と書いている。この両眼の幅だけ襖を開けたシーンは、『阿修羅のごとく』の直後に書かれた小説「かわうそ」の秀逸な描写「顔の幅だけ襖があいて、厚子が顔を出した」を彷彿《ほうふつ》させる。向田邦子『思い出トランプ』前掲書 一四頁を参照。

(2)黒井和男編『キネマ旬報』一九八一年九月下旬号（「和田誠映画対談シリーズ」第八回ゲスト向田邦子）キネマ旬報社 一九八一年 一〇八頁を参照。

(3)放映は昭和四十七年一月十日から全五回であるが、前年の十二月二十八日から一月二十四日までは澤地久枝と大旅行へ出かける予定なので、出発間際までの十二月中に書かれたと思われる。

(4)相庭泰志 前掲書 四八頁を参照。

(5)相庭泰志 前掲書 四九頁を参照。

(6)向田邦子はすでに『寺内貫太郎一家』や『冬の運動会』の作品で、女性がお小水をする場面を描いている。詳しくは拙著『向田邦子「冬の運動会」を読む』前掲書 一一六頁から一一八頁まで、及びその箇所に注釈を入れた第二部の註（一六）を参照。また『幸福』においても、向田は踏子に電話ボックスの中でお小水をさせている。詳しくは向田邦子『幸福』岩波書店　二〇〇九年四四二頁を参照。著者はこの生理現象に昔から関心があったらしい。黒柳徹子が向田を回想するなかで、「オシッコするリスの物まねが子供の頃から上手だという話だったけど、これだけは一度も見せてくれなかった」と述べている（東條律子編『文藝別冊　向田邦子』前掲書　八三頁を参照）。好奇心旺盛な子供であった向田が、動物園でリスを観察していたとき、たまたま排尿する様子を目にしたのであろう。

(7)新村出編『広辞苑』第三版　岩波書店　一九九〇年　三四九頁を参照。

(8)向田邦子『家族熱』前掲書　二二八頁を参照。

(9)向田邦子『男どき女どき』前掲書　一八二頁を参照。

(10)向田邦子『男どき女どき』前掲書　一八三頁を参照。

(11)向田邦子『男どき女どき』前掲書　一八三頁を参照。

(12)尚学図書編『国語大辞典』小学館　一九八二年　一五四〇頁を参照。

(13)『阿修羅のごとく』を小説化した中野玲子は、映像から薪能の演目を『班女《はんじょ》』と推定している。内容からみて妥当な推量だと思われる。詳しくは向田邦子／中野玲子『阿修羅のごとく』文藝春秋　一九九九年　三四四頁を参照。

(14)向田邦子『一話完結傑作選』前掲書　一六三頁を参照。

(15)向田邦子『一話完結傑作選』前掲書　一六三頁を参照。

4　尽きない疑惑——巻子と鷹男の闘い

(1)向田邦子は小説『隣りの女』においても、夫の集太郎に後ろめたさを隠す方便として、「うちの水が一番うまいや」と言わせている。但し彼は浮気ではなく、会社のつき合いで帰りが遅くなるのである。ちなみに同じタイトルのシナリオでは、向田はこのエピソードを挿入していない。詳しくは『隣りの女』前掲書　一八頁を参照。

(2)向田邦子『夜中の薔薇』前掲書のなかの「手袋をさがす」二三四頁を参照。

(3)万引きに関しては第三章の「巻子の万引き事件」（一一九頁以降）で述べたので繰り返さない。ただ本を万引きした例が一話完結ドラマ「母の贈物」のなかに見出される。詳しくは向田邦子『一話完結傑作選』前掲書　四四頁を参照。

(4)日本家族心理学会『家族心理学事典』金子書房　二〇〇四年　一七五頁を参照。

(5)鷹男の大阪出張に関する信憑性は、すでに二九六頁の注（11）で述べた。是非参照していただきたい。

(6)赤木が病室を出て、巻子と鷹男だけになった場面で、頭上からヘリコプターのプロペラ音が聞こえてくる。この音によって、演出家和田勉は夫婦のわだかまりや妻の疑念を巧みに表現した。ちなみにこの「裏鬼門」は、一九八〇年一月二十六日に放映されている。ヘリコプターの音を効果的に使った森田芳光監督の『家族ゲーム』は、その三年後の一九八三年に公開された。

(7)東條律子編『文藝別冊　向田邦子』前掲書　一三二頁を参照。この箇所は一九八〇年（『阿修羅のごとく』パートⅡが放映された年）八月号の「ＭＯＲＥ」に掲載されたインタビューを再録したものである。

(8)向田邦子は場所として、病室を指定した。しかし演出の和田勉は、陣内家にわずかでも希望の光を与えようと、舞台を自宅に変更している。

(9)本文のなかですでに引用した箇所であるが、綱子は貞治との関係を、「ナマナマしい」もんじゃないと巻子に言い、さらに「フラッと寄って、お茶いっぱいのんで、ビンのフタ固くてあかないの、あけてもらったりして――それだけで帰ることもあるのよ」と説明している。このシーンは二人がそのような間柄であることを実証している。なお和田勉はこの綱子の台詞をふまえ、〈栓抜き〉ではなく、〈ビンのフタ〉を開けようと難儀している愛人の姿を撮っている。

参考文献

相庭泰志（構成）『向田邦子をめぐる17の物語』ＫＫベストセラーズ　二〇〇二年
朝倉治彦／安藤菊二／樋口秀雄／丸山信共編『事物起源辞典　衣食住編』東京堂出版　一九八六年
飯尾肇『テレビドラマ全史』東京ニュース通信社　一九九四年
石井源康編『向田邦子テレビドラマ全仕事』東京ニュース通信社　一九九四年
井上謙／神谷忠孝編『向田邦子鑑賞事典』翰林書房　二〇〇〇年
楳垣実編『隠語辞典』東京堂出版　一九七七年
太田光／村松友視『わたしのこだわり人物伝　向田邦子　市川雷蔵』日本放送出版協会　二〇〇五年
大山勝美『時間を射落す――ぼくはこうしてテレビドラマを創っている――』創世記　一九七八年
大山勝美『テレビの時間』鳥影社　二〇〇七年
垣井道弘『緒形拳を追いかけて』ぴあ株式会社　二〇〇八年
加太こうじ『東京の原像』講談社　一九八〇年
加藤治子／久世光彦『ひとりのおんな』福武書店　一九九二年
加藤義彦『「時間ですよ」を作った男――久世光彦のドラマ世界――』双葉社　二〇〇七年
鴨下信一『名文探偵、向田邦子の謎を解く』いそっぷ社　二〇一一年
川本三郎『向田邦子と昭和の東京』新潮社　二〇〇八年
久世光彦『触れもせで』講談社　一九九二年
久世光彦『私があなたに惚れたのは』主婦の友社　二〇〇二年

久世光彦『久世塾』平凡社　二〇〇七年
黒井和男編『キネマ旬報』一九八一年九月下旬号　キネマ旬報社　一九八一年
小林竜雄『向田邦子の全ドラマ』徳間書店　一九九六年
小林竜雄『向田邦子　最後の炎』読売新聞社　一九九八年
小林竜雄『向田邦子　恋のすべて』中央公論新社　二〇〇三年
小林竜雄『久世光彦vs.向田邦子』朝日新聞出版　二〇〇九年
坂本太郎監修『風俗辞典』東京堂　一九五八年
佐藤正弥編『データ・バンク　にっぽん人』現代書林　一九八二年
佐怒賀三夫『テレビドラマ史――人と映像――』日本放送出版協会　一九七八年
佐怒賀三夫『ドラマの風景――同時代14人の作家たち』ＮＨＫ出版　一九九五年
佐怒賀三夫『向田邦子のかくれんぼ』ＮＨＫ出版　二〇一一年
ジェームス三木『テレビドラマ紳士録』映人社　一九八二年
尚学図書編『国語大辞典』小学館　一九八二年
関川夏央『家族の昭和』新潮社　二〇〇八年
高島俊男『メルヘン誕生』いそっぷ社　二〇〇〇年
髙橋行徳『向田邦子「冬の運動会」を読む』鳥影社　二〇一一年
田中眞澄編『小津安二郎　戦後語録集成』フィルムアート社　一九九三年
鳥山拡『日本テレビドラマ史』映人社　一九八六年
夏目漱石『漱石全集第三巻　虞美人草　坑夫』岩波書店　一九七五年
夏目漱石『漱石全集第一四巻　書簡集』岩波書店　一九七六年

新村出編『広辞苑』第三版　岩波書店　一九九〇年
日本家族心理学会『家族心理学事典』金子書房　二〇〇四年
長谷正人／太田省一『テレビだョ！　全員集合――自作自演の一九七〇年代――』青弓社　二〇〇七年
平原日出夫『向田邦子のこころと仕事――父を恋ふる』小学館　一九九三年
文藝春秋編『向田邦子・家族のいる風景』清流出版　二〇〇〇年
堀川とんこう『向田邦子ふたたび』文藝春秋　一九八九年
松尾羊一『ずっとドラマを作ってきた』新潮社　一九九八年
松田良一『テレビドラマを「読む」』メトロポリタン出版　二〇〇二年
向田和子『向田邦子　心の風景』講談社　一九九六年
向田和子『向田邦子の青春』ネスコ　一九九九年
向田和子『向田邦子の遺言』文藝春秋　二〇〇一年
向田和子『向田邦子の恋文』新潮社　二〇〇二年
向田邦子『父の詫び状』文藝春秋　一九七八年
向田邦子『思い出トランプ』新潮社　一九八〇年
向田邦子『霊長類ヒト科動物図鑑』文藝春秋　一九八一年
向田邦子『眠る盃』講談社　一九八一年
向田邦子『隣りの女』文藝春秋　一九八一年
向田邦子『家族熱』大和書房　一九八二年
向田邦子『蛇蝎のごとく』大和書房　一九八二年
向田邦子『男どき女どき』新潮社　一九八二年

向田邦子『夜中の薔薇』講談社　一九八二年
向田邦子『女の人差し指』文藝春秋　一九八二年
向田邦子『向田邦子全対談集』世界文化社　一九八二年
向田邦子『森繁の重役読本』ネスコ　一九九一年
向田邦子『六つのひきだし――「森繁の重役読本」より――』ネスコ／文藝春秋　一九九三年
向田邦子『阿修羅のごとく』新潮社　一九九五年
向田邦子／中野玲子『阿修羅のごとく』文藝春秋　一九九九年
向田邦子『あ・うん』岩波現代文庫　二〇〇九年
向田邦子『阿修羅のごとく』岩波現代文庫　二〇〇九年
向田邦子『幸福』岩波現代文庫　二〇〇九年
向田邦子『冬の運動会』岩波現代文庫　二〇〇九年
向田邦子『寺内貫太郎一家』岩波現代文庫　二〇〇九年
向田邦子『一話完結傑作選』岩波現代文庫　二〇〇九年
向田邦子『森繁のふんわり博物館』向田邦子研究会（編集・発行）二〇一一年
桃井かおり／向田邦子「おんなが『隣りの女』で確認したもの」（『週刊女性』一九八一年五月号）。
　東條律子編『文藝別冊　向田邦子』河出書房新社　二〇一三年に再録。
山内浩司「サザエさんをさがして　ベレー帽」（二〇一三年二月九日付け「朝日新聞」）
山本充「ユリイカ」二〇一二年五月号「テレビドラマの脚本家たち」特集
和田勉『ドラマ人間テレビ語り』講談社　一九八〇年
和田勉「おそろしいドラマの爆弾」（向田邦子『阿修羅のごとく』新潮社　一九九五年の「解説」）

和田勉『テレビ自叙伝』岩波書店　二〇〇四年

参考にしたＤＶＤ

『阿修羅のごとく　パートⅠ』ＮＨＫエンタープライズ
『阿修羅のごとく　パートⅡ』ＮＨＫエンタープライズ
『寺内貫太郎一家』ＴＢＳ／ＫＡＮＯＸ
『寺内貫太郎一家２』ＴＢＳ／ＫＡＮＯＸ
『家族ゲーム』森田芳光　ジュネオン・ユニバーサル・エンターテイメント
『阿修羅のごとく』森田芳光　博報堂ＤＹメディアパートナーズ

あとがき

昨年は向田邦子の三十三回忌にあたり、新聞、雑誌、テレビ等で彼女の特集が数多く組まれました。テレビやBS等では旧作が次々と再放送され、若い演出家による新たなドラマも制作されました。更にはテレビドラマの舞台化もなされて、いずれも好評を博したのです。向田作品を愛する人間にとって、二〇一三年はまさに豊穣《ほうじょう》の年でした。

ところが今年に入っても向田ブームは一向に衰えず、新春には團伊玖磨《だんいくま》との対談が、「NHKラジオアーカイブス」として二度にわたって放送されました。また新聞のコラムには、枕として向田ドラマの一部がたびたび引用されたりもします。BS「にほん風景物語」シリーズのなかで、鹿児島時代の向田が紹介されていました。そして地上波Eテレで放映された「知恵泉」では、人生を果敢に切り開き、生活を上手にエンジョイした向田の姿を、多彩なゲストが前後二回にわたって語り合っていました。これらは七月時点の報告であり、まだ多くの企画が二〇一四年の後半にも立てられることでしょう。

向田邦子の人気はまさに驚嘆すべき現象です。通常、死後十年もすると、作家の名前は急速に忘れられ、その著書も本屋の棚から消えてしまいます。しかし向田の場合、今なお「現役」の作家なのです。しかも彼女の本を手に取る人間は、生前に作品を観たり読んだりした年配の人だけでなく、年齢を超えて若い世代にまで広がっています。このように向田作品は射程距離がとても長く、時代がどんなに変化しても、彼女の作品の魅力は決して色褪《いろあ》せたりはしないのです。

本書が紹介した『阿修羅のごとく』も、もぎ取ったばかりの果実のように、今もってみずみずしさを失っていません。初めて手に取る人は勿論《もちろん》のこと、すでに読んだことのある人も、この作品を読み返すたびに新たな発見と大きな驚きが得られるのです。その理由は、向田の文章が「伝えたいもの」を知性や理性以上に、感性という回路を通して私たちの魂に直接触れてくるからです。彼女の作品は、読み手の心の中で変化しながら、常に成長し続けます。それこそが、向田文学が今もなお鮮度を保っている所以《ゆえん》なのです。

ここで向田ドラマの特徴を、先達であり同志であった山田太一の作品と比較しながら若干紹介します。向田邦子がこの作品を書いていた頃、山田も精力的に傑作ドラマを次々に生み出していました。二人は共に、嘘《うそ》や作り事の混じった従来のホームドラマではなく、その延長上にある「シリアスドラマ」に取り組んでいたのです。両者はステレオタイプの家族像を打ち壊す点では共通していますが、その目指す方向に相違がありました。

山田太一は社会を色濃く反映したドラマを創ろうと考えました。彼にとって家庭とは、家族が生活するところであると同時に社会の縮図であり、個々の成員が社会の歪《ゆが》みを何かしら抱え込んでいる場なのです。それに対して、向田邦子は主題を社会へ広げるのではなく、作中人物の心理を深く掘り下げ、その奥底でうごめく情動をすくい取ろうとしました。これは広範囲な意味での性への追及ではなかったかと思います。したがって彼女の主題は、かなり狭いのですがとてつもない深度を持っています。しかも人間の内面を問題にしているので、時代に流されることのない普遍性をも併せ持っているのです。

『阿修羅のごとく』は向田邦子の創作活動のなかで、最も脂の乗った時期に書かれた作品です。この作品のすぐ後に書かれた『あ・うん』と共に、彼女の代表作といえます。『阿修羅のごとく』の凄さは、ごく普通の生活を描いているようでありながら、奥行きのある意味深い世界を垣間見せることです。日常において見過ごしたり、見落としたりしたもののなかに、実は大きな真理や悲劇が潜んでいるのです。それを向田はさりげなく軽妙な笑いにまぶして提示し、しかも予期せぬ場で、思いがけない人物の言動によって明かします。このドラマには演出家の和田勉が強調するように、「おそろしい爆弾」が仕掛けられているのです。

私が『阿修羅のごとく』論を書き始めたのは、二〇一一年七月後半から九月初めにかけてで、夏の暑い盛りでした。それは本書の第一章、第二章の前半に該当し、この年の「紀要」に掲載しました。翌年、論文の続きを準備していると、「向田邦子研究会」から講演の依頼が舞い込みました。私は良い機会を得たと思い快諾し、九月二十二日に実践女子大学日野キャンパスで、母親ふじを中心にして話をしました。その講演内容に若干手を加えたものが、第二章の後半及び第三章の前半です。

講演を機に、執筆が加速すると期待したのですが、そうは問屋が卸しませんでした。『阿修羅のごとく』の女性たちは、それぞれに際立った個性を持ち、自己主張が強いのです。姉妹の誰もが自分を中心にすることを要求しました。自分を外すなどもってのほかで、他の姉妹との抱き合わせも嫌ったのです。結局私は彼女たちのために、それぞれの紙面を設けなければなりませんでした。その結果、執筆期間は延びたものの、タイプの違う姉妹の奮闘を描いた「女性への応援歌」が出来たのではないかと思っています。

本書は一般読者は勿論のこと、研究者をも対象にしています。向田作品にあまりなじみのない読者のために、なるべく筋に沿って解釈しました。小見出しを多くつけたのも、同じ趣旨からです。また引用文を多く取り入れたのは、向田邦子のビビッドでしかも瞬時に核心を捉えた表現を、是非生のまま存分に味わっていただきたいからです。

私が日頃から残念に思うのは、向田邦子の高い名声に比べ、彼女の作品論がとても少ないことです。向田邦子を一人の偉大な創作家として、彼女の作品を本格的に論じるべき時が来ているように思います。成果はさておき、私は無謀な先駆けとして、『阿修羅のごとく』の作品解釈をしました。このあとは、もっと有能な研究者に引き継いでいただきたいと心から願っています。その一助として、引用箇所にはすべて岩波書店版の頁を記しておきました。

そのような訳で、私は『阿修羅のごとく』の解釈を、主としてシナリオを中心に行いました。但しこの作品の映像もとても優れています。重要な個所では、紙面の許す限り和田勉たちの演出についても言及しました。

映像といえば、『阿修羅のごとく』には森田芳光監督の映画もあります。脚本家筒井ともみが多くのエピソードを上手に刈り込み、巧みにまとめています。けれども一話七十分のドラマが都合七回あったテレビドラマと、二時間十五分の映画を同列に扱うべきではないでしょう。濃くのあるドラマを知っている人間がこの映画を観ると、何か今一つ食い足りないものを感じてしまいます。同じ原作から派生した、一つの新しい作品として鑑賞すべきだと思います。

本書が出来上がるまでお世話になった方にお礼を述べたいと思います。いそっぷ社を紹介してくださり、出版の進捗状況を気にかけてくださった「向田邦子研究会」代表の半澤幹一先生、ならびに栗原靖道様に心から感謝いたします。また出版事情の悪いなか、本書の刊行を決断され、適切なアドバイスを与えてくださった、いそっぷ社の首藤知哉様に厚くお礼を申し上げます。そしてもう一人、妻匡子の名前をも挙げさせてもらいます。妻はいつも変わることなく私を励ましてくれ、また厳しい批判者として、原稿に目を通してくれました。彼女の助言は常に有益なものでした。最後に私事ですが、九十五歳で病苦と戦っている母糸枝に本書を捧げます。

二〇一四年八月二十日

高橋行徳

髙橋行徳（たかはし・ゆきのり）
1947年兵庫県生まれ。77年早稲田大学大学院文学研究科博士課程修了。現在、日本女子大学人間社会学部文化学科教授。
著書に『開いた形式としてのカフカ文学』（鳥影社）、『向田邦子「冬の運動会」を読む』（鳥影社）。翻訳にフォルカー・クロッツ『閉じた戯曲　開いた戯曲』（共訳）。他に『タウリスのイフィゲーニェ』試論（日本ゲーテ協会会長賞）、溝口健二『祇園の姉妹』——男性社会に反逆する芸者——（『アジア遊学』118号）、向田邦子『家族熱』ノート（『ユリイカ』2012年5月号）、『精選女性随筆集　第11巻　向田邦子』（文藝春秋）の解説など。

向田邦子、性を問う
——『阿修羅のごとく』を読む

二〇一四年十月五日　第一刷発行

著　者　髙橋行徳
装　幀　本山吉晴
写真提供　NHK
（土曜ドラマ『阿修羅のごとく』より）
発行者　首藤知哉
発行所　株式会社いそっぷ社
〒一四六—〇〇八五
東京都大田区久が原五—五—九
電話　〇三（三七五四）八一一九
組　版　有限会社マーリンクレイン
印刷・製本　シナノ印刷株式会社

ISBN978-4-900963-63-4　C0095
定価はカバーに表示してあります。